古典詩歌研究彙刊

第 二 二 輯

龔鵬程 主編

第 3 冊

唐代詩歌中的三國圖像

王 潤 農 著

國家圖書館出版品預行編目資料

唐代詩歌中的三國圖像／王潤農 著 — 初版 — 新北市：花木
蘭文化事業有限公司，2017〔民 106〕

目 2+216 面；17×24 公分

（古典詩歌研究彙刊 第二二輯：第 3 冊）

ISBN 978-986-485-114-0（精裝）

1. 唐詩 2. 詩評

820.91　　　　　　　　　　　　　　　　　106013423

ISBN-978-986-485-114-0

9 789864 851140

古典詩歌研究彙刊
第二二輯　第三冊　　　　　ISBN：978-986-485-114-0

唐代詩歌中的三國圖像

作　　者　王潤農

主　　編　龔鵬程

總 編 輯　杜潔祥

副總編輯　楊嘉樂

編　　輯　許郁翎、王筑　美術編輯　陳逸婷

出　　版　花木蘭文化事業有限公司

社　　長　高小娟

聯絡地址　235 新北市中和區中安街七二號十三樓

　　　　　電話：02-2923-1455／傳真：02-2923-1452

網　　址　http://www.huamulan.tw 信箱 hml810518@gmail.com

印　　刷　普羅文化出版廣告事業

初　　版　2017 年 9 月

全書字數　126439 字

定　　價　第二二輯共 14 冊（精裝）新台幣 22,000 元

唐代詩歌中的三國圖像

王潤農　著

作者簡介

王潤農，1985 年出生於台北。東吳大學中國文學碩士，東吳大學兼任講師。現就讀於政治大學中國文學系博士班。求學過程中，一開始積極接觸的文學作品是古典詩詞，後來也被歷代小說中豐厚的文化內涵所吸引。目前研究領域主要聚焦在唐代詩學與三國學兩大區塊。由於參與東吳大學中文系「全校型中文閱讀書寫課程革新推動計畫」，故對現代文學作品及思潮亦極爲關切。

提　　要

　　在三國學研究領域中，「尊蜀抑曹」與「帝蜀寇魏」歷來都是學界爭議的焦點。一般學者普遍認爲魏晉南北朝自陳壽《三國志》以降，文士間大致以曹魏爲正統，此一現象直到南宋朱熹《通鑑綱目》的出現，才強化並確立了「尊蜀抑曹」的思考框架，但是卻忽略了唐代數百年這一段重要的樞紐轉折時期。

　　本文嘗試透過兩百餘首唐代詠及三國的詩作，說明其實「尊蜀抑曹」的現象早在「唐代」就已經出現。唐代文人透過他們筆下的詩作，對蜀漢人物進行了熱烈的詠嘆，認爲劉備是「禮賢下士」的明君，諸葛亮是「運移漢祚」的王佐。但是唐代文人對於曹魏集團，卻採取了質疑批判的態度，不僅將曹操視爲「篡臣」，更在詩作中表達對其道德瑕疵的不滿。此一強而有力的對比，儼然呈現出唐代文人的「三國觀」。此外，從唐代文人所詠詩作之傾向來看，焦點均放在「蜀漢」與「曹魏」，明顯較少關注「孫吳」，使得「孫吳」政權在這場「蜀魏」之爭中，地位逐漸趨於陪襯化與邊緣化。

　　透過這篇論文的考察，可以適時補充學界過去對三國學「尊蜀抑曹」意識演變史論述中，較爲匱乏的唐代區塊，並且突出唐代在此一議題中具有的關鍵意義。

第一章　緒　論 …………………………………… 1
　第一節　研究動機 ………………………………… 1
　第二節　研究範圍與方法 ………………………… 5
　　壹、研究範圍 …………………………………… 5
　　貳、研究方法與章節架構 ……………………… 6
第二章　唐前文獻典籍中的三國圖像 …………… 9
　第一節　魏晉南北朝史家正統歸屬之探討 ……… 9
　　壹、西晉史籍中呈現的曹魏正統論述 ………… 9
　　貳、西晉以後史籍中正統論述之延展 ………… 17
　第二節　魏晉南北朝文士對曹魏地位的尊崇 …… 28
　　壹、西晉文士對曹魏政權的禮讚 ……………… 28
　　貳、西晉以後文士間曹魏形象的分歧化 ……… 32
　第三節　小結 …………………………………… 39
第三章　唐代詩歌中隱含的尊蜀意識 …………… 41
　第一節　諸葛亮崇拜的折射 ……………………… 43
　　壹、對諸葛亮功業與志節的肯定 ……………… 44
　　貳、對諸葛亮用兵如神的渲染 ………………… 53
　第二節　對蜀漢君臣魚水相得的嚮往 …………… 60
　　壹、推崇劉備對諸葛亮相互信任的君臣關係
　　　　 ……………………………………………… 60
　　貳、三顧茅廬對蜀漢集團形象的美化 ………… 67
　第三節　尊蜀思想之發端 ………………………… 72
　第四節　小結 …………………………………… 74
第四章　唐代詩歌對曹魏集團的負面形塑 ……… 77
　第一節　對曹魏代表人物的諷刺與貶稱 ………… 78
　第二節　對曹魏執政奢侈、荒淫事蹟的描寫 …… 87
　第三節　抑曹思想之濫觴 ………………………… 98
　第四節　小結 …………………………………… 100
第五章　唐代詩歌中孫吳定位的邊緣化 ………… 103
　第一節　詠周瑜詩作的相對稀少 ………………… 104
　第二節　孫權相關作品的匱乏 …………………… 109
　第三節　孫吳定位之邊緣化 ……………………… 112
　第四節　小結 …………………………………… 115

目

次

第六章　唐詩詠三國對後世的影響 ⋯⋯⋯⋯ 117

　第一節　對宋代詠三國作品的影響 ⋯⋯⋯ 118

　　壹、造成宋代詠三國詩的蓬勃發展 ⋯⋯⋯ 118

　　貳、影響了宋代詩歌對蜀漢人物形象的塑造
⋯⋯⋯⋯⋯⋯⋯⋯⋯⋯⋯⋯⋯⋯⋯ 119

　　參、影響了宋代詩歌對曹魏人物形象的塑造
⋯⋯⋯⋯⋯⋯⋯⋯⋯⋯⋯⋯⋯⋯⋯ 124

　　肆、影響了宋人詠三國作品「重蜀輕吳」的
寫作取向 ⋯⋯⋯⋯⋯⋯⋯⋯⋯⋯ 127

　第二節　對三國歷史小說的影響 ⋯⋯⋯⋯ 129

　　壹、提供了後世三國歷史小說創作的素材 ⋯ 129

　　貳、成為三國歷史小說直接引詩的來源 ⋯ 133

　第三節　小結 ⋯⋯⋯⋯⋯⋯⋯⋯⋯⋯⋯ 135

第七章　結　論 ⋯⋯⋯⋯⋯⋯⋯⋯⋯⋯⋯ 139

附　錄 ⋯⋯⋯⋯⋯⋯⋯⋯⋯⋯⋯⋯⋯⋯⋯ 143

　附錄一　唐詩中述及三國人物事蹟之作品 145

　附錄二　唐詩中述及蜀漢人物之作品 ⋯⋯ 155

　附錄三　唐詩中詠及諸葛亮之作品 ⋯⋯⋯ 161

　附錄四　唐詩中詠及君臣相得之作品 ⋯⋯ 165

　附錄五　詠及蜀漢人物詩作之總和 ⋯⋯⋯ 167

　附錄六　唐詩中述及曹魏人物之作品 ⋯⋯ 171

　附錄七　唐詩中述及孫吳人物之作品 ⋯⋯ 175

　附錄八　宋詩中述及三國人物事蹟之作品 177

　附錄九　宋詩中述及劉備之作品 ⋯⋯⋯⋯ 193

　附錄十　宋詩中述及諸葛亮之作品 ⋯⋯⋯ 195

　附錄十一　宋詩中述及曹操之作品 ⋯⋯⋯ 201

　附錄十二　宋詩中述及孫權之作品 ⋯⋯⋯ 205

　附錄十三　宋詩中述及周瑜之作品 ⋯⋯⋯ 207

主要參考書目 ⋯⋯⋯⋯⋯⋯⋯⋯⋯⋯⋯⋯ 209

第一章 緒 論

第一節　研究動機

　　本論文主要是建立在「三國學」研究領域中的一個重要環節，加以拓深銜接發展而來。

　　所謂「三國學」研究的重心，歷來大都環繞在三個區塊：一、有關陳壽修史「多所迴護之爭」〔註1〕。二、裴松之《三國志注》所引一百四十幾種史籍與陳壽《三國志》之間交互比對所呈現的歷史眞相的辯論〔註2〕。三、以說部《三國志通俗演義》爲骨幹，進而比對小

〔註 1〕陳壽由蜀入晉的身份使其著史的公正性頻受質疑，自唐人劉知幾《史通》首倡陳壽修史「曲筆迴護」之論，而後有朱彝尊、錢大昕、杭世駿等試圖爲陳壽平反，但趙翼《廿二史箚記》又以極綿密之篇幅舉證陳壽迴護之病，爾後此議幾成定論，今人李純蛟又試圖以持平立場加以梳理，詳參氏著：《三國志研究》（成都：巴蜀書社，2002 年 9 月）。

〔註 2〕逯耀東於〈裴松之與《三國志注》〉一文對裴注之性質與形成背景加以探究，認爲欲深入三國史之眞相，裴注爲不可或缺的途徑。見氏著：〈裴松之與《三國志注》〉，收錄於《魏晉史學的思想與社會基礎》（臺北：東大出版社，2000 年），329～361。余志挺《裴松之《三國志注》研究》則將裴松之所引書目作詳實之考辨，區分其性質。見氏著：《裴松之《三國志注》研究》（臺北：花木蘭文化出版社，2008），王文進〈習鑿齒與諸葛亮神話之建構〉《臺大中文學報第 38 期》（2012 年）、〈論王沈《魏書》對三國史的詮釋立場〉，《第 14 屆『社會與文化』國際學術研討會論文集》（2012 年），等系列作品，更在前人的基礎上，分析比對裴注中各家說法與歷史眞相間的關係。

說演義與陳書、裴注具體史籍之間的虛實眞假及錯綜網脈〔註3〕。而
貫串這三大區塊之間則埋藏著一條重要的軸線，就是所謂「尊蜀抑曹」
或「帝蜀寇魏」所形成的三國正統論。

　　一般史學界討論三國「正統論」，均是將焦點擺在魏晉南北朝與
宋代兩個時期〔註4〕，認爲魏晉南北朝自陳壽《三國志》以降，該時
期的史家多數以曹魏正統爲主流，而蜀漢的地位受到壓抑〔註5〕。直

〔註3〕如劉永良：《三國演義藝術新論》（臺北：商鼎文化：1999年）、鄭鐵
　　　　生：《三國演義敘事藝術》（臺北：里仁書局，2000年）、陳翔華：《三
　　　　國志演義縱論》（臺北：文津出版社，2006年），都討論到了小說《三
　　　　國志通俗演義》中的歷史與虛構，將《三國志》與《三國志通俗演義》
　　　　之區別明確的給以分類。
〔註4〕論及「三國正統論」演變之著作，以趙令揚：《關於歷代正統問題之
　　　　爭論》及饒宗頤：《中國史學上之正統論》爲先驅，最爲學界所重。
　　　　兩書不僅對歷代正統問題有宏觀的視野，也對魏晉南北朝與宋代時期
　　　　的三國正統觀有深入而獨到的評析，但是對唐代時期的三國觀點則較
　　　　少著墨。見趙令揚：《關於歷代正統問題之爭論》（香港：學津出版社，
　　　　1976年），頁8～32。饒宗頤：《中國史學上之正統論》（臺北：宗青
　　　　出版公司，1979年），頁19～37。在兩位先驅之後，亦有學者對三國
　　　　正統論加以評述，如關四平：〈史筆寓褒貶抑曹尊蜀漢——論《三國
　　　　志演義》擁劉反曹思想的史傳淵源〉《明清小說研究第 2 期》（2001
　　　　年），頁67～80。雷家驥：《中古史學觀念史》（臺北：臺灣學生書局，
　　　　1990年），頁255～336。龐天佑：《中國史學思想通史·魏晉南北朝
　　　　卷》（合肥：黃山書舍出版社，2003年），頁165～373。燕永成：《南
　　　　宋史學研究》（蘭州：甘肅人民出版社：2005年），頁165～183。這
　　　　些著作對三國正統概念演變的研究，都有精闢的見解，但是由於唐代
　　　　相關的資料較稀少，因此多半將重點擺在魏晉南北朝與兩宋時期。綜
　　　　觀學界至今對該議題的研究，雖然取得了豐碩的成果，但是對唐代區
　　　　塊的論述依然是相對薄弱的。
〔註5〕陳壽《三國志》以著史嚴謹而客觀聞名，然受「晉承魏祚」之時代氛
　　　　圍框限，其論三國時期以曹魏爲本紀，魏晉南北朝時期的代表史家如
　　　　王沈、司馬彪、孫盛、常璩、崔浩、魏收等，亦秉持曹魏爲正朔的
　　　　論述，雖有少數史家如習鑿齒、袁宏等力抗諸家，以蜀漢爲正，但縱
　　　　觀魏晉南北朝整個時期，主流之思潮仍是「尊曹抑蜀」。有關該時期
　　　　三國正統觀之詳論，可參杜維運：《中國史學史第二冊》，（臺北：三
　　　　民出版社，2002年）。陳俊偉：《兩晉史家之敘述觀點與三國前期歷
　　　　史建構》（國立東華大學碩士論文，2013年）。

到南宋時朱熹以《通鑑綱目》表明尊崇蜀漢的立場，得到當代文人的響應，才使得過去魏晉南北朝的三國正統論述完全扭轉〔註6〕，成爲了後世習知的「尊蜀抑曹」正統觀，進而延展至元、明、清三代。

　　然而過去學界討論三國正統論的演變，均忽略了魏晉與兩宋之間重要的「唐代」時期，換言之，過去對三國正統論的討論，泰半是由魏晉南北朝直接跳至宋代，而中間唐代近三百年的歷程，卻成了研究三國正統轉換環節中的空白地帶。

　　深究這種現象形成的原因，是因爲唐代史家對三國正統論較少關注，因此有關唐人對於三國評論的文獻亦相對稀疏〔註7〕，這就使得諸多前賢在研究三國正統觀此一領域的時候，往往自魏晉跳至兩宋，而唐代或者略而不論，即或論及，亦僅能以少量篇幅帶過。

　　然而，筆者在深一層探索此一現象時，發現了一個新的可探索唐朝文人三國觀點的原典文獻，即唐代詩人所留下兩百餘首詠嘆三國人物與事蹟的詩作。兩百多首作品在唐詩中雖然不算多，但是在詠史作品中卻佔有一定的比例，更重要的是，這是在唐代史籍論及三國資料匱乏的情況下，我們少數能夠掌握的原始文本。

　　透過對兩百多首唐代詩歌的考察與分析，筆者發現三國正統論述中重要的「尊蜀抑曹」思維，其實已經在該時期就漸漸醞釀成形。唐代文人在眾多的作品中對蜀國人物寄予了崇敬的眼光，卻對魏國的曹操加以諷刺跟批判。換言之，過去學界認爲「尊蜀抑曹」的三國正統論，是至南宋才出現並且確立，但實際上這種「尊蜀抑曹」思維的源

〔註6〕四庫館臣云：「《三國志》……其書以魏爲正統，至習鑿齒作《漢晉春秋》始立異議。自朱子以來，無不是鑿齒而非壽。」此說主要闡明自朱子以後，「以蜀漢爲正統」的思想成爲一普遍的主流。〔清〕永瑢、紀昀等撰：《武英殿本四庫全書總目提要》（史部正史類一，臺北：臺灣商務印書館股份有限公司，2001年），冊二，頁16。

〔註7〕對此議題考訂最詳者，爲呂美泉《〈三國志〉研究編年史略（上）（中）（下）》，以編年方式呈現三國時期結束以來歷代學者之說，其中唐代之資料較其餘朝代明顯稀疏。見呂美泉〈《三國志》研究編年史略（上）〉《通化師範學院學報》第3期（1999年），頁71～76。

頭，更可以上溯至唐代。

在三國故事流傳的過程中，除了「尊蜀抑曹」思維演進的探討，另有一個與之密切關聯的領域就是「重蜀輕吳」的命題〔註8〕。歷史上的三國，原本是三個鼎足勢分的政權，其人物亦各具風采。然由魏晉南北朝至兩宋，為何文人在詩文或議論之中，均不約而同將重心擺在蜀、魏兩國的對抗或兩方正邪形象的對比，而孫吳受到關注的比例明顯受到壓縮，居於陪襯性的地位？

學界討論此一現象時，亦多半將論述的重心擺在魏晉南北朝以及宋代兩個時期，而忽略了有唐一代的樞紐功能。過去探討三國正統論中「重蜀輕吳」的趨勢，多半將原因歸咎於魏晉南北朝較少探討孫吳的文獻及南宋朱熹《通鑑綱目》「帝蜀寇魏」的系統，將三國正統定調為蜀、魏為主，孫吳為輔，此一框架遂沿及後世，成為歷代觀看三國的主要軸心。

然而透過對唐代兩百多首作品的分析，筆者發現此一「重蜀輕吳」的趨勢，亦可能是潛藏於唐代文人心靈中的普遍意識。換言之，透過對唐代詠三國詩作的理解，反觀唐代文士的三國觀點，亦可將「重蜀輕吳」此一學界中較少著墨的唐代區塊給予補充。

唐代文人留下的大量詠三國作品，不僅是珍貴的文獻，同時也是探討當代三國觀點的一個重要切入角度。筆者期望透過對此兩百多首詩作加以探索跟分析，並運用全唐文中相關之資料，了解該時期「尊

〔註8〕所謂「重蜀輕吳」，意指在三國故事流傳的過程中，由於多數的史籍與詩文都將焦點擺在「蜀漢」與「曹魏」兩方的人物，這就使「孫吳」的定位在歷代逐漸邊緣化，成為兩強交鋒下陪襯性的附帶角色。如魏晉南北朝時期，習鑿齒與袁宏標舉「尊蜀抑魏」，南宋朱熹從之，在此一論述系統下，則三國的框架遂成了「蜀漢」與「曹魏」的正反之爭，而「孫吳」逐漸被劃分於主要的討論之外，此一思維型態亦存在於後世之《三國志通俗演義》。參周曉琳〈二元思維與三國敘事──試析《三國演義》對東吳集團的塑造〉收錄於《東吳文化暨第二十屆三國演義學術研討會論文集》（合肥：安徽大學出版社，2010年8月），頁30。

蜀」「抑曹」「輕吳」的意義與原因。將此一唐人心靈中「尊蜀」「抑曹」「輕吳」的現象，放置到由魏晉至兩宋間「尊蜀抑曹」三國觀演變的大框架中，以補足過去學界談論此一命題時，缺乏論述唐代區塊。

第二節　研究範圍與方法

壹、研究範圍

　　學界針對唐代詠三國詩的收集與研究，已逐步形成一種題材範圍上的共識，其中朱一玄、劉毓忱合編之《三國演義資料彙編》〔註9〕，廣爲學界所引用，在唐代區塊，此書收錄唐代詠三國詩共一百二十八首，其選材的方式與條件設立，奠定了該類作品的標準：

　　其一：題目即以三國政權人物或典故爲題之詩作。如劉禹錫〈蜀先主廟〉〔註10〕、杜甫〈八陣圖〉〔註11〕、宋之問〈銅雀台〉〔註12〕、徐夤〈吳〉〔註13〕等。

　　其二：題目雖未以三國政權人物或典故爲題，但是內容詠及三國人物事蹟之詩作。如楊炯〈廣溪峽〉〔註14〕、孟雲卿〈鄴城懷古〉〔註15〕、李商隱〈井絡〉〔註16〕等作品，此類詩歌之內容，實際上仍舊詠嘆之三國人物，並且寄褒貶之意於其中。

　　《三國演義資料彙編》所收之唐代詠三國詩，雖初步奠定了此類題材之範圍標準，然因此書收攬之年代由魏晉綿延至清代，題材又廣

〔註 9〕朱一玄、劉毓忱：《三國演義資料彙編》（天津：南開大學出版社，2003年），頁 2～7。

〔註10〕〔清〕曹寅、彭定求等編：《全唐詩》（臺北：明倫出版社，1971年），卷 357，頁 4016。

〔註11〕〔清〕曹寅、彭定求等編：《全唐詩》，卷 299，頁 2904。

〔註12〕〔清〕曹寅、彭定求等編：《全唐詩》，卷 52，頁 645。

〔註13〕〔清〕曹寅、彭定求等編：《全唐詩》，卷 710，頁 8169。

〔註14〕〔清〕曹寅、彭定求等編：《全唐詩》，卷 50，頁 611。

〔註15〕〔清〕曹寅、彭定求等編：《全唐詩》，卷 157，頁 1608。

〔註16〕〔清〕曹寅、彭定求等編：《全唐詩》，卷 540，頁 6207。

及詩、詞、戲曲、文論，難免在單一年代之材料中有遺珠之憾，孫繪茹於《唐詩中三國題材之研究》〔註17〕中，專就一代細加收集，收錄了作品一百七十餘首，爲目前最完整者。

學界先賢對唐代詠三國詩之匯整，提供了極有價值的資料，本文依循上述諸家的標準，就《全唐詩》中逐步搜尋，加上自別集中收錄之資料，另增五十餘首作品，共計有兩百二十六首唐代詠三國詩〔註18〕，以此爲核心作主要的研究範圍。

貳、研究方法與章節架構

縱的方面，以時間爲軸，歷時性地對魏晉南北朝陳壽《三國志》、裴松之《三國志注》，一直到宋代朱熹《通鑑綱目》幾代之間三國正統觀加以考辨。

橫的方面，全面分析唐代兩百多首詠三國詩作中，三個政權書寫比例的分配，並且分析這些詩作的性質與內涵，從中透視唐代文人對三國的觀點與看法，以補充過去學界探討「尊蜀抑曹」意識演變此一命題時，較少著墨的唐代區塊。

章學誠於《文史通義》嘗言：

明述作之本旨，見去取之從來。〔註19〕

此言不僅是章學誠綜覽學術史之眞知灼見，實亦爲貫串經學、史學、思想、文學之通論，當代文人援筆成詩，其「去取」之中即有意向之所在，意向之所在乃有褒貶之所存。唐人以三國爲題材的詠史之作，何以聚焦於蜀漢與曹魏，而少見孫吳之作，何以推舉蜀漢，批判曹魏，針對此現象加以探析，就可以深入理解當代文人心中的三國圖影。

〔註17〕孫繪茹：《唐詩中三國題材之研究》（國立臺南大學碩士論文，2012年7月），頁28。筆者於2012年1月曾於《中國語文月刊》發表〈唐代三國詩中的尊蜀意識〉一文，與孫繪茹同學的切入點與論文重心有顯著的不同，但卻有千里同行相應的喜悅。

〔註18〕相關作者與資料整理，見附錄一。

〔註19〕〔清〕章學誠撰；葉瑛校注《文史通義校注（上）》（臺北：里仁書局，1984年），頁238。

　　綜上所述，本文於章節的安排上，期能兼顧綜的時間軸序，以及唐代詩歌此一橫切面之重要性：

　　（一）第一章〈緒論〉：提出本文之研究動機、研究範圍與方法，將整篇論文之意旨加以綜覽式的說明。

　　（二）第二章〈唐前文獻典籍中的三國圖像〉：係在進入正題唐代之前，對魏晉南北朝文人之三國觀詳加整理與回顧，呈現該一時期對三國普遍之看法。

　　（三）第三章〈唐代詩歌中隱含的尊蜀抑識〉：研究唐代詩歌中詠嘆蜀國人物之作品，探討這些詩歌中呈現的「尊蜀」意識。

　　（四）第四章〈唐代詩歌對曹魏集團的負面形塑〉：係探索唐代詩歌中述及曹魏政權之作品，分析該類詩作對「抑曹」思想之啓蒙。

　　（五）第五章〈唐代詩歌中孫吳定位的邊緣化〉：以唐詩中述及孫吳政權及人物之作品爲重心，解析該一政權在唐詩中廣受忽略之情形及此一現象蘊含之意義。

　　（六）第六章〈唐詩詠三國對後世的影響〉：係針對前三章作一延伸思考，探討唐代詠三國詩對後世影響的面向。

　　（七）第七章〈結論〉：根據上述之研究作總結。

第二章　唐前文獻典籍中的三國圖像

　　西元二八〇年，三分歸晉，史上著名的三國時期也正式結束。三國分裂的政局隨著歷史的推進成爲了過去，但是在新的政局下，世人也開始對三國時期魏、蜀、吳三個國家進行意見分歧的討論與解讀。從這些解讀中，即明確地透顯出時人對三個政權或尊或貶及揚抑推崇的交互立場，從而展開了往後世代長期的三國爭論史。

　　在唐代以前有關三國重要的討論，均集中在魏晉南北朝。因爲隋代時間較短，因此相關的資料亦少。所以本章探討的文獻範圍，係以魏晉南北朝的原典爲主。本章試圖探索魏晉南北朝時期的人們如何看待三國時期的魏、蜀、吳政權，筆者擬由兩個角度去切入：一者是這個時期史家的三國解讀，二者是這個時期文士的三國解讀。藉由對這兩個部分的原典加以分析，考察這個階段所呈現的三國觀點。

第一節　魏晉南北朝史家正統歸屬之探討

壹、西晉史籍中呈現的曹魏正統論述

　　中國歷史上有關正統問題之爭執〔註1〕，一直是史學家討論的重

〔註 1〕有關中國史上歷代正統問題的整理，可參趙令揚：《關於歷代正統問題之爭論》。饒宗頤：《中國史學上之正統論》。

心之一。史家對正統論的重視，一方面源於華夏民族重「大一統」、「天命」的傳統政治思想〔註2〕，另方面則糾結在中國史家對政權轉移之間的正當性與連續性的辨讀〔註3〕。魏晉南北朝係中國史學蓬勃發展的黃金時期〔註4〕，史家對三國時期魏、蜀、吳的關注，分別表現於他們對正統問題的爭論上。西晉時期的史學對三國的觀點，是以尊曹魏的思想爲中心的，清代朱彝尊大略概述這段時期「尊曹」史著的趨勢：

> 於時作史者，王沈則有《魏書》，魚豢則有《魏略》，孔衍則有《魏尚書》，孫盛則有《魏春秋》，郭頒則有《魏晉世語》，之數子者，第知有魏而已。〔註5〕

這段文字列舉出自西晉以來幾個尊崇曹魏集團的當代史家，他們的史籍一定程度上代表了這個時期史家的三國觀。尤其在「蜀入于魏，魏

〔註2〕 杜國景：〈「正統論」與中國古代政治文化的理性光芒〉，《貴州文史叢刊》2003 年第 3 期，頁 33。江媚：〈正統論的興起與歷史觀的變化〉，《史學月刊》2004 年第 5 期，頁 16。

〔註3〕 有關中國史學家對政權轉移之際的探討，可參王培華：〈正統論與中國文明連續性〉《社會科學輯刊》2002 年第 1 期，頁 95～100。董恩林：〈試論歷史正統觀的起源與內涵〉《史學理論研究》2005 年第 2 期，頁 14～22。施建雄：〈中國封建社會正統論的思想體系與時代特點〉《史學理論研究》2009 年第 3 期，51～60。侯德仁：〈近三十年來的中國史學正統論研究綜述〉《蘭州學刊》2009 年第 7 期，頁 203～206。

〔註4〕 魏晉南北朝史學之發達，表現爲眾多面向，就史學地位而言，歷史典籍的地位得到提升，使眾多學者投入治史的工作，就撰寫之來源而言，官修、私修之史同樣興盛，且並行不悖。就史籍之種類而言，呈現更多樣化之發展。有關此時期史學興盛之因，即其特色之展現，可參萬繩南：〈史學文獻的蓬勃發展〉《魏晉南北朝文化史》（臺北：雲龍出版社，1995 年），頁 283。龐天佑：〈魏晉南北朝時期史學思想的發展大勢與歷史地位〉《中國史學思想通史・魏晉南北朝卷》（合肥：黃山書舍，2003 年），頁 5。高敏：〈試論魏晉南北朝時期史學的興盛及其特徵和原因〉《魏晉南北朝史發微》（北京：中華書局，2005 年），頁 374。

〔註5〕 〔清〕朱彝尊著：《曝書亭集》（臺北：世界書局，1964 年 4 月），冊下，頁 696。

禪於晉。」〔註6〕的歷史背景制約下，史家運筆之時，終究難免受到這些政治因素的籠罩。

　　所謂尊崇曹魏思想的源流，早期以王沈〔註7〕《魏書》最具代表性。其著作中極力稱許魏武帝乃英明蓋世、雄才大略的共主，認為唯有曹操之才德，方為當代王道之典範：

> 太祖自統御海內，芟夷羣醜，其行軍用師，大較依孫、吳之法，而因事設奇，譎敵制勝，變化如神。自作兵書十萬餘言，諸將征伐，皆以新書從事。臨事又手為節度，從令者克捷，違教者負敗。與虜對陳，意思安閒，如不欲戰，然及至決機乘勝，氣勢盈溢，故每戰必克，軍無幸勝。知人善察，難眩以偽，拔于禁、樂進於行陳之間，取張遼、徐晃於亡虜之內，皆佐命立功，列為名將；其餘拔出細微，登為牧守者，不可勝數。是以剙造大業，文武並施，御軍三十餘年，手不捨書，晝則講武策，夜則思經傳，登高必賦，及造新詩，被之管絃，皆成樂章。才力絕人，手射飛鳥，躬禽猛獸，嘗於南皮一日射雉獲六十三頭。及造作宮室，繕治器械，無不為之法則，皆盡其意。雅性節儉，不好華麗，後宮衣不錦繡，侍御履不二采，帷帳屏風，壞則補納，茵蓐取溫，無有緣飾。攻城拔邑，得美麗之物，則悉以賜有功，勳勞宜賞，不吝千金，無功望施，分毫不與，四方獻禦，與羣下共之。〔註8〕

此處不憚其煩徵引王沈書中長文，主要係該段文獻呈現的曹操，幾乎可謂接近了完美的形象。王沈除了讚美其戰術眼光的高絕、治國方略

〔註6〕〔清〕朱彝尊著：《曝書亭集》冊下，頁696。

〔註7〕《晉書》：「王沈，字處道，太原晉陽人也。祖柔，漢匈奴中郎將。父機，魏東郡太守。沈少孤，養于從叔司空昶，事昶如父。奉繼母寡嫂以孝義稱。好書，善屬文。大將軍曹爽辟為掾，累遷中書門下侍郎。及爽誅，以故吏免。後起為治書侍御史，轉秘書監。正元中，遷散騎常侍、侍中，典著作。與荀顗、阮籍共撰《魏書》。」〔唐〕房玄齡等撰，《晉書》（臺北：鼎文書局，1980年9月），頁1143。

〔註8〕《三國志‧魏書‧武帝紀》注引《魏書》。〔晉〕陳壽撰：〔宋〕裴松之注：《三國志》（臺北：鼎文書局，1980年9月），頁54。

的完善。更認為其禮賢下士，儉樸自守，是一位萬眾歸心的明君。這種超乎常情的溢美之辭，當然明確的呈現出史家本身對曹魏集團的歷史觀點。對於曹操之子曹丕，王沈更對其出生進行造神式的敘述，企圖強化曹魏在政權統治上必然性與正當性：

> 帝生時，有雲氣青色而圓如車蓋當其上，終日，望氣者以為至貴之證，非人臣之氣。年八歲，能屬文。有逸才，遂博貫古今經傳諸子百家之書。善騎射，好擊劍。〔註9〕

強調君主出生時，天地之間所發生的瑞相，以及建構帝王家族譜系的鏈結，都是一種為了鞏固政權合法性的論述形式，這種敘述觀點，無疑在當代對曹氏政權的地位進行了強而有力的捍衛〔註10〕。相對的，王沈在《魏書》中，對蜀、吳兩國的政治地位則採取否定的立場，並且往往在事件中刻意形塑他們負面的形象〔註11〕，比如王沈藉他人之口，說明劉備反覆、無信的性格：

> 諸將謂布曰：「備數反覆難養，宜早圖之。」〔註12〕

劉備除了缺乏信義，更是個善於矯飾情感欺騙他人的偽君子：

> 備聞曹公薨，遣掾韓冉奉書弔，並致賻贈之禮。文帝惡其因喪求好，敕荊州刺史斬冉，絕使命。〔註13〕

對於孫吳一方，王沈也刻意將其君臣遇到曹操時恐懼的情景加以強調：

> 曹公征荊州，孫權大懼，魯肅實欲勸權拒曹公，乃激說權曰：「彼曹公者，實嚴敵也，新并袁紹，兵馬甚精，乘戰勝之威，伐喪亂之國，克可必也。不如遣兵助之，且送將軍家詣鄴；不然，將危。」權大怒，欲斬肅，肅因曰：「今事

〔註9〕《三國志·魏書·文帝紀》注引《魏書》。見《三國志》，頁57。

〔註10〕王建文：《奉天承運——古代中國的「國家」概念及其正當性基礎》（臺北：東大出版社，1995年），頁251。

〔註11〕王文進：〈論王沈《魏書》對三國史的詮釋立場〉，收錄於《淡江大學第14屆『社會與文化』國際學術研討會論文集》，頁9。

〔註12〕《三國志·蜀書·先主傳》注引《魏書》。見《三國志》，頁874。

〔註13〕《三國志·蜀書·先主傳》注引《魏書》。見《三國志》，頁889。

已急，即有他圖，何不遣兵助劉備，而欲斬我乎？」〔註14〕

王沈在尊魏爲正統的同時，也對蜀、吳兩方的人物加以貶抑，這種情況並非是單一的，事實上正反映出該時期史家對另外兩國基本的態度。

同時期史家司馬彪〔註15〕於《續漢書》、《九州春秋》等史著中，也刻意地提高曹魏歷史上的定位，以壓抑蜀、吳。他在《續漢書》中，甚至稱曹操爲「太祖」，這在東漢斷代史中顯得相當特殊。同時，司馬彪也在其史著中，以名號的尊崇提高曹氏先祖的地位，其論曹騰、曹嵩云：

> （曹騰）在省闥三十餘年，歷事四帝，未嘗有過。好進達賢能，終無所毀傷。其所稱薦，若陳留虞放、邊韶、南陽延固、張溫、弘農張奐、穎川堂谿典等，皆致位公卿，而不伐其善。蜀郡太守因計吏修敬於騰，益州刺史種皓於函穀關搜得其牋，上太守，並奏騰內臣外交，所不當爲，請免官治罪。帝曰：「牋自外來，騰書不出，非其罪也。」乃寢嵩奏。騰不

〔註14〕《三國志·吳書·魯肅傳》注引《魏書》與《九州春秋》。見《三國志》，頁1270。若與陳壽《三國志》之本文對比，即可看出王沈刻意貶抑的痕跡。陳壽《三國志》載：「權起更衣，肅追於宇下，權知其意，執肅手曰：『卿欲何言？』肅對曰：『向察眾人之議，專欲誤將軍，不足與圖大事。今肅可迎操耳，如將軍，不可也。何以言之？今肅迎操，操當以肅還付鄉黨，品其名位，猶不失下曹從事，乘犢車，從吏卒，交遊士林，累官故不失州郡也。將軍迎操，欲安所歸？願早定大計，莫用眾人之議也。』權歎息曰：『此諸人持議，甚失孤望；今卿廓開大計，正與孤同，此天以卿賜我也。』」此段文字中，孫吳君臣間之默契、深厚之情誼，躍然紙上，故而有「權知其意，執肅手曰：『卿欲何言？』」亦或『此天以卿賜我也。』等行止，此種正面的形象當然是王沈所不欲採用的。《三國志·吳書·魯肅傳》。見《三國志》，頁1269～1270。

〔註15〕司馬彪，字紹統，高陽王睦之長子也。出後宣帝弟敏。少篤學不倦，然好色薄行，爲睦所責，故不得爲嗣，雖名出繼，實廢之也。彪由此不交人事，而專精學習，故得博覽群籍，終其綴集之務。〔唐〕房玄齡等撰，《晉書》，頁2141。據史書所載，司馬彪早年行事輕浮，因此不爲世所重，後來他專精於學問，力求著書立說，《九州春秋》、《續漢書》兩部鉅作，即是他後來治學的成果。

以介意，常稱嘆鬲，以爲鬲得事上之節。鬲後爲司徒，語人曰：「今日爲公，乃曹常侍恩也。」騰之行事，皆此類也。桓帝即位，以騰先帝舊臣」忠孝彰著，封費亭侯，加位特進。太和三年（229年），追尊騰曰高皇帝。〔註16〕

嵩字巨高。質性敦慎，所在忠孝。爲司隸校尉，靈帝擢拜大司農、大鴻臚，代崔烈爲太尉。黃初元年，追尊嵩曰太皇帝。〔註17〕

司馬彪特別將這些事蹟加以美化載錄，他一方面以稱譽的筆法描繪曹魏歷代先祖的事蹟，一方面隱晦曹氏家族在歷史上道德品格上的汙點，顯示其親附曹魏的意識極爲明顯。

此外這段時期也有史家對三國正統提出不同的見解，張勃《吳錄》就強調孫吳在三國時期存在的正當性。他的看法獨樹一幟，認爲「吳代漢德」，因此再三透過筆下的人物、事件，反映吳國「東南期運」的論調：

權告天文曰：「皇帝臣權敢用玄牡昭告於皇皇后帝：漢享國二十有四世，歷年四百三十有四，行氣數終，祿祚運盡，普天弛絕，率土分崩。孽臣曹丕遂奪神器，丕子叡繼世作惡，淫名亂製。權生於東南，遭值期運，承乾秉戎，志在平世，奉辭行罰，舉足爲民。群臣將相，州郡百城，執事之人，咸以爲天意已去於漢，漢氏已絕祀於天，皇帝位虛，郊祀無主。休徵嘉瑞，前後雜沓，歷數在躬，不得不受。權畏天命，不敢不從，謹擇元日，登壇燎祭，即皇帝位。惟爾有神饗之，左右有吳，永終天祿。」〔註18〕

《吳錄》是一部重視吳國地位的史籍，其收錄的史料與敘述的方式，都隱含著抬高吳國歷史定位的意旨，上述記載中，即暗示了孫權稱帝的正當性。先是說「漢享國二十有四世，歷年四百三十有四，行

〔註16〕《三國志・魏書・武帝紀》注引《續漢書》。見《三國志》，頁1。
〔註17〕《三國志・魏書・武帝紀》注引《續漢書》。見《三國志》，頁2。
〔註18〕《三國志・吳書・吳主傳》注引《吳錄》。見《三國志》，頁1135～1136。

氣數終，祿祚運盡」，這是在爲孫權即位的正當性鋪陳，後文所接「歷數在躬，不得不受。權畏天命，不敢不從，謹擇元日，登壇燎祭，即皇帝位。」顯然「吳代漢德」就成了合情合理之詞。

　　相較於同時期的史著，陳壽撰寫的《三國志》，則是更爲嚴謹之作。儘管其入晉仕官的身分有別於一般史家〔註19〕，其寬廣的史識，以及暗藏褒貶於事件記載中的曲折史筆〔註20〕，仍舊爲後世所敬重。他竭力於收集魏、蜀、吳的相關史料，並且進行詳實的記載。但是即使是陳壽這麼卓越而具備高度歷史眼光的史家，也不能不與現實環境作某種程度的妥協。陳壽撰寫《三國志》之時，已然身爲晉臣，既使其「先主」「後主」的尊稱，隱然有不忘舊國之思。但仍舊必須將曹魏政權置於最中心的本紀之位，而以列傳的方式記載蜀漢與孫吳的君主。因而劉咸炘即言：

　　　　壽自有不忘舊國之心，而非有魏邪（蜀）漢正之見，雖小
　　　　例不以蜀儕吳，而大體帝魏，自不可掩。〔註21〕

〔註19〕有關陳壽由蜀入晉的年代、事蹟，楊耀坤、伍野春先生合著之《陳
　　　　壽、裴松之評傳》中，有詳實的描述。楊耀坤、伍野春：《陳壽、裴
　　　　松之評傳》（南京：南京大學出版社，1998 年 12 月）曹書傑先生於
　　　　〈陳壽入晉任官及其年代考証〉一文中，亦有相關的考證，皆有值
　　　　得參考之價值。曹書傑：〈陳壽入晉任官及其年代考証〉，《華南師大
　　　　學報》1999 年第 4 期。
〔註20〕陳壽之史識，與暗藏褒貶之筆法，向爲歷代史家推崇。范頵即言《三
　　　　國志》：「辭多勸戒，明乎得失，有益風化。」崔浩亦言陳壽之書：「文
　　　　義典正，皆揚于王廷之言，微而顯，婉而成章，班史以來無及壽者。」
　　　　章學誠則推崇：「予性喜史學，馬、班而外，即推此書。」參見錢大
　　　　昕：〈三國志辨疑序〉：叢書集成（臺北：商務印書館，1935 年），頁
　　　　167。近代學者對此之研究，亦取得不少成果，何並南先生從句法分
　　　　析的角度，是這個命題另一個不同角度的思考。何並南《三國志和
　　　　裴注句法專題研究》（南京：南京師範大學出版社 2001 年 12 月）。
　　　　李純蛟先生《三國志研究》第四章〈直書的嬗變〉，則突顯出其筆法
　　　　於整個史學發展脈絡中之意義。李純蛟《三國志研究》，（成都：巴
　　　　蜀書社，2002 年 9 月），49〜64。
〔註21〕劉咸炘著；黃曙輝編校：〈三國志知意〉《劉咸炘學術論集·史學篇》
　　　　（廣西：廣西師範大學出版社，2007 年），頁 305。

趙翼則由時代背景的角度切入，說明此一現象：

> 蓋壽修書在晉時，故於魏晉革易之處，不得不多所迴護，
> 而魏之承漢與晉之承魏一也，既欲爲晉迴護，不得不先爲
> 魏迴護也。〔註22〕

近世學者龐天佑也從陳壽著《三國志》的歷史背景出發，說明陳壽必須尊魏爲正統的苦衷：

> 無論是其生活的客觀環境，還是其作爲西晉人的主體地
> 位，都要求他必須以曹魏作爲正統。如果否定曹魏的正統
> 地位，就等於否定了西晉的正統地位。因此在《三國志》
> 中，他爲曹魏的君主立紀，而爲蜀漢、孫吳的君主立傳。
> 這種安排體現出陳壽關於正統在魏的理念。〔註23〕

後世諸賢對《三國志》之評論，顯然皆能給予設身處地之理解，但同時也透顯出陳壽不得不以曹魏爲正的歷史時空侷限。陳壽對三國史事之載述，雖然盡其所爲地客觀，但仍須將曹魏置於最高的位置，這種歷史敘述的定調必然對當代史界是有重要的指標性與影響力的。

綜上所述，西晉時期主要史家對三國的觀點，顯然是以魏爲尊的。而蜀漢、孫吳的定位則相對的處於劣勢，或者被視爲非正統的存在，或者被視爲曹氏偉大功業底下的襯角。從歷史形勢的推演來觀察，這也是合理的現象。魏晉時期去魏未遠，時人對曹氏政權的霸業尚有很強的崇敬之心。況且在「晉承魏統」之思維制約下，史家既認爲晉氏乃合理的繼魏而來，是以於尊晉之時其勢則不得不尊魏。但也因爲在這樣的時代氣氛下，部分史家未免過份醜化蜀漢、孫吳的形象〔註24〕，以襯托曹魏的地位。錢大昭針對該時期史書特殊的現象，即

〔註22〕〔清〕趙翼撰，王樹民校證：《廿二史箚記校證》（北京：中華書局，2001年），頁121。

〔註23〕龐天佑：〈論陳壽的歷史哲學思想〉《史學理論研究》2003年第4期，頁85。

〔註24〕〔清〕歸莊：〈某先生八十壽序〉：「且史臣之辭，不論國之正僭、人之賢否，與我敵，即爲敵。是故曹魏之朝，以諸葛亮爲賊。」此言即道出史家往往因自身之立場，影響其對歷史評價之公正性。〔清〕

評論道：「陳承祚之於三國，疆宇鼎立，地醜德齊，兼之互相詆毀，各自誇張，斯其載筆，誠難折中。又列國雖有史錄，多詳魏而略吳，華曹而陋蜀。」〔註25〕其實「詳魏而略吳，華曹而陋蜀。」當是指當代普遍史家的心態而言，這種情況並非少數一二論者可以逆轉的。

貳、西晉以後史籍中正統論述之延展

　　南方的東晉、南朝政權系統，以及北方的北朝政權系統，其治史風氣仍舊盛行，並不亞於西晉之時〔註26〕，此時史學界的主流，雖然仍以視曹魏為正統者居主流，但開始出現了較多元的聲音。如袁宏、習鑿齒即由新的角度看待三國，試圖提高蜀漢地位，但是在當代的影響力極為有限，名史家裴松之對魏、蜀、吳雖有較客觀持平之論，但由於其大一統思想的立場，並未試圖扭轉三國的正統。這個時期的史家，雖然多以曹魏為尊，但已然有鬆動的跡兆。

　　此時期南方重要的史家，如孫盛、王隱、常璩，以及北朝的崔浩、魏收等，在論及曹魏政權時，仍舊沒有改易這個尊魏的傳統。著名史家孫盛〔註27〕即標榜曹魏政權是繼漢室之後，「天命」之所歸者：

> 夫玄覽未然，逆鑒來事，雖禋竈、梓慎其猶病諸，況術之下此者乎？吳史書達知東南當有王氣，故輕舉濟江。魏承漢緒，受命中畿，達不能豫覩兆萌，而流竄吳越。又不知咨術之鄙，見薄於時，安在其能逆觀天道而審帝王之符瑞

　　歸莊：《歸莊集》（上海：上海古籍出版社，2010 年），頁 253。

〔註25〕〔清〕錢大昭：《三國志辨疑》（臺北：新文豐出版股份有限公司，1984 年），頁 1。

〔註26〕梁啓超即言：「兩晉六朝，百家蕪穢，而治史者尤盛。」意謂當時治史的風氣，甚至超越其他的學術。梁啓超：《中國歷史研究法》（臺北：里仁書局，2000 年），頁 60。

〔註27〕《晉書》：「孫盛字安國，太原中都人。祖楚，馮翊太守。父恂，潁川太守。恂在郡遇賊，被害。盛年十歲，避難渡江。及長，博學，善言理。于時殷浩擅名一時，與抗論者，惟盛而已。盛嘗詣浩談論，對食，奮擲麈尾，毛悉落飯中，食冷而復暖者數四，至暮忘餐，理竟不定。盛又著醫卜及易象妙於見形論，浩等竟無以難之，由是遂知名。」〔唐〕房玄齡等撰，《晉書》，頁 2147。

哉？昔聖王觀天地之文，以畫八卦之象，故疊疊成於著策，變化形乎六爻，是以三易雖殊，卦繇理一，安有迴轉一籌，可以鉤深測隱，意對逆占，而能遂知來物者乎？〔註28〕

他認為「魏承漢緒，受命中畿」，只有曹魏才是受命於天的正統政權，孫吳並不具備此等資格，他更在著作中批評蜀、吳兩國：

昔伯夷、叔齊不屈有周，魯仲連不為秦民。夫以匹夫之志，猶義不辱，況列國之君三分天下，而可二三其節，或臣或否乎？餘觀吳、蜀，咸稱奉漢，至於漢代，莫能固秉臣節，君子是以知其不能克昌厥後，卒見吞於大國也。向使權從群臣之議，終身稱漢將，豈不義悲六合，仁感百世哉！〔註29〕

所謂「餘觀吳、蜀，咸稱奉漢，至於漢代，莫能固秉臣節」即代表孫盛對這兩個政權的觀點，此種傾向在魏晉南北朝的史家與士人中極為普遍。唐代史家劉知幾於《史通》就對王沈、孫盛之論表示不滿：「若王沈、孫盛之伍，伯起、德棻之流，論王業則黨悖而誣忠義、敘國家則抑正順而褒篡奪，述風俗則衿夷狄而陋華夏。」〔註30〕

　　相較於孫盛，常璩〔註31〕的《華陽國志》是對蜀、吳較為持平的著作。但是仍舊不脫以曹魏為正統的大骨架，常璩的著作《華陽國志》受陳壽的影響很深，它不僅在史料上參考陳壽的《三國志》，也

〔註28〕〔晉〕陳壽撰：〔宋〕裴松之注：《三國志》，頁1426。

〔註29〕《三國志·吳書·吳主傳》，注引《江表傳》。見《三國志》，頁1123。

〔註30〕〔唐〕劉知幾著，〔清〕蒲起龍釋：《史通釋評》（臺北：華世出版社，1981年11月），頁269。

〔註31〕常璩，字道將，蜀郡江原人。早年撰有《巴漢志》、《蜀志》、《南中志》，惜後世亡佚。常璩原本是李勢的部屬，東晉永和三年，桓溫伐蜀，常璩在形勢所迫下，只得隨李勢歸降。常璩時常感受到上層權勢的壓破，於是再次發憤著作，終以《華陽國志》為傳世之作。常璩之生平，《晉書》未專篇載錄，只散見於《晉書·桓溫傳》、《晉書·李勢傳》等，然後世學者已意識到常璩的重要性，如任乃強即多方考證，作〈常璩身世與撰述動機〉，是今天瞭解常璩較完備的著作，以上敘述，即參佐該書之而來。〔晉〕常璩著，任乃強校注：《華陽國志校補圖注》（上海：上海古籍出版社，2009年7月）。

承襲了陳壽史論觀。相對於其他當代的主流史家，其對蜀漢人物基本上是敬重的，如其論諸葛亮曰：

> 夏五月，亮渡瀘，進征益州。生虜孟獲，置軍中，問曰：「我軍如何？」獲對曰：「恨不相知，公易勝爾。」亮以方務在北，而南中好叛亂，宜窮其詐。乃赦獲，使還合軍，更戰。凡七虜、七赦。獲等心服，夷、漢亦思反善。亮復問穫，獲對曰：「明公，天威也！邊民長不為惡矣。」〔註32〕

此敘述方式，在過去以魏為尊的史籍中，是相當罕見的。不過，常璩雖然對蜀漢的態度較為友善，若深究其結構底層，其實依舊承續魏晉以來將曹魏視為正統的觀點，雖然他在記錄蜀漢人物的事蹟時，較為持平，但只要碰到蜀漢與曹魏相關的評論，依舊跳不出揚曹抑蜀的框架，《華陽國志》云：

> 諸葛亮雖資英霸之能，而主非中興之器，欲以區區之蜀，
> 假已廢之命，北吞強魏，抗衡上國，不亦難哉。〔註33〕

很顯然的，當兩個政權一旦擺在同一個天秤上時，常璩的歷史敘述就偏向視蜀漢為「假已廢之命」、「抗衡上國」的地方勢力，這種論述顯然並未脫離當代的曹魏中心論。清代學者張澍即不滿道：

> 常璩反沿西充之志，裴松竟無糾駁之文。〔註34〕

張澍不滿常璩延襲以魏為正統觀點，同時又批判裴松之未能對此給予糾正。其實常璩對三國歷史之記載，已然較西晉史家持平。而在時人皆普遍尊魏的論調下，常璩依循在歷史大框架也是可以理解的。

雖然當代的史學界，基本的主流思仍以曹魏為尊，但是也有部分史家逐漸開展出不同的視角，能夠對史學界所貶抑的蜀國、吳國提出不同的看法，支持他們在歷史上的定位，這些史家的思想都有其獨到、精闢之處，顯見大環境的史家、士人雖然多數未脫離尊魏的框架，

〔註32〕〔晉〕常璩著，任乃強校注：《華陽國志校補圖注》，頁241。
〔註33〕〔晉〕常璩著，任乃強校注：《華陽國志校補圖注》，頁429。
〔註34〕段熙仲，聞旭初編校：《諸葛亮集》（北京：中華書局，2010年5月），序頁14。

但是新觀點的出現亦不容忽視，其中，重新提高蜀國地位的袁宏與習鑿齒，就是史學界特殊的人物。

袁宏〔註35〕的《後漢紀》，即以蜀漢為繼承漢統之正朔而視曹魏為篡位之臣：

> 人懷匡復之治，故助漢者協從，背劉者眾乖，此蓋民未忘義，異乎秦漢之勢。魏之討亂，實因斯資，旌旗所指，則以伐罪為名；爵賞所加，則以撫順為首。然則劉氏之德未泯，忠義之徒未盡，何言其亡也？漢苟未亡，則魏不可取。今以不可取之實，而冒揖讓之名，因輔弼之功，而當代德之號，欲比德堯舜，豈不誣哉！〔註36〕

袁宏認為漢德未衰，當時民間亦常懷復興王室的志向，故言「民未忘義，異乎秦漢之勢」，正因為人心中猶存漢室，故「漢苟未亡，則魏不可取」。曹魏政權強迫獻帝禪讓其皇位，就袁宏的角度而言，乃是「冒揖讓之名，因輔弼之功，而當代德之號，欲比德堯舜」，全然是不合理的作為。

袁宏於《後漢紀》卷三十，即運用史家筆法，標舉出蜀漢的重要性。雖言「庚午，魏王即皇帝位，改年曰黃初」〔註37〕，載錄曹魏政權的時間，卻刻意將全書以「明年，劉備自立為天子」〔註38〕作為結尾，暗寄以蜀漢為正統的思想，近代學者於此中編排之用意，多有考究，卓季志即指出：

> 袁宏先在〈孝獻帝皇帝紀〉中不時特意記述漢獻帝之賢，

〔註35〕《晉書》：「袁宏字彥伯，侍中猷之孫也。父勗，臨汝令。宏有逸才，文章絕美，曾為詠史詩，是其風情所寄。少孤貧，以運租自業。謝尚時鎮牛渚，秋夜乘月，率爾與左右微服泛江。會宏在舫中諷詠，聲既清會，辭又藻拔，遂駐聽久之，遣問焉。答云：『是袁臨汝郎頌詩。』即其詠史之作也。尚傾率有勝致，即迎升舟，與之譚論，申旦不寐，自此名譽日茂。」〔唐〕房玄齡等撰，《晉書》，頁2391。

〔註36〕〔晉〕袁宏撰；周天遊校注：《後漢紀校注》，（天津：天津古籍出版社1987年），頁862～863。

〔註37〕〔晉〕袁宏撰；周天遊校注：《後漢紀校注》，頁864。

〔註38〕〔晉〕袁宏撰；周天遊校注：《後漢紀校注》，頁861。

爲斥責曹氏篡漢力鋪證據，待後漢政權被曹魏政權取代，再展開批判這段不臣的篡奪過程，強烈否定曹魏政權的正當性，正統意識結合了君臣名教觀，甚至不惜超越斷限，以「明年，劉備自立爲天子」收束整部《後漢紀》，意在漢德未盡，後漢中央政權雖然被曹氏篡奪，可是猶有蜀漢延續再偏安地區繼爲正統。〔註39〕

田亞瓊《袁宏《後漢紀》研究》亦持相同觀點：

關於《後漢紀》的下限，筆者認爲應爲劉備稱帝。古代史家多以是否符合「正統」作爲斷限的標準。袁宏正是認爲廢漢受禪的曹魏非「正統」，而將自稱延續漢祚的蜀漢視爲正統。〔註40〕

在當時，袁宏揚蜀抑曹的觀點，可謂特出之論，部份學者認爲，袁宏思想的啓發，應與東晉現實環境的刺激有關，因當時桓溫作大，有篡奪之心，故而有史家藉此喻比，以古諷今〔註41〕。然袁宏本身對蜀漢人物的認同，亦是重要的因素，他不僅作《後漢紀》，又另作〈三國名臣序讚〉，特別對蜀漢王佐之臣諸葛亮加以表揚：

孔明盤桓，俟時而動，遐想管樂，遠明風流，治國以禮，人無怨聲，刑罰不濫，沒有餘泣，雖古之遺愛，何以加茲！及其臨終顧托，受遺作相，劉后授之無疑心，武侯受之無懼色，繼體納之無貳情，百姓信之無異辭，君臣之際，良

〔註39〕 卓季志：《《後漢紀》與袁宏之史學及思想》（臺北：花木蘭文化出版社，2009年），頁148。

〔註40〕 田亞瓊：《袁宏《後漢紀》研究》（安徽大學傳世文獻整理研究所碩士論文，2010年），頁21。

〔註41〕 張蓓蓓即指出這種客觀環境對袁宏著史的推進力量：「桓溫大權在握幾二十年，覬覦神器幾已可謂「司馬昭之心路人所知」，希望這些史家全無反應，幾乎是不可能的事情。」張蓓蓓：〈袁宏新論〉，《魏晉學術人物新研》（臺北：大安出版社，2001年12月，頁187。倉修良則認爲袁宏批判曹魏，應有諷諭之意：「由於袁宏對桓溫那種不合名教的舉動極端痛恨，反映在書中，指桑賣槐、借古諷今者也就屢見不鮮」倉修良：《中國古代史學史》（北京：人民出版社，2009年9月），頁160。

可詠矣！〔註42〕

　　袁宏認爲蜀漢的劉備與諸葛亮，是一對值得作爲典範的君臣。尤其是諸葛亮，在能力上他「治國以禮，人無怨聲，刑罰不濫，沒有餘泣」，使得蜀國得以受到良好的管理。更值得敬佩的是他的個人道德，表現在其對劉備的忠誠上，因此袁宏認爲「及其臨終顧托，受遺作相，劉後授之無疑心，武侯受之無懼色」。這樣的敘述方式，無疑的是對蜀漢政權人物表達無限的敬意了。

　　繼袁宏之後，習鑿齒〔註43〕在其《漢晉春秋》中亦著意於抬高蜀漢，從他的史著中細微探究，可發現其與魏晉史家「晉承魏統」的基礎觀點不同的是，他獨標「晉承漢統」。換言之，漢、晉之間的「三國時期」，正統不在魏，其言：

> 今若以爲魏有代王之德，則其道不足，有靖亂之功，則孫劉鼎立。道不足，則不可謂制當年；當年不制於魏，則魏未曾爲天下之主。王道不足於曹，則曹未嘗爲一日之王矣。昔共工伯有九州，秦政奄平區夏，鞭撻華戎，專總六合，猶不見序於帝王，淪沒於戰國，何況暫制數州之人，威行境內而已，便可以推爲一代者乎？〔註44〕

在這樣的基礎論點之下，習鑿齒呈現一套自己的歷史推論，認爲「晉」應該越「魏」而繼「漢」：

> 自漢末鼎沸五六十年，吳魏犯順而強，蜀人杖正而弱，三家不能相一，萬姓曠而無主。夫有定天下之大功，爲天下之所推，孰如見推於闇人，受尊於微弱？配天而爲帝，方駕於三代，豈比偃首於曹氏，側足於不正？即情而恆實，取之而無慚，何與詭事而托僞，開亂於將來者乎？是故故舊之恩可封

〔註42〕〔清〕嚴可均：《全上古三代秦漢三國六朝文》（北京：中華書局，1987年3月），頁1786。

〔註43〕《晉書》：「習鑿齒字彥威，襄陽人也。宗族富盛，世爲鄉豪。鑿齒少有志氣，博學洽聞，以文筆著稱。荊州刺史桓溫辟爲從事，江夏相袁喬深器之，數稱其才於溫，轉西曹主簿，親遇隆密。」〔唐〕房玄齡等撰，《晉書》，頁3152。

〔註44〕《晉書・習鑿齒傳》（臺北：鼎文書局，1980年），頁2155～2156。

魏後，三恪之數不宜見列。以晉承漢，功實顯然。〔註45〕

　　《漢晉春秋》中，除了有眾多讚揚蜀漢人物、歌詠其英雄事蹟的記載以外，更特別的是，他是少數採用蜀漢年號紀錄的史書，這裡隱含的春秋筆法，也似乎呼應著他本身的史觀〔註46〕。因此王文進先生在〈習鑿齒與諸葛亮神話之建構〉言及：

> 習鑿齒認爲當時「三家不能相一」，曹魏、蜀漢、孫吳「力均而智侔」，「萬姓曠而無主」、三家「道不足以相傾」的情況之下沒有所謂正統存焉，要求西晉王朝承續東漢。所謂「晉承漢統」，其實亦能稱做是「越魏繼（東）漢」。從中隱約透露出習氏自身的道義批判，認爲蜀漢政權方是「仗正」之國，而表面國勢強盛的曹魏、孫吳政權均爲「犯順」的霸權之國。〔註47〕

　　習鑿齒的正統論述，在後世引起了相當程度的討論〔註48〕，雖然在當時並沒有能夠引起扭轉正統觀作用。但是說明西晉之後，也開始有史家對於三國正統可否歸於蜀國，提出了新的觀點。

　　當時重要的史家裴松之，除了對陳壽《三國志》進行各種資料上的補充〔註49〕，其對三國時期的眼光也是值得注意的。因爲他注《三

〔註45〕《晉書·習鑿齒傳》，頁2157。

〔註46〕有關習鑿齒史學思想之研議，可參鄭先興：〈習鑿齒思想簡論〉（許昌學院學報：2006年第1期）。劉治立：〈習鑿齒與王夫之的三國正統論比較〉（成都大學學報：2010年第2期。）

〔註47〕王文進：〈習鑿齒與諸葛亮神話之建構〉（臺大中文學報，2012年第38期），頁14。

〔註48〕後世家劉知幾、即認爲習鑿齒的論點，是魏晉時期特出的一個說法，應給予重視。時至兩宋，學者對蜀漢正統的觀點提出自己的議論，也往往受到習鑿齒的影響。清代章學誠認爲習鑿齒在三國正統論的源流中，有一定的地位：「昔者陳壽《三國志》，紀魏而傳吳、蜀，習鑿齒爲《漢晉春秋》，正其統矣。司馬《通鑑》仍陳氏之說，朱子《綱目》又起而正之。『是非之心，人皆有之。』不應陳氏誤於先，而司馬誤於其後，而習氏與朱子之識力，偏居於優也。」〔清〕章學誠著、葉瑛校柱：《文史通義校注》（北京：中華書局，2008年3月），頁278。

〔註49〕陳壽撰史雖求精要，亦難免因材料有限，引據資料不夠充實，固裴松之乃爲之作注，加以彌補。據逯耀東先生考述，陳壽《三國志》所採

國志》之時，同時對魏、蜀、吳三國，有許多深入、獨到的見解。裴松之對三國之尊誰屬的觀點，歷來頗有爭議。有學者以爲其比較擁護蜀國〔註50〕、亦有學者以爲其較傾向曹魏一統的格局〔註51〕。但是他對歷史上曾經存在的三個政權，往往有客觀的見解。他對輔佐蜀漢的代表人物諸葛亮，即有如此評價：

> 若使游步中華，騁其龍光，豈夫多士所能沈翳哉！委質魏氏，展其器能，誠非陳長文、司馬仲達所能頡頏，而況於餘哉！苟不患功業不就，道之不行，雖志恢宇宙而終不北向者，蓋以權御已移，漢祚將傾，方將翊贊宗傑，以興微繼絕克復爲己任故也。豈其區區利在邊鄙而已乎！〔註52〕

裴松之對諸葛亮之人格，給予嘉許。其言「漢祚將傾，方將翊贊宗傑，以興微繼絕克復爲己任故也」數語，若是由此觀察，似乎他對蜀漢之政治地位是肯定的，但事實上他對曹操本人，也曾給予讚揚：

> 臣松之以爲曹公知羽不留而心嘉其志，去不遣追以成其義，自非有王霸之度，孰能至於此乎？斯實曹公之休美。〔註53〕

之三國史料，〈魏書〉乃依據王沈《魏書》、魚豢《魏略》爲主要依據，〈蜀書〉因無國史，故陳壽以己力收集、撰寫，〈吳書〉則以韋招《吳書》修補而成。逯耀東：〈裴松之與三國志注〉（臺北：東大出版社，2000年），頁330。裴松之引之書目，實可補《三國志》之不足，固歷來爲史界所種，有關其引證諸家之來源及探討，可參余志挺《裴松之三國志注研究》（臺灣師範大學碩士論文，2003年7月）。

〔註50〕孫遜先生認爲習鑿齒在注引史料時，顯然加入了很多曹魏負面的資訊。孫遜：〈淺談《三國演義》正統觀念的歷史進步性〉《三國演義論文集》（河南：中州古籍出版社，1985年），頁23。齊裕焜先生也認爲，裴松之在史料上的特色是相容並蓄，但是其立場是擁劉反曹的，這表現在其史料的取捨上，有較多的史料與曹操負面形象有關。齊裕焜：〈亂世英雄的頌歌——《三國志通俗演義》主題初探〉《三國演義論文集》（河南：中州古籍出版社，1985年），頁74。

〔註51〕王文進先生認爲，裴松之的統一觀思想，是奠基於人道主義的關懷。因此裴松之認同曹魏南征統一天下之舉，是希望三國時期的人民或許可藉此提早免於戰亂，休養生息。王文進：〈論裴松之的統一觀〉《六朝學刊》第一期，2004年12月，頁51～56。

〔註52〕《三國志・蜀書・諸葛亮傳》臣松之以爲。見《三國志》，頁912。

〔註53〕《三國志・蜀書・關羽傳》臣松之以爲。見《三國志》，頁940。

裴松之認爲曹操對待關羽的態度，有王霸之風，實爲一項美德。換言之，他對曹魏系統的代表人物，也能給予持平的見解，他也稱讚曹睿：

> 臣松之以爲魏明帝一時明主，政自己出。〔註54〕

不過，裴松之在評價劉備時，卻頗有微詞，他曾針對劉備謀取成都一事，加以批評。他先藉習鑿齒的言論爲引，後又加上自己的評價：

> 習鑿齒曰：夫霸王者，必體仁義以爲本，仗信順以爲宗，一物不具，則其道乖矣。今劉備襲奪璋土，權以濟業，負信違情，德義俱愆，雖功由是隆，宜大傷其敗，譬斷手全軀，何樂之有？龐統懼斯言之洩宣，知其君之必悟，故眾中匡其失，而不脩常謙之道，矯然太當，盡其塞諤之風。夫上失而能正，是有臣也，納勝而無執，是從理也；有臣則陛隆堂高，從理則羣策畢舉；一言而三善兼明，暫諫而義彰百代，可謂達乎大體矣。若惜其小失而廢其大益，矜此過言，自絕遠讜，能成業濟務者，未之有也。臣松之以爲謀襲劉璋，計雖出於統，然違義成功，本由詭道。〔註55〕

習鑿齒本身是尊蜀的史家，他當然不會以這個觀點來否定劉備。但是裴松之藉用了他「仁義」的言論，最後轉而批評劉備謀取成都，實在是「違義成功，本由詭道」。在裴松之眼中，這種舉措顯然是不可取的。

　　裴松之對三國的見解，往往並不特別偏袒某一方，而是以自己獨到的見識去進行評價，因此無論優點、缺點都會毫不客氣的指出。但是從這個地方我們也可以發現，他是這段漫長的歷史中，少數秉持較客觀的立場，去品評三國的史家。也因此他在註解《三國志》的時候，才能將眾多不同立場的史籍都蒐集起來，作爲後世理解三國的材料。

〔註54〕《三國志・蜀書・諸葛瑾傳》臣松之以爲。見《三國志》，頁 1235。
〔註55〕《三國志・蜀書・龐統傳》臣松之以爲。見《三國志》，頁 956。

　　南方的史家，雖然仍舊以尊魏的主流，卻已經出現不同的多元聲音。北方的史家，對三國正統提出的觀點也相當重要。北魏史家崔浩〔註56〕即認爲三國時期，以曹魏爲三國之尊，蜀漢當然不能與之抗衡：

> 夫亮之相備，英雄奮發之時，君臣相得，魚水爲喻。而不能與曹氏爭天下，委棄荊州，退入巴蜀，守窮崎嶇之地，僭號邊夷之間，此策之下者。可以趙佗爲偶，而以管、蕭之亞匹，不亦過乎！且亮既據蜀，弗量勢力，嚴威切法，控勒蜀人，欲以邊夷之眾，抗衡上國。出兵隴右，再攻祁山，一攻陳倉，疏邇失會，摧衄而反。後入秦川，更求野戰。魏人知其意，以不戰屈之。智窮勢盡，發病而死。由是言之，豈合古之善將，見可知難乎。〔註57〕

他認爲蜀國的君臣，乃是「僭號邊夷之間」，他們對曹魏的反抗，是「欲以邊夷之眾，抗衡上國」，從這段話中，即可顯示出他的褒貶之意。事實上，在北朝，曹氏政權的形象也多半是正面居多。如北魏孝文帝元宏（477～499）即言：

> 昔魏武翦發以齊眾，叔向戮弟以明法，克己忍親，以率天下。夫豈不懷，有爲而然耳。〔註58〕

在當代，許多臣子、君王都會以曹氏政權的功業勉勵自己，而非選擇蜀漢、孫吳的人物，這當然可以反映出其時人們心中的三國影像。孝

〔註56〕《魏書》:「崔浩，字伯淵，清河人也。白馬公玄伯之長子。少好文學，博覽經史。玄象陰陽，百家之言，無不關綜，研精義理，時人莫及。弱冠爲直郎。天興中，給事秘書，轉著作郎。太祖以其工書，常置左右。太祖季年，威嚴頗峻，宮省左右多以微過得罪，莫不逃隱，避目下之變。浩獨恭勤不息，或終日不歸。太祖知之，輒命賜以御粥。其砥直任時，不爲窮通改節，皆此類也。」〔北齊〕魏收撰:《魏書》（臺北：鼎文書局，1980年9月），頁807。按：中國歷史上，史輯之稱偶有重疊處，但內容卻不相同。此處《魏書》實爲南北朝中「記載北魏歷史之書」，與西晉王沈《魏書》記載三國曹魏歷史之內容不同，因名稱相同易於混淆，故於註解處分辨之。

〔註57〕〔北齊〕魏收撰:《魏書》，頁960～961。

〔註58〕〔清〕嚴可均:《全上古三代秦漢三國六朝文》，頁3532。

文帝認爲曹操懂得約束自己，掌控天下大勢。並以此砥礪自己跟臣子，效法他的作風。

另一位北齊重要的史家魏收，對於三國之正統誰屬的看法，表示了強硬的態度，他認爲曹魏的定位無庸置疑，蜀、吳兩國不應與之抗衡：

> 夫帝皇者，配德兩儀，家有四海，所謂天無二日，土無二王者也。三代以往，守在海外，秦吞列國，漢并天下。逮桓靈失敗，九州瓦裂，曹武削平寇難，魏文奄有中原，於有僞孫假命于江吳，僭劉盜名於岷蜀。何則？戎方椎髻之帥，夷俗斷髮之魁，世崇凶德，罕聞王道，扇以跋扈，忨從放命。加以中州避地，華土違離，思托號令之聲，念邀風塵之際。因虞候隙，仍相君長，偷名竊位，脅息一隅。〔註59〕

他除了在行文中看重曹操、曹丕的功績，更表示了對當時南方政權極度的不滿，他稱吳、蜀只是「僞孫」、「潛劉」。甚至視這些地方爲蠻夷之地，罕見王道，理所當然應該臣服於北方曹魏政權的統治。

宏觀來看，整個魏晉南北朝的史家的正統論述，主要還是以曹魏爲主要的正統，而視蜀漢、孫吳兩個政權，爲三國時期的附庸。儘管史家的措辭或強烈偏頗，或和緩持平，但是多數的史籍，仍舊以曹氏政權爲尊，少數尊蜀的言論，並未能挑戰此一主流的敘述。西晉有王沈《魏書》、司馬彪《九州春秋》《戰略》，陳壽之《三國志》等重要史著，東晉南朝亦有孫盛《魏氏春秋》《晉陽秋》、常璩《華陽國志》，北朝則有魏收的《魏書》，相當程度的代表當時史學界主要的趨勢。裴松之《三國志注》代表的是史學界相對客觀的論述，因此對三國的評價，往往能有獨到的見解。而張勃《吳錄》、袁宏《後漢紀》、習鑿齒《漢晉春秋》等史籍，已經試圖對三國正統提出不同的見解，他們對後世雖然起了重要的影響〔註60〕，也留下了珍貴的時代印記，但是

〔註59〕〔北齊〕魏收撰：《魏書》，頁2041～2042。

〔註60〕及至後世，袁宏、習鑿齒之言越來越受重視，趙作羹即言：「哀、平之後，光武一起，即爲天下所歸心。厥後東洛運移，獻帝入許，權

在當代並未成爲主流的意見。

第二節　魏晉南北朝文士對曹魏地位的尊崇

壹、西晉文士對曹魏政權的禮讚

　　魏晉南北朝的史家，在史書中所呈現的三國觀，是尊曹魏爲正統。這個時期的文士在各種文類中所展現對曹魏政權的態度，也大體是讚揚、肯定的成分多。錢大昕（1728～1804）曾評斷這時的時代氣氛：「魏氏據中原日久，而晉承其禪，當時中原人士，知有魏不知有蜀久矣。」〔註61〕在這個時期的文人心目中，晉代乃承襲魏統而來，晉代的君主固然是文人歌詠的對象，而「魏統」的代表人物曹氏父子，其功業也往往被士人溯流正位。相對於史家之言，文士在描寫的時候更容易加入較多的文學想像，以及誇飾性的筆法。

　　事實上，某個時期文士間對三國魏、蜀、吳代表人物的觀感，其實正隱含、折射出他們對某個政權的認同或否定。這種現象在西晉時期即表現得更爲顯著。

　　西晉初期，左思的〈三都賦〉，承繼了漢代大賦的書寫模式〔註62〕，除了盛大的宣揚晉朝的國威，同時也呈現出作者對曹魏人物、正統的認同，稱許他們所創造的歷史事蹟〔註63〕。其云：

　　　兇專國，疆宇分裂，四海之繫屬]，端在昭烈矣。漢統攸長，再絕再續，非偶然也。故井絡之開基也，袁氏所做《漢紀》之末，直指曆數之攸歸。炎興之紀年也。習氏即因之作《漢晉春秋》，以明天道之不可假易也乎！〔清〕趙作羹撰〈《季漢紀》緣起〉（臺北：文海出版社，1974年，清雍正間清稿本），頁5～6。

〔註61〕〔清〕錢大昭著：《三國志辨疑》，序頁1。

〔註62〕高桂惠：《左思生平及其三都賦之研究》（國立政治大學中國文學研究所碩士論文，1981年6月），頁24。

〔註63〕左思的〈三都賦〉蘊含了複雜的思想，除了呈現其對魏、晉二朝推崇的態度，也反映其對南北文化的觀點，王文進先生於〈三分歸晉前後的文化宣言——從左思〈三都賦〉談南北文化之爭〉一文中，於此思想之多面性，有詳實之分析。王文進《三分歸晉前後的文化

> 乾坤交泰而絪縕，嘉祥徽顯而豫作。是以兆朕振古，萌柢
> 疇昔。藏氣讖緯，闓象竹帛。迥時世而淵默，應期運而光
> 赫。〔註64〕

「乾坤交泰而絪縕，嘉祥徽顯而豫作」說明曹魏的出現，乃是應天時
而生，「迥時世而淵默，應期運而光赫」表明作者認同，這個政權得
以掌握時局乃是理所應當的結果。

　　左思由此而推論，漢代衰微以後，曹魏政權乃名正言順的繼承
者：

> 劉宗委馭，巽其神器。闓玉策於金縢，案圖錄於石室。考
> 歷數之所在，察五德之所涖。量寸旬，涓吉日。陟中壇，
> 即帝位。改正朔，易服色。繼絕世，修廢職。徽幟以變，
> 器械以革。顯仁翌明，藏用玄默。菲言濃行，陶化染學。
> 儷校篆籀，篇章畢覿。〔註65〕

「劉宗委馭，巽其神器」指的是漢代衰微的客觀事實，「考歷數之所
在，察五德之所涖」意在強調曹魏合理的承繼關係〔註66〕。因此王鳴
盛在《十七史商榷》卷五十一即言：

> 左思於西晉初，吳蜀始平之後，作三都賦，抑吳都、蜀都，
> 而申魏都，以晉承魏統耳。〔註67〕

　　宣言——從左思〈三都賦〉談南北文化之爭》《漢學研究集刊》2005
　　年12月，頁27～48。
〔註64〕〔梁〕蕭統：《文選》（臺北：五南書局，1991年），頁152。
〔註65〕〔梁〕蕭統：《文選》，頁165。
〔註66〕在古代，透過歷數之詮釋，與政權的存在相對應，是表明對該政權
　　　　正統與地位的重要途徑，此一思維模式之成熟與興盛，乃由先秦至
　　　　兩漢，至此而後，歷數、五行、五德乃成為表示政治正當性的解釋
　　　　系統，史家與文人在行筆下文之時，往往藉此表明自己認可尊崇之
　　　　政權。參薄樹人：《中國天文學史》（臺北：文津出版社，1996年），
　　　　頁161～162。李漢三：《先秦兩漢之陰陽五行學說》（臺北：維新書
　　　　局，1968年），頁103～190。鄺芷人：《陰陽五行及其體系》（臺北：
　　　　文津出版社，1998年），頁33～57。
〔註67〕〔清〕王鳴盛：《十七史商榷》（臺北：大化書局，1977年5月），頁
　　　　463。

在〈三都賦〉中，曹氏被抬到了極高的地位，但是蜀、吳兩個政權的評價卻受到相當的壓抑：

> 摧惟庸蜀與鴝鵲同窠，句吳與黿鼉同穴。一自以爲禽鳥，一自以爲魚鼈。山阜猥積而踦嶇，泉流逆集而映咽。隰壞瀸漏而沮洳，林藪石留而蕪穢。窮岫泄雲，日月恒翳。宅土燋暑，封疆障癘。蔡莽螫刺，昆蟲毒噬。漢罪流禦，秦餘徙㓝。宵貌蕞陋，稟質遒脆。巷無杼首，里罕耆耋。或魋髻而左言，或鏤膚而鑽髮。或明發而耀歌，或浮泳而卒歲。風俗以韰果爲嫿，人物以戕害爲藝。威儀所不攝，憲章所不綴。〔註68〕

「摧惟庸蜀與鴝鵲同窠」嘲弄的是蜀國，「句吳與黿鼉同穴」諷刺的則是吳國，左思說他們「一自以爲禽鳥，一自以爲魚鼈」，這種比喻，呈現的是作者對此二政權的輕視。

左思〈三都賦〉在西晉士人中有相當的代表性，這篇作品對三國時期曹魏政權的讚賞，以及對其餘二國的貶抑，一定程度代表著當時晉代士人普遍的態度。這種情況，與當時史家對三國的觀點，有諸多相應之處。

晉代士人對曹魏政權的肯定，經常也透過對其代表人物曹操的讚揚表現出來，如潘嶽〈西征賦〉即言：

> 魏武赫以霆震，奉義辭以伐叛。彼雖眾其焉用，故制勝於廟筭。砰揚桴以振塵，畫瓦解而冰泮。超遂遁而奔狄，甲卒化爲京觀。〔註69〕

這段文字中所呈現的，其實也是西晉普遍文人對曹氏政權的看法。他們認爲漢末群雄割據，天下大亂。魏武曹操乃是奉「義辭」以伐叛，在其文治武功之下，天下才有一番新氣象。當時的文士並不認爲蜀漢、孫吳乃是天命之所歸，而是將漢氏衰微後天下的後繼者視爲曹魏政權。

當代大文豪陸機在〈弔魏武帝文〉中，也用強烈的筆調肯定曹氏

〔註68〕〔梁〕蕭統：《文選》，頁170～172。
〔註69〕〔梁〕蕭統：《文選》，頁250。

的功業：

> 接皇漢之末緒，值王途之多違。佇重淵以育鱗，撫慶雲而
> 遐飛。運神道以載德，乘靈風而扇威。摧群雄而電擊，舉
> 勍敵其如遺。指八極以遠略，必翦焉而後綏。釐三才之闕
> 典，啓天地之禁闈。舉修網之絕紀，紐大音之解徽。掃雲
> 物以貞觀，要萬途而來歸。丕大德以宏覆，援日月而齊暉。
> 濟元功於九有，固舉世之所推。〔註70〕

「接皇漢之末緒，值王途之多違。佇重淵以育鱗，撫慶雲而遐飛」描
述曹操在漢末時局紛亂之際脫穎而出的過程。「釐三才之闕典，啓天
地之禁闈。舉修網之絕紀，紐大音之解徽」指出曹魏對政治綱紀的建
設。「丕大德以宏覆，援日月而齊暉。濟元功於九有，固舉世之所推」
四句，將曹魏功業高舉至與日月爭輝，並且指出這種看法在當時，「固
舉世之所推」是相當普遍的觀點。

晉代的司法官劉頌〔註71〕，在其〈除淮南相在郡上疏〉中，認
爲魏武曹操的雄才大略乃是漢代局勢紛亂後，恃以扭轉時局，安定天
下的正面力量：

> 漢末陵遲，閹豎用事，小人專朝，君子在野，政荒眾散，
> 遂以亂亡。魏武帝以經略之才，撥煩理亂，兼肅文教，積
> 數十年，至於延康之初，然後吏清下順，法始大行。〔註72〕

〔註70〕〔梁〕蕭統：《文選》，頁1477。

〔註71〕《晉書》：「劉頌，字子雅，廣陵人，漢廣陵屬王胥之後也。世爲名
　　　族。同郡有雷、蔣、穀、魯四姓，皆出其下，時人爲之語曰「雷、
　　　蔣、穀、魯，劉最爲祖。」父觀，平陽太守。頌少能辨物理，爲時
　　　人所稱。察孝廉，舉秀才，皆不就。文帝辟爲相府掾，奉使於蜀。
　　　時蜀新平，人飢土荒，頌表求振貸，不待報而行，由是除名。武帝
　　　踐阼，拜尚書三公郎，典科律，申冤訟。累遷中書侍郎。鹹寧中，
　　　詔頌與散騎郎白褒巡撫荊、揚，以奉使稱旨，轉黃門郎。遷議郎，
　　　守廷尉。時尚書令史扈寅非罪下獄，詔使考竟，頌執據無罪，寅遂
　　　得免，時人以頌比張釋之。」〔唐〕房玄齡等撰，《晉書》，頁1293。
　　　劉頌是西晉著名的賢臣，爲政清廉，又以賞罰分明著稱，廣泛受到
　　　百姓的愛戴，甚爲朝廷倚重。

〔註72〕〔清〕嚴可均：《全上古三代秦漢三國六朝文》，頁1688。

由魏晉時期士人對曹魏的描述中，可以發現，他們除了在正統上尊曹，尤其在品格、政績上也是尊曹的。因此劉頌說曹氏政權「撥煩理亂，兼肅文教，積數十年，至於延康之初，然後吏清下順，法始大行」，這與後世文人對曹魏的認知顯然大異其趣。﹝註73﹞這反映出魏、蜀、吳三國的圖像，在相異的時代往往是截然不同的。在魏晉文人的眼中，曹氏政權有許多值得稱道的政績，魏武曹操不僅有很高的軍事才能，更是個治國有方的有德君王。

據當代文士的原典中進行考察，可得知時人看待三國的焦點，還是一種尊曹的意識。這種焦點透過對曹氏政權代表人物曹操的讚揚、以及對此政權的認同顯現了出來。其中稍有措辭強烈者如左思，則在尊曹的同時，順勢壓抑蜀漢、孫吳兩國。

貳、西晉以後文士間曹魏形象的分歧化

時至東晉南朝、北朝，文士對於三國人物、三國政權的觀點，已經開始出現多元化的發展。對一個政權代表人物的觀感，與對此政權認同與否，兩者事實上有一定程度的關連性，如果由他們對曹魏代表人物曹操的態度來看，他們對曹氏政權的形象雖然保有某種程度的尊敬，但開始出現了部份負面的觀感。這反映出這個時期的文士間，已經不再像過去一味地以魏為尊，以曹操為主要歌頌的焦點。換言之，這個時期文士間的三國影像、三國解讀，已經開始有轉變的趨勢。

對曹操的形象爭議，進而影響人們對曹氏政權認同的同時，文士對蜀漢政權代表人物的討論也是值得注意的。雖然其地位尚不能與後世相提並論，但已經出現不同於西晉的聲音，至於孫吳方面，受到的關注是較少的。

﹝註73﹞曹操之形象歷代皆有演變，其演變軌跡由魏晉至清代，基本上是朝負面與醜化的趨勢發展，故後世詩文對曹操之認知，與魏晉時期已有極大扞格。何文：《從三國志到三國演義曹操人物形象流變研究》（西北大學碩士論文，2007年），頁4。

　　這種狀況顯然極耐人尋味，在後世有關三國的歷史討論，往往聚焦在尊蜀、亦或尊魏的兩極之間，而孫吳則始終位居陪襯的地位。此一將三國人物與三國政權的焦點擺在曹魏、蜀漢人物兩極結構的確立，若是往上追溯，很可能在魏晉南北朝時期就已經形成了。

　　東晉南朝、北朝時期，曹魏形象的爭議化，由許多文獻中可以看出來。以代表人物曹操爲正面形象的，其強調重點多半在政治、軍事的帝王功業。東晉名相王導，即特別推崇曹氏政令通達，推評其爲近代政壇的典範人物：

　　　　昔魏武，達政之主也；荀文若，功臣之最也。〔註74〕

　　政治才幹這方面，一直是曹操向來爲文士看重的強項，曹操的得勢，不在於他窮兵黷武，而在於他不僅長於軍事，也兼及政令。袁瓌〔註75〕認爲曹魏政權不僅擅於軍事，其重視文教、推廣人文的舉動更是當代典範：

　　　　昔魏武帝身親介胄，務在武功，猶尚息鞍披覽，投戈吟詠，以爲世之所須者，治之本宜崇；況今陛下以聖明臨朝，百官以虔恭蒞事，朝野無虞，江外謐靜，如之何泱泱之風漠然無聞，洋洋之美墜於聖世乎！〔註76〕

曹氏「身親介胄，務在武功」的勇武形象，在歷史上爲人所熟知，但是更特別的是，「息鞍披覽，投戈吟詠」的文武全才形象，顯然更爲

〔註74〕〔唐〕房玄齡等撰：《晉書》（臺北：鼎文書局，1980 年），頁 1746。

〔註75〕《晉書》：「袁瓌字山甫，陳郡陽夏人，魏郎中令渙之曾孫也。祖、父並早卒。瓌與弟猷欲奉母避亂，求爲江淮間縣，拜呂令，轉江都，因南渡。元帝以爲丹楊令。中興建，拜奉朝請，遷治書御史。時東海王越屍旣爲石勒所焚，妃裴氏求招魂葬越，朝廷疑之。瓌與博士傅純議，以爲招魂葬是謂理神，不可從也。帝然之，雖許裴氏招魂葬越，遂下詔禁之。尋除廬江太守。大將軍王敦引爲諮議參軍。俄爲臨川太守。敦平，爲鎮南將軍卞敦軍司。尋自解還都，遊於會稽。蘇峻之難，與王舒共起義軍，以功封長合鄉侯，徵補散騎常侍，徙大司農。尋除國子祭酒。頃之，加散騎常侍。」〔唐〕房玄齡等撰，《晉書》，頁 2166。

〔註76〕〔清〕嚴可均：《全上古三代秦漢三國六朝文》，頁 1781

東晉時人所津津樂道〔註77〕。袁瓌即以曹氏政權為典範，藉此鼓舞當時的帝王，顯然東晉初期曹魏政權的形象仍屬正面，庾亮〔註78〕對於曹氏，也用充滿讚賞的筆調加以敘述：

> 魏武帝於馳騖之時，以馬上為家，逮於建安之末，風塵未弭，然猶留心遠覽，大學興業。所謂顛沛必於是，真通才也。〔註79〕

庾亮亦認為曹氏的偉大之處，在於其兼顧武功與文治，這樣的政風，才能使人民百姓心服。王導、庾亮均為東晉南方政權一時重臣，他們的觀點突出反映了有關曹操正面評價的取向。

北方的北朝文士，對曹氏亦有從各種角度給予看待者，後趙之臣徐光談及三國時期，是由正統的觀點來看待曹魏：

> 魏承漢運，為正朔帝王，劉備雖紹興巴蜀，亦不可謂漢不滅也。吳雖跨江東，豈有虧魏美？〔註80〕

徐光認為，「魏承漢運，為正朔帝王」，至於蜀、吳兩國的地位，當然不能與之並論。盧淵〔註81〕對曹氏的欣賞，則是由軍事的角度看待，

〔註77〕 曹操本是建安文學之重要推手，本身愛好創作亦廣設文教活動。除三曹父子以外，麾下的鄴下文人集團亦受其鼓舞而帶動文壇一時之風氣，故在東晉時期文人之心目中，曹操往往被視為文治武功並行的達政之主，而受到普遍的尊重。李景華：《建安文學述平》（北京：首都師範大學出版社，1994年），頁11～32。王玫：《建安文學接受史論》（上海：上海古籍出版社，2005年），頁1～27。王洪：《古詩十九首與建安詩歌研究》（北京：人民出版社，2009年），頁71～81。魏宏燦：《逞才任情的樂章——曹操父子與建安文學》（合肥：安徽大學出版社2009年），頁121～145。

〔註78〕 《晉書》：「庾亮，字元規，明穆皇后之兄也。父琛，在《外戚傳》。亮美姿容，善談論，性好《莊》《老》，風格峻整，動由禮節，閨門之內，不肅而成，時人或以夏侯太初、陳長文之倫也。年十六，東海王越辟為掾，不就，隨父在會稽，嶷然自守。時人皆憚其方儼，莫敢造之。」〔唐〕房玄齡等撰，《晉書》，頁1915。

〔註79〕 〔清〕嚴可均：《全上古三代秦漢三國六朝文》，頁1671。

〔註80〕 〔唐〕房玄齡等撰：《晉書》，頁2753。

〔註81〕 《魏書》：「淵，字伯源，小名陽烏。性溫雅寡欲，有祖父之風，敦尚學業，閨門和睦。襲侯爵，拜主客令，典屬國。遷秘書令、始平王師。以例降爵為伯。給事黃門侍郎，遷兼散騎常侍、秘書監、本

他在〈議親伐江南表〉中言：

> 昔魏武以敝卒一萬，而袁紹土崩，謝玄以步兵三千而苻堅
> 瓦解。勝負不由眾寡，成敗在於須臾。〔註82〕

這段文字渲染的是曹操用兵的可取之處。但是相較於曹操的軍事才能，文士稱讚曹氏政權的著眼處，似乎更經常在政治、文教上，這一點北方的文士與南方的文士頗有雷同之處，比如裴延儁〔註83〕於〈上宣武帝疏諫專心釋典不事墳籍〉中，就特別提及曹氏的文化素養：

> 臣聞有堯文思，欽明稽古，媯舜體道，慎典作聖。漢光神
> 叡，軍中讀書，魏武英規，馬上翫籍。〔註84〕

羊深〔註85〕〈上前廢帝疏〉，也特別提及曹魏政權在文化推展上的貢獻：

> 陛下中興纂歷，理運維新，方隅稍康，實維文德。但禮賢
> 崇讓之科，沿世未備；還淳反樸之化，起言斯繆。夫先黃
> 老而退《六經》，史遷終其成蠹；貴玄虛而賤儒術，應氏所
> 以亢言。臣雖不敏，敢忘前載。且魏武在戎，尚修學校；

州大中正。是時，高祖將立馮後，方集朝臣議之。高祖先謂淵曰：「卿
意以為何如？」對曰：「此自古所慎，如臣愚意，宜更簡蒻。」高祖
曰：「以先後之侄，朕意已定。」淵曰：「雖奉敕如此，然於臣心實
有未盡。」及朝臣集議，執意如前。馮誕有盛寵，深以為恨，淵不
以介懷。」〔北齊〕魏收撰：《魏書》，頁1047。

〔註82〕〔清〕嚴可均：《全上古三代秦漢三國六朝文》，頁3699。

〔註83〕《魏書》：「裴延儁，字平子，河東聞喜人，魏冀州刺史徽之八世孫。
曾祖天明，諮議參軍、並州別駕。祖雙虎，河東太守。卒，贈平遠
將軍、雍州刺史，諡曰順。父崧，州主簿，行平陽郡事。以平蜀賊
丁蟲功，贈東雍州刺史。」〔北齊〕魏收撰：《魏書》，頁1528。

〔註84〕〔清〕嚴可均：《全上古三代秦漢三國六朝文》，頁3710。

〔註85〕《魏書》「羊深，字文淵，太山平陽人，梁州刺史祉第二子也。早有
風尚，學涉經史，好文章，兼長幾案。少與隴西李神俊同志相友。
自司空府記室參軍轉輕車將軍、尚書騎兵郎。尋轉駕部，加右軍將
軍。于時沙汰郎官，務精才實，深以才堪見留。在公明斷，尚書僕
射崔亮、吏部尚書甄琛咸敬重之。肅宗行釋奠之禮，講《孝經》，儕
輩之中獨蒙引聽，時論美之。」〔北齊〕魏收撰：《魏書》，頁1702
～1703。

宣尼確論，造次必儒。〔註86〕

裴延儁所言的「漢光神睿，軍中讀書，魏武英規，馬上玩籍」與羊深所謂「魏武在戎，尚修學校；宣尼確論，造次必儒」，其讚許曹操處，均在於其擅長軍事以外，更兼及學養、文化事業。

　　這個時期，南方、北方的文士，雖然多半對曹氏及其政權抱有某個程度的敬意。但不能不注意的是，在某些文獻中，已經開始出現有關曹魏負面的形象。比如劉義慶編集的〈世說新語〉。〈世說新語·假譎〉載：

　　　　魏武少時，嘗與袁紹好爲遊俠。觀人新婚，因潛入主人園
　　　　中，夜叫呼云：「有偷兒至。」廬中人皆出現。帝乃抽刃劫
　　　　新婦，與紹還出。失道，墮枳棘中。紹不能得動，複大叫：
　　　　「偷兒在此。」紹惶迫自擲出，俱免。〔註87〕

在這裡，曹操的行爲明顯是負面的，其形象特色是狡詐、險惡。使用計謀去奪取別人的新娘，實非正人君子之舉。又如〈世說新語·忿狷〉中評價曹操的性格：

　　　　魏武有一妓，聲最清高，而情性酷惡。欲殺則愛才，欲置
　　　　則不堪。於是選百人，一時俱教。少時，還有一人聲及之，
　　　　便殺惡性者。〔註88〕

在這則事蹟中，曹操展現出的是殘酷、冷血的一面。不僅毫無任何明主的風範，甚至設計利用這名歌妓。〈世說新語〉中，有關曹操的缺點，還表現在其好色的指控上，〈世說新語·惑溺〉即載：

　　　　魏甄后惠而有色，先爲袁熙妻，甚獲寵。曹公之屠鄴也，
　　　　令疾召甄，左右曰：「五官中郎已將去。」公曰：「今年破
　　　　賊，正爲奴。」〔註89〕

在此則故事中，曹操表示自己戰爭的目的居然是爲了甄妃這位佳人，

〔註86〕〔清〕嚴可均：《全上古三代秦漢三國六朝文》，頁 3774。
〔註87〕〔南朝宋〕劉義慶撰，楊勇校箋：《世說新語校箋》（臺北：文光出
　　　　版社，1974 年），頁 637。
〔註88〕〔南朝宋〕劉義慶撰，楊勇校箋：《世說新語校箋》，頁 665。
〔註89〕〔南朝宋〕劉義慶撰，楊勇校箋：《世說新語校箋》，頁 687。

這除了呈現出其霸道的一面，又同時揭露了他勢力坐大以後，近好女色的人格缺陷。

　　〈世說新語〉是當時載錄名人事蹟重要的一本書，將魏武帝眾多的記載置放在〈假譎〉、〈忿狷〉、〈惑溺〉，顯然正暗示了這本書對曹氏的立場〔註90〕。儘管其中的事件多半為未經證實的傳聞，但是仍舊有一定的影響力。這表示當時有部分的人，對曹操本人，甚至曹魏政權反感，才會將其負面事蹟加以傳播，以致被劉義慶〈世說新語〉給收錄了起來。可見西晉以後，曹氏政權雖然仍舊獲得不少人的敬重，但是也開始出現雜音。

　　在三國時期的曹氏政權，其形象逐漸爭議化的同時。另一個受到普遍討論的政治集團是蜀漢及其人物。而在蜀漢方面，諸葛亮受到的注目及光環，往往都是超過劉備的，甚至將諸葛亮視為政治上的典範，梁元帝蕭繹即言：

　　　竊重管夷吾之雅談，諸葛孔明之宏論，足以言人世，足以
　　　陳政術，竊有慕焉。〔註91〕

他將諸葛亮與管仲並舉，認為他們都是治國平天下的楷模，可見對其重視與推崇。王叡〈疾篤上疏〉云：

　　　臣聞忠於事君者，節義著於臨終；孝於奉親者，淳誠表於
　　　垂沒。故孔明卒軍，不忘全蜀之計；曾參疾甚，情存善言
　　　之益。〔註92〕

這段文字突顯出諸葛亮的忠義形象，王叡先言人臣之道，接著就以諸葛亮、曾參二人作為則忠義的代表人物。換言之，無論政治、節操，諸葛亮都與歷史上著名的賢臣並置於正面的語境，作為列舉的對象。在這個時期，諸葛亮的軍事能力，也在世人中得到渲染，如裴啟在《語

〔註90〕朴美齡：《世說新語中所反映的思想》（臺北：文津出版社，1990年），頁11～19。

〔註91〕〔梁〕蕭繹撰，許逸民校箋：《金樓子校箋》（北京：中華書局，2011年1月），頁2。

〔註92〕〔清〕嚴可均：《全上古三代秦漢三國六朝文》，頁3682。

林》中如此描寫：

> 諸葛武侯與司馬宣王在渭濱，將戰，宣王戎服蒞事；使人
> 視武侯，素輿、葛巾，持白毛扇，指麾三軍，皆隨其進止。
> 宣王聞而嘆曰：可謂名士。〔註93〕

這段文字突出了諸葛亮行軍治兵時，尚能瀟灑自若的神采，〈世說新語〉更載：

> 諸葛亮之次渭濱，關中震動。魏明帝深懼晉宣王戰，乃遣
> 辛毗爲軍司馬。宣王既與亮對渭而陳，亮設誘譎萬方，宣
> 王果大忿，將欲應之以重兵。亮遣間諜覘之，還曰：「有一
> 老夫，毅然仗黃鉞，當軍門立，軍不得出。」亮曰：「此必
> 辛佐治也。」〔註94〕

在這些記載中，諸葛亮儼然成爲一個善於謀略兵法的奇才，魏氏政權也「深懼」他的存在。

　　考察這段期間的文獻典籍，以及文士間的對談，可發現一個特殊的現象。就是時人對三國時期討論的焦點，明顯是放在其中的曹魏、蜀漢政權，而討論的代表人物，在曹魏一方是曹操，在蜀漢一方則是諸葛亮。孫吳一方明顯的居於陪襯，沒有受到太多的注目。這裡即表現出一個很可能影響後世的三國觀系統，即是將三國的重心，放在其中「魏」「蜀」兩極。

　　將這整段時期作一個宏觀的總括；可以得知曹氏政權在這一階段，雖然還能受到不少文士的敬重，但是也已經出現的反面的聲音。雖然這些有關曹魏負面的形象，只能代表一部份人們的思想，但是這與西晉時期文士一致性的禮讚曹魏，情況已經有了轉折。

　　在曹氏政權以外，這段時期三國思想的另一個重心，即是蜀漢代表人物諸葛亮的崛起。他的政治才幹、道德品格，受到了不少注目，其用兵的能力，也開始被加以神話式的渲染。

〔註93〕《太平御覽》卷三百七引《語林》，（臺北：臺灣商務印書館，1983
　　　年），頁1463。

〔註94〕〔南朝宋〕劉義慶撰，楊勇校箋：《世說新語校箋》，頁220。

　　西晉以後這段時期，文獻中呈現的三國論述，大都表現在對曹魏、蜀漢的討論。這與前面一節中，西晉之後史家對三國論述的聚焦性，有某個程度的雷同。西晉之後的史家，雖然大體以尊曹爲主流，但是袁宏、習鑿齒對蜀漢的地位特別加以重視，他主張的蜀漢正統觀，與曹氏爲主的正統論述抗衡，造成了一種較多元的局面。西晉以後文士的三國觀點，則是大致保留著對曹氏政權的尊重，但是開始出現負面的聲音。並且這時的文士間，開始出現以蜀漢代表人物諸葛亮爲典範的心理，並且視其擁有忠義的美德。這段時期有關三國的種種議論，對於後世看待三國的觀點，也起了關鍵性的影響。

第三節　小結

　　本章透過歷史文獻的探討，分析魏晉南北朝時期人們心目中的三國觀點。在史家方面，西晉的史學界秉持著以魏爲正統的立場，將曹魏政權抬升到了極高的地位。在「晉承魏統」的歷史框架下，多數的史家尊崇曹魏，並不認可蜀漢、孫吳的地位。在王沈《魏書》、司馬彪《續漢書》、《九州春秋》中，呈現出的即是這種正統思想的反映。陳壽的《三國志》雖然對三國立場較爲持平，但是侷限於當代的政治客觀環境，也仍舊不得不將正統之尊的位置歸於曹魏。

　　西晉以後，南方的東晉南朝、以及北方的北朝史家雖然多數仍以曹氏爲尊，但是史學界開始出現了不同的重要聲音。其中，南方的史家孫盛作《魏氏春秋》、《晉陽秋》、常璩作《華陽國志》，呈現的是以曹魏爲正統，並且壓抑蜀漢、孫吳地位的主流論述，北方史家崔浩、魏收所表現的思想，也還是一種視曹魏爲三國中心的概念。但不得不注意的是，袁宏《後漢紀》、習鑿齒《漢晉春秋》、張勃《吳錄》已經表現出不同於以往的正統思想，尤其袁宏、習鑿齒對蜀漢政權的推崇，對後世有很大影響，推舉蜀漢的思想，雖未完全翻轉時勢，卻也隱然成爲一股勢力，史學界從而開始出現多元的面貌。

在文士方面，西晉呈現的是對曹氏政權強烈的讚揚，以及對蜀漢、孫吳兩方的貶抑。當時文壇如左思、潘嶽、陸機等，都在其文章中表現了對曹魏政權的崇敬。他們主要歌詠的對象雖然是晉朝政權，但是由於晉代官方認為自己乃由曹氏政權「合理的」承繼而來。因此在這樣的歷史框架與時代氛圍下，文人以熱烈的筆調歌頌曹氏政權的歷史定位，當然是一個可以理解的現象。

西晉以後，文士間的三國解讀，雖然仍舊保留著對曹氏政權的敬意，但是開始出現了分歧的觀點。雖然多數的名臣仍舊表現出對曹操文治、武功的欣賞，但是〈世說新語〉中卻載錄了不少曹氏的負面形象，顯然反映出時人對曹魏的另一種看法。這表示西晉以後，曹氏的地位不再定於一尊，而是漸漸的轉向爭議。在曹魏形象漸漸分歧化的這個時期，蜀漢人物開始受到注目，也是一個重要的現象。以劉備、諸葛亮為代表的忠義形象，開始受到眾多的討論，這種現象表示在西晉以後，時人不再將焦點只擺在曹氏，也開始對蜀漢人物給以重視的眼光。這種現象，與史學界的狀況頗有雷同之處，表示當代對於三國觀點的解讀，已經在轉化之中。

第三章　唐代詩歌中隱含的尊蜀意識

　　學界一般認爲：以蜀漢爲三國之正統的觀念，最重要的確立關鍵在南宋，其中又以朱熹的《通鑑綱目》最有代表性〔註1〕，而士人之間也開始流佈尊崇蜀漢、貶責曹魏的論調〔註2〕，這種「尊劉抑曹」

〔註1〕朱熹是宋代確立「以蜀漢爲正統」的重要學者之一，《朱子語類》卷一百有五云：「問綱目主義。曰：『主在正統。』問何以主在正統？曰：『三國當以蜀漢爲正，而溫公乃云：某年某月，諸葛亮入寇，是冠履倒置，何以示訊？緣此遂欲起意成書，推此意修正處極多。』」其實，朱熹雖以司馬光未能明正蜀漢之統爲憾，但事實上，《資治通鑑》對蜀漢一方的描寫，是極爲友善甚至推崇的，而北宋亦有不少學者表示尊蜀，對此筆者擬另專文討論之。不過，這股尊蜀的潛流，至朱子而發揚光大，則是一般學界所共識。〔宋〕黎靖德編，王星賢點校：《新校標點朱子語類》（臺北：華世出版社，1981年），卷一百五，頁2637。

〔註2〕四庫館臣謂：「《三國志》……其書以魏爲正統，至習鑿齒作《漢晉春秋》始立異議。自朱子以來，無不是鑿齒而非壽。」此說明自朱子以降，「以蜀漢爲正統」成爲普遍現象，世人皆以習鑿齒之說爲正，不認同陳壽以魏爲正統的說法。參〔清〕永瑢、紀昀等撰：《武英殿本四庫全書總目提要》（史部正史類一，臺北：臺灣商務印書館股份有限公司，2001年），冊二，頁16。南宋除朱熹爲代表人物之外，當代碩儒張栻、蕭常、韓元吉、李杞等亦持相同之觀點，確立了蜀漢正統的思想，近世學者燕永成針對南宋時期蜀漢正統論之確立，以及其形成之客觀條件，做了系統性的分析，詳參燕永成：《南宋史學研究》（蘭州：甘肅人民出版社，2005年12月），164～169。

的輿論與意識形成以後，對爾後元、明兩代帶來極大的影響。因此後世的詩、詞、戲曲莫不在這種正統觀的框架下進行創作。在這種堅硬的基礎上，才有了羅貫中以尊蜀爲基調的《三國志通俗演義》。

但是值得注意的是：以三國爲正統的觀念雖然確立於宋代，然而這種士人之間普遍「尊蜀」的意識，並非遽然出現的，而是淵遠流長前有所承。唐代的史家雖較少對三國正統發表明確的評論，但是唐代詩人卻創造了大量詠懷的作品。詩歌是一個時代重要的反映面向之一，這些詩歌所呈現出唐人看待三國之觀點，實亦反映著當代文人的心靈面貌。

在唐代留下的兩百多首有關三國的詩作中〔註3〕，詠嘆劉備與諸葛亮作品的作品，就佔了八十八首〔註4〕，這些作品一致性的推崇詠嘆蜀漢的君臣，與當代醜化曹魏人物之眾多詩作相較，是鮮明的對比。在這些詠嘆劉備、諸葛亮爲主兼又旁及詠嘆蜀漢集團君臣相互知心的詩作中，唐代的詩人流露出對蜀漢君臣人物強烈的認同與嚮往，無形中也在這個形塑蜀漢爲中心的歷史潮流中，注入不可忽視的影響。

更重要的事，這些推崇蜀漢集團人物的詩作，與唐代其他文類述及三國時期呈現的觀點相互呼應，在唐代的君王、文士、乃指民間，均強烈的呈現出擁戴蜀漢集團及其代表人物的意向。

「尊蜀意識」並非即等同「蜀漢正統觀」，「蜀漢正統觀」必需明確的指出「孰爲正統」「孰爲僭越」，是一種強硬而系統化的正統觀點。

〔註3〕劉尊明先生曾作過初步的統計，有一百二十餘首。劉尊明〈歷史與詩人心靈的碰撞──唐詩詠三國論析〉《文學遺產》第五期，頁 60。近年出版的《三國演義資料彙編》作了一次彙整，共計一百二十八首。朱一玄、劉毓忱《三國演義資料彙編》（天津：南開大學出版社，2003年），頁2～7。孫繪茹《唐詩中三國資料之研究》單就唐代細加搜尋，共收一百七十首，爲目前最完整者。孫繪茹：《唐詩中三國資料之研究》（國立臺南大學碩士論文，2012年），頁 28。筆者參考了劉尊明先生之說以及《三國演義資料彙編》的寶貴資料，加上自《全唐詩》中搜集而來的三國相關詩作，新增五十餘首，共兩百二十六首，見附錄一。
〔註4〕相關作者與詩名整理，見附錄五。

而「尊蜀意識」在強度與系統化上並不如前者那麼明確堅定，「尊蜀意識」是一種集體的心理取向、心靈圖影，但是這種「尊蜀意識」對「蜀漢正統觀」的形成是相關聯的。因為有「尊蜀意識」在歷史進路上的鋪陳，才會逐漸形成後世習以為慣例的「蜀漢正統觀」。

　　於此需稍作說明的是，此章所提及之「尊蜀意識」，必須與後一章「唐代詩歌對曹魏集團的負面形塑」作對比，方能顯現其張力。歷史上，三國之尊誰屬的爭議往往徘徊在蜀漢與曹魏之間，因此唐代對蜀漢集團人物之正面觀感、忠義形象，若與曹魏集團之負面觀感、不義形象合看，即能使其意義朗現出來。但由於曹魏形象之部分並非此章主軸，須待後一章詳論。故本章之主軸，仍以唐人對蜀漢人物及其政權之觀感為討論範圍。

　　本章試圖以「諸葛亮崇拜的折射」、「對蜀漢君臣魚水相得的嚮往」、「尊蜀思想之發端」三個面向，探討唐代的詠三國詩中，士人所呈現出的尊蜀意識。

第一節　諸葛亮崇拜的折射

　　唐代眾多詩人對三國歷史中的「蜀漢」政治集團始終給予高度的讚揚，在此一推崇蜀漢的大潮流中，有一個象徵性的代表人物，即是盡心輔佐劉備、劉禪的軍師諸葛亮。唐人所留下有關三國的詩作裡，就有七十餘首是環繞諸葛亮而成篇的佳作〔註5〕，在唐代詩人的眼中，他不僅是智慧的化身，更是忠君愛國的道德楷模。

　　由於對諸葛亮的崇拜成為整個時代的風尚，這也使詩人對諸葛亮所處的蜀漢陣營，產生了連帶的認同。在不同的詩作中，作者往往對蜀國的歷史際遇給予高度的同情，並且站在蜀漢的立場，來看待整個三國的歷史。

　　換言之，諸葛亮的崇拜，與唐代眾多詩人普遍隱含的尊蜀意識，

―――――――――

〔註5〕據本人統計有72首，詳細的作者與詩作名稱，見附錄三。

發生了密切的關連。詩人由對這位歷史英雄的讚揚，進而對認同出現了傾斜，這種思維模式，顯然是唐代士人醞釀的尊蜀意識中，一個相當重要的面向。

壹、對諸葛亮功業與志節的肯定

在眾多推崇諸葛亮的唐代詩人中，杜甫是最具代表性的人物。〈古柏行〉是詠諸葛中著名的作品，全詩藉歷盡風霜、挺立寒空的古柏，象徵他的志節：

> 孔明廟前有老柏，柯如青銅根如石。
>
> 霜皮溜雨四十圍，黛色參天二千尺。
>
> 君臣已與時際會，樹木猶爲人愛惜。
>
> 雲來氣接巫峽長，月出寒通雪山白。
>
> 憶昨路繞錦亭東，先主武侯同閟宮。
>
> 崔嵬枝幹郊原古，窈窕丹青户牖空。
>
> 落落盤踞雖得地，冥冥孤高多烈風。
>
> 扶持自是神明力，正直原因造化功。
>
> 大廈如傾要梁棟，萬牛回首丘山重。
>
> 不露文章世已驚，未辭剪伐誰能送。
>
> 苦心豈免容螻蟻，香葉終經宿鸞鳳。
>
> 志士幽人莫怨嗟，古來材大難爲用。〔註6〕

整首詩以大木古柏蒼勁有力的形象，比擬諸葛亮正直、忠貞的美好品質。〔註7〕「霜皮溜雨四十圍，黛色參天二千尺」極言此樹高與天齊，如同其功業之浩大。由「君臣已與時際會，樹木猶爲人愛惜」至「扶持自是神明力，正直原因造化功」，描述諸葛亮受劉備重用以

〔註6〕〔清〕曹寅、彭定求等編：《全唐詩》，卷221，頁2334。

〔註7〕成都武侯祠，夔州武侯祠皆有古柏，此詩作於大歷元年，當時杜甫人在夔州，故此詩中杜甫所描述者，應指夔州武侯廟之古柏。仇兆鰲：《杜詩詳注》（臺北：里仁書局，1980年），頁1357～1358。

後，忠於國君，德澤蜀漢，也受到了後世人民的感念。

杜甫創作對諸葛亮的景仰，是一種特殊而複雜的情結〔註8〕，他一方面肯定諸葛亮在歷史上的成就，另一方面卻又覺得自己懷才不遇，有志難申，因此「志士幽人莫怨嗟，古來材大難爲用」不無暗喻自己處境的意思。杜甫一直以儒家入世的偉大情操〔註9〕，試圖「致君堯舜上，再使風俗淳」，在心理上，杜甫將諸葛亮視爲自己志向的典範，這位蜀國丞相以「鞠躬盡瘁，死而後已」著稱，是詩人一生所欽佩的。杜甫作詩詠諸葛亮，與自己對現實人生的期待，顯然有著一定的關聯性〔註10〕。

除了肯定諸葛亮的功績品格，杜甫的詩作，亦時時流露著對這位歷史英雄深刻的緬懷，其〈蜀相〉就寫道：

> 丞相祠堂何處尋，錦官城外柏森森。
>
> 映階碧草自春色，隔葉黃鸝空好音。
>
> 三顧頻煩天下計，兩朝開濟老臣心。
>
> 出師未捷身先死，長使英雄淚滿襟。〔註11〕

詩人感嘆英雄已逝，只留下祠堂可供人憑弔，「三顧頻煩天下計，兩朝開濟老臣心」敘述諸葛亮擅於謀劃，輔佐劉備、劉禪兩任君主，對蜀國的貢獻甚大。〔註12〕「出師未捷身先死，長使英雄淚滿襟」二

〔註8〕姜朝暉：〈杜甫與諸葛亮：歷史歌詠中的現實意蘊〉《社科縱橫》2006年第10期，頁99～101。

〔註9〕杜甫深受儒家文化薰陶，嘗有「致君堯舜上，再使民風淳」之語，雖顛沛流離，一生不忘其志。有關杜甫與儒家思想之淵源與關係，可參孫陵：《杜甫思想研究》（臺北：智燕出版社，1973年）趙海菱：《杜甫與儒家文化傳統研究》（濟南：齊魯書社，2007年）。

〔註10〕杜甫對諸葛亮的歌詠，可以分成兩個層面，第一層是他對這位歷史人物品格、才能的欣賞，在另一層，杜甫亦將自己的心情與志向投射在歷史人物身上，這兩者是並存的。有關杜甫看待諸葛亮之探討，可參張宗福：〈論杜甫詩歌中的諸葛亮情結〉《杜甫研究學刊》2009年第一期，頁36～37。

〔註11〕〔清〕曹寅、彭定求等編：《全唐詩》，卷226，頁2431。

〔註12〕仇兆鰲：「直書丞相，尊正統名臣也。朱子《綱目》大書丞相亮出師，

句，指的是歷史上諸葛亮出兵北伐，卻死於五丈原的事蹟〔註13〕，雖然命運多舛，未能使蜀國的北伐成功，但是諸葛亮一生為國，其精神引起無數後世人的感佩。

對諸葛亮品格、政治風範的肯定，是唐代人看待諸葛亮的重要面向之一，唐太宗曾於〈諸葛亮高頴為相公直論〉道：

> 又漢魏以來，諸葛亮為丞相，亦甚平直。……故陳壽稱亮之為政，開誠心，布公道。盡忠益時者，雖讎必賞；犯法怠慢者，雖親必罰。卿等豈可不企慕及之。朕今每慕前代帝王之善者，卿等亦可慕宰相之賢者，若如此，則榮名高位，可以長守。〔註14〕

唐太宗認為諸葛亮的品格值得推崇，同時引用陳壽的話，認為他「開誠心，布公道」〔註15〕，其政風值得後人效法，太宗同時也勉勵臣子以他為學習的楷模。以品格推崇諸葛亮的觀點，也見於名相裴度的〈蜀丞相諸葛武侯祠堂碑銘〉中：

> 度嘗讀舊史，詳求往哲，或秉事君之節，無開國之才；得立身之道，無治人之術。四者備矣，兼而行之，則蜀丞相諸葛公其人也。〔註16〕

在裴度心目中，諸葛亮不僅具有高尚的美德，甚至是兼有「事君之

先後同旨。」仇兆鰲：《杜詩詳注》（臺北：里仁書局，1980年），頁737。

〔註13〕《三國志・諸葛亮傳》載：「（章武）九年，亮復出祁山，以木牛運，糧盡退軍，與魏將張郃交戰，射殺郃。十二年春，亮悉大眾由斜谷出，以流馬運，據武功五丈原，與司馬宣王對於渭南。亮每患糧不繼，使己志不申，是以分兵屯田，為久駐之基。耕者雜於渭濱居民之間，而百姓安堵，軍無私焉。相持百餘日。其年八月，亮疾病，卒于軍，時年五十四。」〔晉〕陳壽撰；〔宋〕裴松之注：《三國志》（臺北：鼎文書局，1980年9月），頁925。諸葛亮揮軍北伐，分兵屯田於五丈原，卻因病卒於軍中，蜀軍無法再戰，只得退回南方，杜甫「出師未捷身先死」之嘆應是就此而言。

〔註14〕〔清〕董浩編；周紹良修訂：《全唐文新編》（長春：吉林文史出版社，2000年），頁10。

〔註15〕〔晉〕陳壽撰；〔宋〕裴松之注：《三國志》，頁934。

〔註16〕〔清〕董浩編；周紹良修訂：《全唐文新編》，頁6243。

節」、「開國之才」、「立身之道」、「治人之術」四個優點的完人。

唐代諸葛亮的品格受到普遍的重視，推崇諸葛亮的風氣，當然也普遍播傳於詩壇之間，楊嗣復所作的〈丁巳歲八月祭武侯祠堂，因題臨淮公舊碑〉一首，從另一個面向反映了諸葛亮在時人心目中的地位：

> 齋莊修祀事，旌旆出效闉。薙草軒墀狹，塗牆赭堊新。
> 謀猷期作聖，風俗奉爲神。酹酒成坳澤，持兵列偶人。
> 非才膺寵任，異代揖芳塵。況是平津客，碑前淚滿巾。
>
> 〔註17〕

「謀猷期作聖，風俗奉爲神」點出諸葛亮的功業、德行，即使是在民間，不但是爲聖賢的典範，甚乃進一步提升爲民間景仰奉祀的神格。「酹酒成坳澤，持兵列偶人」寫的是廟中的實際情景，除了有人以酒祭聖，大廳兩旁立有眾多塑像，手握武器，守護著英靈。全詩意在推舉諸葛亮的才幹，不僅在當時獲得重用，在後代更將流芳千古。

楊汝士〈和宗人尙書嗣復祠祭武侯畢題臨淮公舊碑〉一詩，爲唱和楊嗣復所作：

> 古柏森然地，修嚴蜀相祠。一過榮異代，三顧盛當時。
> 功德流何遠，馨香荐未衰。敬名探國志，飾像慰虻思。
> 昔謁從征蓋，今聞擁信旗。固宜光寵下，有淚刻前碑。
>
> 〔註18〕

諸葛亮祭祀受到的重視，由國君一直推展到民間〔註19〕。此詩刻於成都武侯祠《唐碑》，今日尙存。作者在一開頭就帶出場景中的古柏與

〔註17〕〔清〕曹寅、彭定求等編：《全唐詩》，卷464，頁5277。
〔註18〕〔清〕曹寅、彭定求等編：《全唐詩》，卷484，頁5499。
〔註19〕李文瀾即指出這種祭祀由上而下的關聯性：「由於唐太宗的高度評價和倡導『慕宰相之賢』，這個時期的諸葛亮的形象主要是『無私』『平直』『大信』的賢相，對統治者乃至普通民眾起著道德規範作用，以至唐人不斷祭祀他。李文瀾：〈諸葛亮祭祀所見魏晉隋唐制祀的變化〉《魏晉南北朝隋唐史資料》第20輯（武漢：武漢大學出版，2003年），頁71。

丞相祠堂，描寫出廟堂肅穆高尚的氛圍。詩人同時也稱許諸葛亮生平的功業，其「功德流何遠，馨香荐未衰」之語，事實上也具體反映出諸葛亮在百姓心目中，無論品格、功績都是廣受尊敬的。唐代諸葛廟祭祀的香火，一直綿延整個唐代，晚唐詩人孫樵曾載：「武侯死殆五百載，迄今梁漢之民，歌道遺烈，廟而祭者如在。其愛於民如此而久也。」〔註20〕，這就顯示出除了帝王與文人，百姓對這位蜀漢人物亦是愛戴不已。

在唐代的詩人中，李商隱也是對諸葛亮相當推崇的一位。其〈籌筆驛〉對這位英雄境遇的感觸，則在詠歎之間蘊藏無限蒼涼感慨之音：

猿鳥猶疑畏簡書，風雲常為護儲胥。

徒令上將揮神筆，終見降王走傳車。

管樂有才真不忝，關張無命欲何如？

他年錦里經祠廟，梁父吟成恨有餘。〔註21〕

作者寫道，諸葛亮死去雖有數百年，其形象依舊凜然生威。當年北伐曹魏之時，他在「籌筆驛」謀畫軍事。此處的猿鳥彷彿還在懼怕軍書的威力，風雲似乎也愛護他的營壘，護衛軍營周遭的藩籬。可嘆諸葛亮的努力終歸徒然，他的才能與管仲、樂毅相比絕不遜色，及至晚年，卻已無關羽張飛等大將可以運用。

在歷史上，諸葛亮五次北伐〔註22〕，卻並未成功幫助蜀漢克復

〔註20〕〔清〕董浩編；周紹良修訂：《全唐文新編》，頁 9655。李文瀾指出唐晚期祭祀諸葛亮祭既訟其道德人品，更讚頌其功業。人們心念武侯，正是寄希望於當世的良相之才。」李文瀾：〈諸葛亮祭祀所見魏晉隋唐制祀的變化〉《魏晉南北朝隋唐史資料》第 20 輯，頁 72。

〔註21〕〔清〕曹寅、彭定求等編：《全唐詩》，卷 539，頁 6161。

〔註22〕過去學界對諸葛亮北伐次數之認定，略有爭議，一般是以《三國志》所載存之「五次北伐」為主，五次原文所載為「六年春，亮出攻祁山，不克。」「冬，復出散關，圍陳倉，糧盡退。魏將王雙率軍追亮，亮與戰，破之，斬雙，還漢中。」「七年春，亮遣陳式攻成都、陰平，遂克定二郡。」「九年春二月，亮復出軍圍祁山，始以木牛運。魏司馬懿、張郃救祁山。」「十二年春，亮悉大眾由斜谷出，以流馬運，

神州，但唐人依舊不斷的在詩歌中緬懷他德澤百姓的事蹟，李商隱自己亦是如此，〈武侯廟古柏〉即寫道：

> 蜀相階前柏，龍蛇捧閟宮。陰成外江畔，老向惠陵東。
>
> 大樹思馮異，甘棠憶召公。葉凋湘燕雨，枝拆海鵬風。
>
> 玉壘經綸遠，金刀歷數終。誰將出師表，一爲問昭融。
>
> 〔註23〕

「陰成外江畔，老向惠陵東。大樹思馮異，甘棠憶召公。」乃喻諸葛亮澤被蜀人，忠於君主。以召伯比諸葛亮，說明其文治、武功之偉業，不遜於古聖先賢。〔註24〕其後筆鋒一轉，「葉凋湘燕雨，枝拆海鵬風」二句，以古柏受風雨摧殘，象徵諸葛亮所處外在環境之險惡〔註25〕，

據武功五丈原，與司馬宣王對於渭南。」此五次北伐，爲學界所認定。有爭議者，則是公元230年此則：「八年秋，魏使司馬懿由西城，張郃由子午，曹眞由斜谷，欲攻漢中。丞相亮待之於城固、赤坂，大雨道絕，眞等皆還。」曹眞率軍進犯，諸葛亮出兵迎擊，因主動方在曹魏，故學界一般不將此則歸類爲「北伐」之列。〔晉〕陳壽撰：〔宋〕裴松之注：《三國志》，頁896～897。

〔註23〕〔清〕曹寅、彭定求等編：《全唐詩》，卷539，頁6162。

〔註24〕典出《詩經・召南・甘棠》：「蔽芾甘棠，勿剪勿伐！召伯所茇。蔽芾甘棠，勿剪勿敗！召伯所憩。蔽芾甘棠，勿剪勿拜！召伯所說。」〔漢〕毛亨傳，鄭玄箋；〔唐〕孔穎達疏：《十三經注疏・毛詩正義》（臺北：藝文印書館，2001年），頁54～55。

〔註25〕諸葛亮身處之三國時期，戰亂頻繁，漢室亦危在旦夕，李商隱於詩中強調諸葛亮客觀環境之艱難，以及其主觀意志之果決，亦有將此與唐代時局疊影之意。李商隱身處晚唐，藩鎮割據之下，王室權勢漸被消弱，作爲一個對現實局勢相當關切的詩人，不可能無所警覺。劉學鍇即言：「晚唐政治腐敗，危機深重，統治集團中雖偶有富於才略之士，亦因客觀環境之限制而難以有所作爲。」義山詠史云：『運去不逢青海瑪。』此則更進一步，謂運去即逢青海馬亦無濟於事。詠懷古蹟之中，容有現實感慨。張氏謂藉慨贊皇，雖未必然，然聯繫當時現實政治，不難發現懷古中卻含慨今之意。」劉學鍇、余恕誠編：《李商隱詩歌集解》（臺北：洪葉文化出版社，1992年），頁1139～1140。有關李商隱對晚唐時局所持之態度與見解，可參吳調公：《李商隱研究》（臺北：明文出版社：1988年），頁47～111。吳晶、黃世忠：《古來才命兩相妨——李商隱傳》（北京：東方出版社，2000年）頁270～294。陳靜芬：《中晚唐三家詩探微》（臺北：花木

「玉壘經綸遠，金刀歷數終。誰將出師表，一爲問昭融」言漢代歷數已終，非諸葛亮才幹不足，只是天命自有定數。

諸葛亮鞠躬盡瘁，貫徹理想的態度，是唐代文人所敬佩的。因此他們對諸葛亮的壯志未酬時常感到惋惜。但是唐人對此自有一翻解釋，他們並不認爲這是諸葛亮才能不足所致，而是造化弄人，尚馳即認爲，蜀漢之有諸葛亮，乃是抗衡其餘兩國的關鍵：

> （諸葛亮）公於是輕重中夏，揣摩全吳，定王業於胸心，決神機於掌握。由是身爲先主所起，計爲先主所用，自北徂南，周爰執事，夷險平亂，靡所不之。卒使劉氏以岷、峨之地爲己封，梁、益之人爲己蓄，曹操不敢以兵強驟進，孫權不敢以境闊妄動，彼相之力焉。〔註26〕

李翰於〈三名臣論〉更談及，以諸葛亮之能耐，實有輔佐蜀漢一統天下的機會：

> 孔明從容，三顧後起。籌畫必當，締構必成，……然窺其軍令，跡其用法，必俟中原克復，然後濃賞寬刑。〔註27〕

李翰對於諸葛亮的才幹，給予很高的評價，同時認爲如果他光復中原，一定會施以「濃賞寬刑」，行德政於天下。

對於諸葛亮輔佐劉備克復中原的志向，多數唐人都持認同肯定的態度，晚唐詩人薛逢〈題籌筆驛〉即盛讚諸葛亮爲歷史之典範：

> 天地三分魏蜀吳，武侯崛起贊訏謨。
>
> 身依豪傑傾心術，目對雲山演陣圖。
>
> 赤伏運衰功莫就，皇綱力振命先徂。
>
> 出師表上留遺懇，猶自千年激壯夫。〔註28〕

整首詩以「天地三分魏蜀吳，武侯崛起贊訏謨」兩句磅礴氣勢的開

蘭出版社，2010年），頁115～162。林佩誼：《杜牧李商隱詠史七絕之比較研究》（臺北：花木蘭出版社，2011年），126～141。

〔註26〕〔清〕董浩編；周紹良修訂：《全唐文新編》，頁12996。

〔註27〕〔清〕董浩編；周紹良修訂：《全唐文新編》，頁4995。

〔註28〕〔清〕曹寅、彭定求等編：《全唐詩》，卷548，頁6331。

場，在整個三國大時代的歷史背景下，作者獨獨提出「武侯」的功業，加以讚揚。「赤伏運衰功莫就，皇綱力振命先徂」兩句，特別能夠顯現出作者對諸葛亮、對蜀漢的立場。赤伏，是漢代圖騰的象徵〔註29〕，諸葛亮輔佐蜀漢，即是在「赤伏運衰」之際，不惜一切力振「皇綱」〔註30〕。換言之，詩人不僅認同諸葛亮其人，亦認同其背後蜀漢集團的使命。

　　這首詩的結構運思均是大開大闔的格局，結尾兩句「出師表上留遺懇，猶自千年激壯夫」猶如寫出了縱貫古今的浩然之氣，認為歷史終不會埋沒了諸葛亮的志節，「出師表」中散發的忠良品格，依舊閃耀著無限的光芒，激勵著今日的志士。

　　魏晉時期，諸葛亮的歷史地位，仍尚未抬升到如此的層次。如果由唐代詩歌中展現出的實際狀況，加上其它原典資料的佐證，諸葛亮顯然得到君王、士人、百姓一致的推崇，陳翔華先生即關注到此種現象：

　　唐代詩人除晚唐薛能貶損諸葛亮外，絕大多數對諸葛亮是
　　熱烈歌頌的，尤以李白、杜甫、劉禹錫、杜牧、李商隱、

〔註29〕典出《後漢書‧光武紀》：「光武先在長安時同舍生彊華自關中奉《赤伏符》，曰『劉秀發兵捕不道，四夷雲集龍鬥野，四七之際火為主。』」范曄：《後漢書》（臺北：鼎文書局，1980年9月），頁21。在後世的詩、文中，「赤伏」一詞廣泛被使用，被借代為漢室皇權的意思。

〔註30〕歷史上，力振皇綱的「復漢」號召，一直是蜀漢集團藉以表明正當性的旗幟，藉此區隔自己與曹魏、孫吳之不同。由《三國志》中可見，劉備本身時時藉不同場合之言談表明此立場。如劉備與諸葛亮曾言：「漢室傾頹，姦臣竊命，主上蒙塵。孤不度德量力，欲信大義於天下。」諸葛亮亦答曰：「將軍身率益洲之眾出於秦川，百姓孰不簞食壺漿以迎將軍者乎？誠如是，則霸業可成，漢室可興矣。」其言語間談論軍事霸業，卻不忘扣緊「漢室」二字。除劉備本身以此為號召，蜀漢群臣亦往往藉此號召以凝聚蜀共識，如許靖、糜竺等曾代表上言：「人鬼忿毒，咸思劉氏。今上無天子，海內惶惶，靡所式仰。群下前後上書者八百餘人，咸稱述符瑞，圖、讖明徵。間黃龍見武陽赤水，九日乃去。孝經援神契曰『德至淵泉則黃龍見』，龍者，君之像也。易乾九五『飛龍在天』，大王當龍昇，登帝位也。」可知蜀漢集團當時由上而下皆有此共識，後世文人乃有所據而言。

薛逢、胡曾等詩篇更爲著稱。偉大詩人李白和杜甫,都還
以諸葛亮自況。〔註31〕

更值得注意的,是由這些詩作透露的訊息。在這股讚揚諸葛亮功
業的強烈潮流中,這位歷史楷模所在的蜀漢一方,也無庸置疑的成爲
被同情、被認同的對象。尤其是詩人在他們的用字行文之中,往往意
識或無意識的,以蜀漢爲中心出發點,來看待整個三國的歷史。劉備、
諸葛亮所代表的蜀漢,是貫徹意志的英雄之師,是「運移漢祚」的正
義號角。這已然可視之爲一種隱含的尊蜀意識。劉尊明先生提到:

> 對諸葛亮的推崇與歌頌乃是唐代知識份子的一種群體意識,
> 甚至也一定程度地反映了廣大人民的崇尚與願望。〔註32〕

張潤靜先生亦指出:

> 無論是遭遇非時,還是天不假壽,抑或赤伏運衰,似乎都
> 不影響諸葛亮在人們心中的聖賢形象。儘管諸葛亮生時未
> 能完成統一中原的宏願,死後蜀國又很快滅亡,但他仍具
> 有萬世垂範的影響力,這種影響力更多地來源於他的人格
> 魅力。〔註33〕

兩位前輩學者精闢的見解,正點出了諸葛亮在唐代的地位,以及受到
重視的因素。而筆者所持的論點,則是進一步指出,這種對諸葛亮的
崇拜,已然在唐代醞釀爲士人之間一種對蜀漢集團的潛在認同,即筆
者所謂的「尊蜀意識」。詩歌、文論是時代的反映,對諸葛亮與蜀漢
的認同,反映的極可能是唐代文士間集體的一種思想、氛圍,並且,
唐代的君王以及民間力量,無疑也在這股尊蜀的思潮中,扮演了推波
助瀾的角色。

唐詩中,關於諸葛亮的功業,以及高尚的志節,往往成爲被加
以著墨的焦點。在唐人心目中,他擁有無瑕的道德品格,值得後世

〔註31〕陳翔華:《諸葛亮形象史研究》,頁83。
〔註32〕劉尊明:〈歷史與詩人心靈的碰撞——唐詩詠三國論析〉《文學遺產》
第五期,頁66
〔註33〕張潤靜:《唐代詠史懷古詩研究》(上海:三聯出店:2009年),頁
157。

追隨。這種政治集團代表人物品格上的優勢，是唐代推舉蜀漢的重要主因之一。

　　除此之外，魏、蜀、吳原本就是歷史上曾經客觀存有的三個實質政權，但是在唐詩中由於作家在作品所注入的主觀情感，往往偏坦諸葛亮的道德與才能，並且特別關注諸葛亮所屬的蜀國陣營之成敗，相對之下卻沒有將這種眼光投射於曹魏、孫吳兩個政權，當然容易使三國的詮釋觀點，偏向於「以蜀漢為中心」的角度。

貳、對諸葛亮用兵如神的渲染

　　在唐代，對諸葛亮的崇拜有一個重要的發展趨勢，即是漸漸脫離歷史上專於行政的形象，而成為一個智謀兼備，令敵軍將士聞風喪膽的軍事家。

　　陳壽《三國志》評諸葛亮：「可謂識治之良才，管、蕭之亞匹矣。然連年動眾，未能成功，蓋應變將略，非其所長歟！」〔註34〕歷史上的諸葛亮，本非善於運籌帷幄之中，決勝千里之外的謀略者，但是在唐代詩歌中的諸葛亮形象，卻與歷史有顯著的不同。〔註35〕這反映出唐人在崇拜諸葛亮的同時，進一步將其軍事才能加以神話的傾向。

　　杜甫的〈詠懷古蹟五首〉其五，提及他「伯仲之間見伊呂，指揮若定失蕭曹」的篤定沉穩：

> 諸葛大名垂宇宙，宗臣遺像肅清高。三分割據紆籌策，萬古雲霄一羽毛。伯仲之間見伊呂，指揮若定失蕭曹。運移漢祚難恢復，志決身殲軍務勞。〔註36〕

杜甫在詩中特別提及諸葛亮三分定天下的高瞻遠矚〔註37〕。甚至用伊

〔註34〕〔晉〕陳壽撰，裴松之注，楊家駱主編：《三國志》，頁934。
〔註35〕熊梅：〈論諸葛亮形象的智化與定型〉《重慶交通大學學報》第11卷（重慶：重慶交通大學，2011年），頁61～65。
〔註36〕〔清〕曹寅、彭定求等編：《全唐詩》，卷230，頁2511。
〔註37〕此指歷史上，諸葛亮為劉備所推演的軍事計畫。諸葛亮認為劉備可藉孫權為援，共同對抗曹操，進而形成三分天下之勢，以此為基礎，方能復興漢室。《三國志・諸葛亮傳》：「因屏人曰：『漢室

尹、呂尚的位階來比擬諸葛亮，同時又認爲其「指揮若定」勝過於蕭
何、曹參。在這首詩中，諸葛亮的軍事能力，已經逐次往上推升。

　　杜甫的〈詠懷古蹟五首〉作於大歷元年，同年稍早的〈八陣圖〉
〔註38〕，也是一首神化諸葛亮的名作：

　　　功蓋三分國　名成八陣圖。江流石不轉　遺恨失吞吳。〔註39〕

　　「功蓋三分國　名成八陣圖」只需用短短二十字，就勾勒出諸葛
亮促成三分天下局面中的卓犖功績，並鮮明地刻劃他佈署的八陣圖法
〔註40〕。如果不是因爲劉備冒然東進吞吳，使得兩國交惡，影響了自

傾頹，姦臣竊命，主上蒙塵。孤不度德量力，欲信大義於天下，
而智術淺短，遂用猖（獗）〔蹶〕，至于今日。然志猶未已，君謂
計將安出？』亮答曰：『自董卓已來，豪傑并起，跨州連郡者不可
勝數。曹操比於袁紹，則名微而眾寡，然操遂能克紹，以弱爲強
者，非惟天時，抑亦人謀也。今操已擁百萬之眾，挾天子而令諸
侯，此誠不可與爭鋒。孫權據有江東，已歷三世，國險而民附，
賢能爲之用，此可以爲援而不可圖也。荊州北據漢、沔，利盡南
海，東連吳會，西通巴、蜀，此用武之國，而其主不能守，此殆
天所以資將軍，將軍豈有意乎？益州險塞，沃野千里，天府之土，
高祖因之以成帝業。劉璋闇弱，張魯在北，民殷國富而不知存恤，
智能之士思得明君。將軍既帝室之冑，信義著於四海，總攬英雄，
思賢如渴，若跨有荊、益，保其巖阻，西和諸戎，南撫夷越，外
結好孫權，內修政理；天下有變，則命一上將將荊州之軍以向宛、
洛，將軍身率益州之眾出於秦川，百姓孰敢不簞食壺漿以迎將軍
者乎？誠如是，則霸業可成，漢室可興矣。』」〔晉〕陳壽撰，裴
松之注：《三國志》，頁912～913。

〔註38〕〈八陣圖〉作於杜甫初至夔州時，較〈詠懷古蹟五首〉稍早，仇兆
鰲：《杜詩詳注》，頁1274。近世學者於杜詩編年考證時，則多半推
測〈八陣圖〉應作於春季未過之前，〈詠懷古蹟〉則作於約莫九月左
右。李辰冬：《杜甫作品繫年》（臺北：東大出版社：1990年），頁
149。龔嘉英：《詩聖杜甫——以杜詩作傳以唐史證詩》（臺北：合裕
出版社，1994年），頁201。陳貽焮：《杜甫評傳》（北京：北京大學
出版社，2003年），頁887。

〔註39〕〔清〕曹寅、彭定求等編：《全唐詩》，卷229，頁2504。

〔註40〕八陣圖之地址，《水經注》載述較詳之處有二：「亮德軌遐邇，勳蓋
來世，王室之不壞，寔賴斯人，而使百姓巷祭，戎夷野祀，非所以
存德念功，追述在昔者也。今若盡順民心，則瀆而無典，建之京師，
又逼宗廟，此聖懷所以惟疑也。臣謂宜近其墓，立之沔陽，斷其私

己所制定的聯吳抗曹之國策，也許後來的歷史，將會有所不同。

劉禹錫〈觀八陣圖〉亦推舉諸葛亮之用兵如神：

> 軒皇傳上略，蜀相運神機。水落龍蛇出，沙平鵝鸛飛。
>
> 波濤無動勢，鱗介避餘威。會有知兵者，臨流指是非。

〔註41〕

中、晚唐以來，對諸葛亮軍事才華的渲染，往往也暗寄著文人的憂國之思，因爲在國勢漸微之際，他們內心都在期待著一位軍事的奇才能扭轉唐代的國運〔註42〕，而諸葛亮除了成爲文人心目中的寄託，其能力更容易被加以神格化。在〈觀八陣圖〉中，劉禹錫採用八陣圖來自黃帝所傳的說法，認爲諸葛亮之陣法，乃由此古法加以變幻。「波濤無動勢，鱗介避餘威。」兩句，乃比喻這個陣法的神威，即使是水中的鱗甲動物，也要畏懼不已。

八陣圖的傳說，是附會諸葛亮神機妙算形象的重要基礎之一。有關八陣圖最早之記載，當見於《三國志》：

> 亮性長於巧思，損益連弩，木牛流馬，皆出其意。推演陣
>
> 法，作八陣圖，咸得其要云。〔註43〕

在《三國志》中，諸葛亮之陣法，尚只是「咸得其要」而已。歷史上

祀，以崇正禮。始聽立祀斯廟，蓋所啓置也。鍾士季征蜀，枉駕設祠。壘東，即八陣圖也。」此八陣遺址在陝西定軍山附近，另一處在四川奉節縣東方：「江水又東逕諸葛亮圖壘南，石磧平曠，望兼川陸，有亮所造八陣圖，東跨故壘，皆累細石爲之。」此外又有一處在四川新都縣北。〔北魏〕酈道元撰，陳橋驛校注：《水經注校釋》（杭州：杭州大學出版社，1999年），頁487、586。

〔註41〕〔清〕曹寅、彭定求等編：《全唐詩》，卷357，頁4016。

〔註42〕白俊奎即認爲，劉禹錫於夔州作〈蜀先主廟〉、〈觀八陣圖〉等作品時，乃是藉由詠歎歷史典故，表達對當代局勢的憂心。劉聖杰亦持相同之觀點，認爲劉氏作〈觀八陣圖〉時之心境，除了表達自己對諸葛亮的景仰，同時也反映出詩人對扭轉唐朝國運的期待。白俊奎：〈劉禹錫貶謫時期的詠史懷古詩述論〉（成都：西南民族學院學報第7期，2000年），頁79。劉聖杰：〈劉禹錫詠史詩中蘊含的哲學範疇〉（山西：山西師大學報第39期，2012年），頁58。

〔註43〕〔晉〕陳壽撰；〔宋〕裴松之注：《三國志》，頁927。

所載之八陣圖，開始染上神異化的色彩，係起始於東晉干寶《晉記》
所言：

> 諸葛孔明於漢中積石作壘，方可數百步，四郭，又聚爲八
> 行，相去三丈許，謂之八陣圖。<u>於今儼然，常有鼓甲之聲，
> 天陰彌響</u>。〔註44〕

言「常有鼓甲之聲，天陰彌響」，遂使八陣圖蒙上了神祕的色彩，八
陣圖的傳說，到了酈道元《水經注》，其功效又更進一步的被渲染：

> 壘西去聚，石八行，行間相去二丈，<u>因曰八陣既成，自今
> 行師，庶不覆敗，皆圖兵勢行藏之權，自後深識者，所不
> 能了</u>。今夏水漂蕩，歲月消損，高處可二三尺，下處磨滅
> 殆盡。〔註45〕

至《水經注》，八陣圖已經有了「八陣既成，自今行師，庶不覆敗」
的神威之勢。則此陣的製造者諸葛亮，其神算的形象當然亦加深入人
心。可以推測的是，時至唐代，這種形象有進一步誇張神化的趨勢。
遂有杜甫、劉禹錫，均以諸葛亮爲智謀兼備之人，並將其反映於詩作
中。當然，杜甫、劉禹錫主要還是在敬佩諸葛亮道德立場的基礎上，
進一步去誇飾諸葛亮的智謀的。

諸葛亮的智謀形象，在唐代深入人心，武少儀〈諸葛丞相廟〉中，
呈現的是他在大時代中，能夠掌握時局的能耐：

> 執簡焚香入廟門，武侯神象儼如存。
>
> 因機定蜀延衰漢，以計連吳振弱孫。
>
> 欲盡智能傾僭盜，善持忠節轉庸昏。
>
> 宣王請戰貽巾幗，始見才吞亦氣吞。〔註46〕

「因機定蜀延衰漢，以計連吳振弱孫」透露出諸葛亮在詩人心目中運

〔註44〕段熙仲，聞旭初編校：《諸葛亮集校注》引《晉紀》（北京：中華書
局，2009年），頁210。

〔註45〕〔北魏〕酈道元撰；陳橋驛：《水經注校釋》（杭州：杭州大學出版
社），頁586。

〔註46〕〔清〕曹寅、彭定求等編：《全唐詩》，卷330，頁3690。

籌帷幄的才幹。而這種才幹，最終是要「欲盡智能傾僭盜，善持忠節轉庸昏」，導正三國時代的秩序，實踐他自己的理想。

推舉諸葛亮軍事才華的觀點，當然不限於詩歌。在唐人論及諸葛亮的文章中，亦認為他實有可資霸業的能耐，如白居易〈策林二十八、尊賢〉即言：

> 夫以夷吾之賢，爲不可召之臣，桓公所以霸齊也；孔明之
> 才，爲非屈致之士，劉氏所以圖蜀也。〔註47〕

白居易認為桓公、劉氏之能獨霸一方，均不得不歸諸於其有強力的軍師，這樣的觀點，顯然有意突顯諸葛亮軍事才能這一面，尚馳更認為：

> 漢代之季，天下不得不三分，蓋有由矣。曹氏挾王室之威
> 重，孫氏藉父兄之餘業，劉氏獨不階尺土，開國於亡命行
> 旅之間，天贊一武侯，即鼎足之勢均也。〔註48〕

「天贊一武侯，即鼎足之勢均也」之語，顯然視諸葛亮之存在，爲劉備扭轉乾坤，得以鼎足而三的關鍵，從這些言論中顯示，唐代文人不僅認同諸葛亮乃政治、軍事兼善，更往往在行文中將其軍事才能予以誇張化。

在唐代詩歌中，亦有述及諸葛亮「七擒七縱」事蹟的作品，如著名詠史詩人胡曾的〈詠史詩·瀘水〉：

> 五月驅兵入不毛，月明瀘水瘴煙高。
>
> 誓將雄略酬三顧，豈憚征蠻七縱勞。〔註49〕

貫休的〈送人征蠻〉：

> 七縱七擒處，君行事可攀。亦知磨一劍，不獨定諸蠻。
>
> 樹盡低銅柱，潮常沸火山。名須麟閣上，好去及瓜還。
>
> 〔註50〕

〔註47〕〔清〕董浩編；周紹良修訂：《全唐文新編》，頁 7568。

〔註48〕〔清〕董浩編；周紹良修訂：《全唐文新編》，頁 12996。

〔註49〕〔清〕曹寅、彭定求等編：《全唐詩》，卷 647，頁 7427。

〔註50〕〔清〕曹寅、彭定求等編：《全唐詩》，卷 829，頁 9346。

章孝標的〈諸葛武侯廟〉：

> 木牛零落陣圖殘，山姥燒錢古柏寒。
>
> 七縱七擒何處在，茅花櫪葉蓋神壇。〔註51〕

「七擒七縱」是後世神化諸葛亮謀略的代表故事之一，唐代的文人自然而然的將這個事蹟放入詩歌吟詠中，是一個值得探究的現象，因爲「七擒七縱」並非是眞實歷史上的紀錄，而是諸葛亮的軍事能力被神化後的形象，據陳壽《三國志・蜀書・諸葛亮傳》，有關諸葛亮南征的事蹟，只有簡要的敘述如下：

> 南中諸郡，並皆叛亂，亮以新遭大喪，故未便加兵，且遣
> 使聘吳，因結和親，遂爲與國。（建興）三年春，亮率眾南
> 征，其秋悉平。〔註52〕

諸葛亮「七擒七縱」的事蹟，並非陳壽作《三國志》時即有的說法，乃是出自後來東晉史家習鑿齒所作之《漢晉春秋》：

> 亮至南中，所在戰捷。聞孟獲者，爲夷、漢所服，募生致
> 之。既得，使觀於營陣之間，問曰：「此軍何如？」獲對
> 曰：「向者不知虛實，故敗。今蒙賜觀看營陣，若祇如此，
> 即定易勝耳。」亮笑，縱使更戰，七縱七擒，而亮猶遣獲。
>
> 〔註53〕

習鑿齒在東晉時期，是「揚蜀抑魏」的一位史家，他對諸葛亮尤其推崇，因此他特別渲染諸葛亮的功績，強調其「七擒七縱」，自然與他本身的立場有關。這則材料即是後來「七擒孟獲」故事的原型。事實上，七擒七縱的眞實性當然是有爭議的，如清代精研三國的學者盧弼，在《三國志集解》中，即藉《通鑑輯覽》之言質疑這個說法：

> 七縱七擒，爲記載所豔稱，無識已甚。蓋蠻夷固當使之心
> 服，然以縛渠屢遣，直同兒戲，一再爲甚，又可七乎？即

〔註51〕 〔清〕曹寅、彭定求等編：《全唐詩》，卷506，頁5754。

〔註52〕 〔晉〕陳壽撰；〔宋〕裴松之注：《三國志》，頁918～919。

〔註53〕 〔晉〕陳壽撰；〔宋〕裴松之注：《三國志》，頁921。

云几上之肉不足慮，而脫鞲試鷹，發柙嘗虎，終非善策。

且彼時亮之所急者，欲定南而伐北，豈宜屢縱屢擒，眈延

時日之理？知其必不出此。〔註54〕

「七擒七縱」的真實性，是屬於歷史真相的範疇，但是這則故事流傳對諸葛亮軍事才華的肯定，以及其被接受的程度，則是文學、美學要探究的領域。從這則事蹟在不同朝代的演化，就可以看出由西晉陳壽、東晉習鑿齒，乃至唐代詩人這一個推移的進程。唐代詩人在寫這則事蹟的時候，很自然的就將「七擒」「七縱」等說法放入作品中，換言之，在諸葛亮軍事能力被神化的氛圍下，文人亦不會深查「七縱七擒」的真相為何，而是深信不疑地將這種神算的事蹟，視為諸葛亮應有的才能。

在唐代，亦有文人將諸葛亮與專擅軍事謀略的奇才張良並舉，如費冠卿〈閒居即事〉：

生計唯將三尺僮，學他賢者隱牆東。

照眠夜後多因月，掃地春來只藉風。

幾處紅旗驅戰士，一園青草伴衰翁。

子房仙去孔明死，更有何人解指蹤。〔註55〕

在與諸葛亮並比的古代名臣中，管仲是為政令、軍務兼擅的名臣，但是張良則幾乎全是以奇謀巧計揚名於後世的了，可見諸葛亮的神機妙算形象深植唐代人心，因此時人才會將兩人的形象連結在一起。盧藏用嘗言：

故始終機揆，舉無遺策，斯又子房之知，孔明之能也。〔註56〕

他用「始終機揆，舉無遺策」，來比喻張良、諸葛亮的才能，這種強烈的溢美之詞，儼然將諸葛亮視為「神機妙算」的象徵人物。

歷史中的諸葛亮，並非善於帶兵、神機妙算的智將。但是唐代詩

〔註54〕〔晉〕陳壽撰；〔南朝宋〕裴松之注；盧弼集解；錢劍夫整理：《三國志集解》（上海：上海古籍出版社，2009年6月），頁2460。

〔註55〕〔清〕曹寅、彭定求等編：《全唐詩》，卷495，頁5611。

〔註56〕〔清〕董浩編；周紹良修訂：《全唐文新編》，頁2696。

人在一片推舉諸葛亮的風潮之下，將他這方面的能力加以渲染。在唐代詩歌中，諸葛亮的地位獲得一致的讚揚，形象也轉化爲無所不能的軍師。

對諸葛亮神機妙算能力的渲染，與當時諸葛亮崇拜的時代氛圍是互相關聯的。當時的文人一方面推舉其道德、品格爲典範，更由於對他的愛戴，強化了他無所不能的謀略才華。以致於唐人心目中的諸葛亮，幾乎成爲了臻乎完美的神人形象。

第二節　對蜀漢君臣魚水相得的嚮往

唐代士人對蜀漢集團推崇的另一個重要面向，即是對劉備、諸葛亮之間互相契合、彼此信賴的君臣關係，表現了強烈的讚賞。〔註57〕劉備禮賢下士的風範，以及諸葛亮忠心爲報的情操，成爲唐代士人歌頌蜀漢的一個重要主題。同時，這也成爲己身寄託爲國盡忠，希冀得遇明主的內心投射。

壹、推崇劉備對諸葛亮相互信任的君臣關係

歌詠劉備、諸葛亮君臣投契最具代表性的詩人，是後世人稱「詩仙」的李白，其詩〈讀諸葛武侯傳書懷贈長安崔少府叔封昆季〉即云：

> 漢道昔云季，群雄方戰爭。霸圖各未立，割據資豪英。
> 赤伏起頹運，臥龍得孔明。當其南陽時，隴畝躬自耕。
> 魚水三顧合，風雲四海生。武侯立岷蜀，壯志吞咸京。
> 何人先見許，但有崔州平。余亦草間人，頗懷拯物情。
> 晚途值子玉，華髮同衰榮。託意在經濟，結交爲弟兄。
> 無令管與鮑，千載獨知名。〔註58〕

東漢末年，王室衰微，全國開始走入群雄割據的局面，在此風雲際會

〔註57〕相關作者與詩名整理，見附錄四。
〔註58〕〔清〕曹寅、彭定求等編：《全唐詩》，卷168，頁1735。

的歷史波濤中，李白特別提起了劉備、諸葛亮這對傳為美談的君臣組合。他以「魚水三顧合，風雲四海生」來比喻這對蜀漢君臣之間的關係，「魚水」乃君臣投契之意〔註 59〕，正因為他們能相互信賴，才能在當時形成一方強大的勢力。在詩中，他也聯繫了歷史上管仲、鮑叔牙相知相惜的故事〔註 60〕。希望自己才能為國家看重的心願，一直是李白創作中不斷迴旋的主題之一〔註 61〕，作品中的比喻，其實意在表達自己期望像這些先賢一樣，獲得他人賞識，得以一展抱負。

　　李白的作品中，不斷的表達對劉備、諸葛亮這段君臣關係的欽羨，他在〈君道曲〉中即寫道：

　　　　大君若天覆，廣運無不至。軒后爪牙常先太山稽，如心之使臂。

　　　　小白鴻翼于夷吾，劉葛魚水本無二。土扶可成牆，積德為厚地。〔註 62〕

李白列舉出自己心目中君臣互信的典範，「軒后爪牙常先太山稽，如

〔註 59〕魚、水之喻，典出《三國志・諸葛亮傳》正文：「關羽、張飛等不悅，先主解之曰：『孤之有孔明，猶魚之有水也。願諸君勿復言。』」羽、飛乃止。〔晉〕陳壽撰，裴松之注：《三國志》，頁 913。

〔註 60〕典出《史記・管晏列傳》：「管仲夷吾者，潁上人也。少時常與鮑叔牙游，鮑叔知其賢。管仲貧困，常欺鮑叔，鮑叔終善遇之，不以為言。已而鮑叔事齊公子小白，管仲事公子糾。及小白立為桓公，公子糾死，管仲囚焉。鮑叔遂進管仲。管仲既用，任政於齊，齊桓公以霸，九合諸侯，一匡天下，管仲之謀也。」李白此處乃藉兩人之關係，表達未逢知音之感慨。〔漢〕司馬遷撰：《史記》（臺北：鼎文書局，1980 年 9 月），頁 2131。

〔註 61〕李白的思想是複雜的，兼有儒家的入世、道家的出世，但這種思維上的多元性，仍舊掩蓋不住他內心深切的願望。因此李白的詩作中，不時顯露出欲為國家百姓盡心的思想，這種思想經常以懷才不遇的感慨，呈現於詩作中，後世學者於此心境亦多有探索，如林宏作：〈李白的入世觀與出世觀〉《李太白研究》（臺北：里仁書局，1985 年），頁 587～598。楊海波：《李白思想研究》（上海：學林出版社，1996 年），頁 7～15。陳敬介：《李白詩研究》（臺北：花木蘭文化出版社，2009 年），頁 80～117。

〔註 62〕〔清〕曹寅、彭定求等編：《全唐詩》，卷 163，頁 1694。

心之使臂。」寫的是太山稽輔佐黃帝治理天下的故事〔註63〕，黃帝得
到他的輔佐，有如「心之使臂」。「小白鴻翼于夷吾」則是運用了齊桓
公重用管仲，使他成爲春秋五霸的典故。桓公嘗言：「廣人之友仲父
也，猶飛鴻之有羽翼也」，〔註64〕李白認爲，劉備與諸葛亮之間的關
係，就如同他們一樣，足以爲表率。這些句子，除了寄託李白自身的
理想，其實也同時反映出這對蜀漢君臣在詩人心中正面意義的形象，
在〈留別王馬司嵩〉中，李白更是自比「南陽子」諸葛亮，表明自己
「願一佐明主」之願：

> 魯連賣談笑，豈是顧千金。陶朱雖相越，本有五湖心。
>
> 余亦南陽子，時爲梁甫吟。蒼山容偃蹇，白日惜頹侵。
>
> 願一佐明主，功成還舊林。西來何所爲，孤劍托知音。
>
> 鳥愛碧山遠，魚游滄海深。呼鷹過上蔡，賣畚向嵩岑。
>
> 他日閑相訪，丘中有素琴。〔註65〕

詩一開頭，即連用幾個典故暗示志向。「魯連賣談笑，豈是顧千金」，
言歷史上魯仲連周游各國排解問題，不是爲了追求利益〔註66〕。同樣

〔註63〕典出《淮南子》：「昔者黃帝治天下，而力牧、太山稽輔之。」〔漢〕
　　　　劉安撰，張雙棣編校：《淮南子校釋》：（北京：北京大學出版社，1997
　　　　年），頁677。

〔註64〕典出《管子·霸行》：「桓公在位，管仲、隰朋見。立有間，有貳鴻
　　　　飛而過之。桓公嘆曰：『仲父，今彼鴻鵠有時而南，有時而北，有
　　　　時而往，有時而來，四方無遠，所欲至而至焉，非唯有羽翼之故，
　　　　是以能通其意于天下乎？』管仲、隰朋不對。桓公曰：『二子何故
　　　　不對？』管子對曰：『君有霸王之心，而夷吾非霸王之臣也，是以
　　　　不敢對。』桓公曰：『仲父胡爲然？盍不當言，寡人其有鄉乎？？
　　　　寡人之有仲父也，猶飛鴻之有羽翼也，若濟大水有舟楫也。仲父不
　　　　一言教寡人，寡人之有耳，將安聞道而得度哉。』《管子校注》（上）
　　　　（北京：中華書局，2004年），頁452。

〔註65〕〔清〕曹寅、彭定求等編：《全唐詩》，卷174，頁1781。

〔註66〕典出《史記·魯仲連鄒陽列傳》，魯仲連爲戰國時期齊國名士，曾調
　　　　停各國紛爭，卻不願接受齊國封賞，司馬遷曾評其：「盪然肆志，不
　　　　詘於諸侯，談說於當世，折卿相之權。」〔漢〕司馬遷：《史記》，
　　　　頁2479。

的，「陶朱雖相越，本有五湖心」，范蠡雖然當過越國宰相，待越國中興後，他也辭官退隱不眷戀官場〔註67〕。緊接著，李白以「余亦南陽子，時爲梁甫吟」「願一佐明主，功成還舊林」明確道出自己的想法，他以諸葛亮自比，期望能遇到像劉備那樣的明主賞識，表明自己一心只求報國，功成後絕不眷戀宦海的雄大志向。

　　這些詩一方面表達了李白內心的抱負，同時也反映出劉備與諸葛亮君臣相得的形象，在詩人的心中有佔有相當重要的位置。而李白願意不斷的使用這個政權作爲自己內心的寄託，亦表示其內心對蜀漢集團的敬重。

　　明代朱諫曾指出詩人嚮往劉備、諸葛亮君臣相得的背景，同時也道出詩人本身的心理因素：

> 言魯仲連談笑而卻秦軍，魏公子贈以千金而不受。陶朱公相越而圖霸業，功成即遊於五湖。諸葛亮隱居南陽，懷管樂之志作梁父之吟。此三子者，皆古之賢人也。吾未能有行焉，乃所願則學諸葛也，然諸葛亮則有時而出，佐漢成功，今吾偃蹇於山中，似彼高臥於南陽，但恐終深不遇，歲月去而衰老侵，不得如諸葛之佐漢以垂名耳。〔註68〕

　　李白對君臣相得情境的嚮往，是自身心影的投射〔註69〕，而劉備、諸葛亮的地位，也因此得到了詩人多方的渲染。此一系列蜀漢君臣相得的主題，廣泛受到唐代詩人的青睞，如岑參亦作〈先主武侯廟〉，他以「感通」敘述先主與武侯之默契：

〔註67〕 典出《史記‧越王勾踐世家》，范蠡是輔佐越王勾踐復國的賢臣，但是他功成之後，旋即退隱，並未留戀名利。史載范蠡於越國勝利後：「乃歸相印，盡散其財，以分與知友鄉黨，而懷其重寶，閒行以去，止於陶，以爲此天下之中，交易有無之路通，爲生可以致富矣。於是自謂陶朱公。」〔漢〕司馬遷：《史記》，頁1752。

〔註68〕 詹鍈編：《李白集校注彙釋集評》（天津：百花文藝出版社1996年12月），頁2131。

〔註69〕 葛景春即針對李白看待諸葛亮之心境，作出細膩的探討，詳參葛景春：《李白研究管窺》（保定：河北大學出版社，2002年），頁131～135。

先主與武侯，相逢雲雷際。感通君臣分，義激魚水契。

遺廟空蕭然，英靈貫千歲。〔註70〕

「先主與武侯，相逢雲雷際」此是說明兩人相識之時，正值兵荒馬亂，豪傑並起之時。「感通君臣分，義激魚水契」則歌詠劉備與諸葛亮，一者爲君，一者爲臣，卻能互相感通，如魚得水。不僅共創霸業，也留下了歷史的佳話。

在唐代，劉備與諸葛亮之相得益彰的君臣關係，既深植人心，文人亦常於議論中將其視爲楷模，于邵〈爲崔僕射陳情表〉有言：

此皆陛下明爲元首，德洽藎臣，夷吾必知其小大，孔明遂均於魚水。〔註71〕

裴度亦言：

故玄德知人之明者，倚仗曰魚之有水；仲達奸人之雄者，嗟稱曰天下奇才。〔註72〕

沈迴在〈武侯廟碑銘並序〉中，談及劉備與諸葛亮，並沒有以「魚水」喻兩人，而是以「君臣合德」比擬之，用語雖然不同，但意義仍是相互呼應的：

在昔君臣合德，興造功業，有若伊尹相湯，呂望興周，夷吾霸齊，樂毅昌燕。是數君子，皆風雲相感，垂裕來世。

〔註73〕

此段文字係沈迴於〈武侯廟碑銘並序〉中談及劉備與諸葛亮時，所興發的一段聯想。他讚揚兩人的「君臣合德」，就有如古之「伊尹相湯，呂望興周，夷吾霸齊，樂毅昌燕」。儼然將蜀漢君臣與古往今來的賢哲，同時放置於歷史的楷模之列。

從眾多唐人的詩文中可以得知，劉備與諸葛亮君臣相得、明君賢相的形象，必然是牢牢地刻印在時人心裡的，並且，唐人以這樣的觀

〔註70〕〔清〕曹寅、彭定求等編：《全唐詩》，卷198，頁2043。

〔註71〕〔清〕董浩編；周紹良修訂：《全唐文新編》，頁4947。

〔註72〕〔清〕董浩編；周紹良修訂：《全唐文新編》，頁6243。

〔註73〕〔清〕董浩編；周紹良修訂：《全唐文新編》，頁5187。

點看待蜀漢集團的君臣，更可以反映蜀漢集團如何以正面之形象存在
於時人的心目中。

三國歷史最終是以晉朝統一天下，天命終究不歸蜀漢。對此唐代
的詩人泰半爲之扼腕，因此有些詩作即表現了這種意向，如竇常的〈謁
諸葛武侯廟〉：

> 永安宮外有祠堂，魚水恩深祚不長。
>
> 角立一方初退舍，擬稱三漢更圖王。
>
> 人同過隙無留影，石在窮沙尚啓行。
>
> 歸蜀降吳竟何事，爲陵爲谷共蒼蒼。〔註74〕

這首詩的意境明顯較爲滄桑，「永安宮外有祠堂，魚水恩深祚不長」
乃是感嘆劉備與諸葛亮，雖然恩情深厚，仍舊無法挽救國家的命運。
「角立一方初退舍，擬稱三漢更圖王」寫的是當初兩人共圖天下霸業
的過程，但最終卻是卻難違天意，以致「歸蜀降吳竟何事，爲陵爲谷
共蒼蒼。」

李山甫作的〈代孔明哭先主〉〈又代孔明哭先主〉兩首，感慨的
意味也很類似：

> 憶昔南陽顧草廬，便乘雷電捧乘輿。
>
> 酌量諸夏須平取，期刻群雄待遍鋤。
>
> 南面未能成帝業，西陵那忍送宮車。
>
> 九疑山下頻惆悵，曾許微臣水共魚。〔註75〕
>
> 鯨鬣翻騰四海波，始將天意用干戈。
>
> 盡驅神鬼隨鞭策，全罩英雄入網羅。
>
> 提劍尚殘吳郡國，垂衣猶欠魏山河。
>
> 鼎湖無路追仙駕，空使群臣泣血多。〔註76〕

這兩首詩的寫作模式比較特殊，是李山甫假想自己在諸葛亮的立場，
回顧過去。「憶昔南陽顧草廬，便乘雷電捧乘輿。酌量諸夏須平取，

〔註74〕〔清〕曹寅、彭定求等編：《全唐詩》，卷271，頁3032。
〔註75〕〔清〕曹寅、彭定求等編：《全唐詩》，卷643，頁7364。
〔註76〕〔清〕曹寅、彭定求等編：《全唐詩》，卷643，頁7364。

期刻群雄待遍鋤」寫劉備對諸葛亮三顧茅廬，禮賢下士，爾後兩人共同專注於大業，志在天下。然而「南面未能成帝業，西陵那忍送宮車」，劉備逝世之時，未成就南面而王的大業﹝註77﹞，諸葛亮回憶起君臣之間魚水投契的恩惠，不禁感到無限惆悵，無法釋懷。「曾許微臣水共魚」，全詩結句反而用諸葛亮的語調，回顧自己和劉備一身恩義相隨，寫來更加扣人心弦。第二首〈又代孔明哭先主〉，其意境與第一首同，仍舊是作者想像諸葛亮身處的情境，去追溯劉備功業未成的遺憾。事實上，李山甫乃是藉古人之口，道出自己心中的情思，表達自己對蜀國命運的同情與惋惜。又由於諸葛亮對劉備忠貞不移的形象深入人心，因此詩人在創作時，就巧妙的想像自己站在諸葛亮的位置上。

對蜀漢君臣的「魚水相契」是唐人一致的觀感，正因為這對君臣是如此的令人喜愛，他們終究沒有遂成心願反而更令詩人難以接受。這種類似的慨歎之音，在唐詩中普遍存在。唐人對擊敗蜀漢的曹魏，往往多所諷刺，嘲弄，卻反倒認同蜀漢的人物、同情蜀漢的命運，箇中必然反映出的褒貶之意，相當耐人尋味。

自古以來，君臣之間互相信賴，往往來自君王以仁義對待屬下，臣子亦以恩情相報。徐夤所作之〈蜀〉，即由這個角度出發看待蜀漢君臣：

> 雖倚關張敵萬夫，豈勝恩信作良圖。
>
> 能均漢祚三分業，不負荊州六尺孤。
>
> 綠水有魚賢已得，青桑如蓋瑞先符。
>
> 君王幸是中山後，建國如何號蜀都。﹝註78﹞

﹝註77﹞ 典出《莊子‧盜跖》：「孔子曰：『丘聞之，凡天下有三德：生而長大，美好無雙，少長貴賤見而皆說之，此上德也；知維天地，能辯諸物，此中德也；勇悍果敢，聚眾率兵，此下德也。凡人有此一德者，足以南面稱孤矣。』按：此處孔子非本人，為莊子一書『中言』之論理方式，乃藉古人之口傳達自己書中之道理。莊子撰：郭慶藩校訂：《莊子集釋》（臺北：河洛圖書出版社，1980年8月），頁993。

﹝註78﹞ 〔清〕曹寅、彭定求等編：《全唐詩》，卷710，頁8169。

「雖倚關張敵萬夫，豈勝恩信作良圖」根據徐夤的觀點，劉備擁有關羽、張飛兩位力敵萬軍的猛將，並非他最有優勢之處，劉備以「恩信」對待屬下，在集團中形成的向心力，才是他成功的關鍵，諸葛亮衷心於劉備的原因，即是君主以「恩信」厚待之。在這樣以仁義聯繫出的君臣關係下，才能共同建構出「能均漢祚三分業，不負荊州六尺孤」〔註79〕的歷史佳話，以及三分天下的功績。

唐代詩人對劉備、諸葛亮君臣魚水相得的嚮往，無形中延伸成該時期文士對蜀漢政治集團的認同感。一個是仁義識才之君，一個是鞠躬盡瘁之臣，這是唐人心目中根深柢固的蜀漢集團形象。在唐代流傳下來的兩百多首三國詩作中，這種對君臣擁載的熱烈風潮，幾乎完全集中在蜀漢的人物上，既非曹魏，亦非孫吳，這樣的區別，亦投影出詩人們心中的三國焦點。

貳、三顧茅廬對蜀漢集團形象的美化

唐代的詩人，在歌詠蜀漢集團君臣關係的同時，當然也注意到了「三顧茅廬」這則故事，「三顧茅廬」一直是古代「思遇情感」的代表主題〔註80〕，唐人對劉備能夠降低身段，禮遇諸葛亮的風範，感到由衷的敬佩。有關「三顧茅廬」的主題，比較集中在晚唐幾位重要詠史詩人的作品中，這則故事在唐代的流傳，亦對形塑蜀漢正面之形象起了積極的作用。

〔註79〕「六尺孤」之典故，來自歷史上著名的白帝城托孤，是指劉備將後主劉禪託付於諸葛亮的歷史事實。《三國志》記載：「章武三年（223年）春，先主于永安病篤，召亮于成都，屬以後事，謂亮曰：『君才十倍曹丕，必能安國，終定大事。若嗣子可輔，輔之；如其不才，君可自取。』亮涕泣曰：『臣敢竭股肱之力，效忠貞之節，繼之以死！』先主又爲詔敕后主曰：『汝與丞相從事，事之如父。』」〔晉〕陳壽撰，裴松之注：《三國志》，頁918。

〔註80〕張潤靜：「『思遇』成爲中國文學中的一個傳統主題。而觸及遇合問題，人們便會不由自主地想到諸葛亮。劉備與諸葛亮之間魚水般的君臣關係，正是士人心理想君臣關係的典範。」張潤靜：《唐代詠史懷古詩研究》，頁154。

　　楊汝士〈和宗人尚書嗣複祠祭武侯畢題臨淮公舊碑〉，雖然全詩意在詠嘆諸葛亮一生功業，但在其用力描繪武侯祠周邊古柏森然氣象之餘，同時特別強調「三顧盛當時」與諸葛亮傳說密不可分的環節：

> 古柏森然地，修嚴蜀相祠。一過榮異代，三顧盛當時。
>
> 功德流何遠，馨香荐未衰。敬名探國志，飾像慰眈思。
>
> 昔謁從征蓋，今聞擁信旗。固宜光寵下，有淚刻前碑。
>
> 〔註81〕

　　蜀國能夠在三國時期崛起，諸葛亮功不可沒，但這位王佐之臣的出現，亦來自劉備之三顧茅廬。詩人於作品中寫道「一過榮異代，三顧盛當時」即表示出這段在人們心中受注目的程度。李白當然也留意過這段歷史，所以詩句中乃有「魚水三顧合，風雲四海生」而杜甫亦有「君臣當共濟，賢聖亦同時」。〔註82〕

　　楊嗣復的〈題李處士山居〉，雖未直言「三顧」之詞，但其實他也意識到諸葛亮之崛起，是為了輔佐自己心目中的明君：

> 臥龍決起為時君，寂寞匡廬惟白雲。
>
> 今日仲容修故業，草堂焉敢更移文。〔註83〕

　　對於「三顧」主題最多留意的，是唐代後期幾位代表性的詠史詩人。詠史詩往往透過道德的判準，給予歷史政權分別不同的評價〔註84〕，唐代的詠史詩人不僅對蜀漢多有詠嘆，他們更注意到這段

〔註81〕〔清〕曹寅、彭定求等編：《全唐詩》，卷484，頁5499。

〔註82〕〔清〕曹寅、彭定求等編：《全唐詩》，卷229，頁2506。

〔註83〕〔清〕曹寅、彭定求等編：《全唐詩》，卷464，頁5278。

〔註84〕在詠史詩中，道德意識不僅被強化，同時亦成為作者看待歷史的最高標準。因此在詠史組詩中，可以清楚的感受到這位作者對人、對事的褒貶之意。許鋼即言：「在這裡，最基本的『認識模式』是道德規範，而被應用於此的道德範疇，則是那些儒家思想的基本概念來表示的仁、義、禮、智、信、忠、孝、節、勇等等。由所有的這些道德範疇所組成的完整體系為一個基本的框架，而每一個具體的歷史事件與人物都必須首先被納入其中，然後才開始具有意義，開始變成可被認識的現象。」「歷史在詠史詩中的道德化，還意味著歷史人物與事件將主要地被從道德角度來評價。清晰無疑的讚頌或譴

君臣相遇的典範，並且以正面的眼光看待其意義。如胡曾的〈詠史詩・南陽〉：

> 世亂英雄百戰餘，孔明方此樂耕鋤。
>
> 蜀王不自垂三顧，爭得先生出舊廬。〔註85〕

「世亂英雄百戰餘，孔明方此樂耕鋤」敘述諸葛亮尚未受得重用的處境，而「蜀王不自垂三顧，爭得先生出舊廬」則突顯出劉備的積極與誠懇，使這位奇才離開草廬，為復興漢室盡心。另一位詠史詩人汪遵作〈南陽〉一詩，也持同樣的觀點：

> 陸困泥蟠未適從，豈妨耕稼隱高蹤。
>
> 若非先主垂三顧，誰識茅廬一臥龍。〔註86〕

汪遵也意識到先主劉備主動訪才的積極意義，因此他的用詞更具力道，「若非先主垂三顧，誰識茅廬一臥龍」顯然是認為，沒有劉備的厚愛，又何來後人所識得的諸葛亮。由於詠史詩歌具有記載歷史事件的特質，周曇〈蜀先主〉一詩，就從自己的角度，寫出了這段「三顧茅廬」前後的歷史：

> 豫州軍敗信途窮，徐庶推能荐臥龍。
>
> 不是卑詞三訪謁，誰令玄德主巴邛。〔註87〕

歷史上，徐庶向劉備推薦諸葛亮，告訴他唯有親自前往，才能以誠心打動對方，於是才有了劉備三訪求賢的美談〔註88〕。這位隱居的當世

責將在詩作裡得到表述，並伴隨著強烈的情感。」許鋼：《詠史詩與中國泛歷史主義》（臺北：水牛出版社，1997年），頁66、67。張潤靜對詠史詩與道德的關係，亦持相似的觀點：「詩與史承擔著相似的道德功能與教化作用。這種精神實質上的相通，成為詠史詩產生的邏輯基礎。詠史詩不僅在形式上將史與詩水乳交融，而且在承擔教化功能方面，也兼備史教與詩教的雙重意義。」張潤靜：《唐代詠史懷古詩研究》，頁31。

〔註85〕〔清〕曹寅、彭定求等編：《全唐詩》，卷647，頁7421。
〔註86〕〔清〕曹寅、彭定求等編：《全唐詩》，卷602，頁6955。
〔註87〕〔清〕曹寅、彭定求等編：《全唐詩》，卷729，頁8357
〔註88〕《三國志・諸葛亮傳》載：「時先主屯新野，徐庶見先主，先主器之。謂先主曰：『諸葛孔明者，臥龍也。將軍豈願見之乎？』先主

奇才，輔佐劉備更上一層樓，入主巴蜀雄霸一方，即是在諸葛亮的輔佐下完成的。基本上，胡曾、汪遵、周曇的詠史之作，都聚焦於「三顧茅廬」的場景，只是他們的敘述觀點，更強調的是劉備主動禮遇賢才的那一面。

　　唐代是「三顧茅廬」這個說法「普遍化」、「一致化」的時期。考察魏晉時期的文獻，部分人士對「三顧茅廬」是否存在是有質疑的。時人對劉備、諸葛亮相遇過程之褒、貶亦未成定論。「三顧茅廬」典出《三國志‧諸葛亮傳》：「遂詣亮，凡三往，乃見。」〔註89〕以及諸葛亮出師表：「先帝不以臣卑鄙，猥自枉屈，三顧臣於草廬之中。」〔註90〕若據此而言，則三顧之說，實有文獻之根據。

　　但魏晉時期，時人亦流傳著質疑「三顧茅廬」存在的負面傳聞，魚豢《魏略》即載曰：

> 劉備屯於樊城。是時曹公方定河北，亮知荊州次當受敵，而劉表性緩，不曉軍事。<u>亮乃北行見備</u>，備與亮非舊，又以其年少，以諸生意待之。坐集既畢，<u>眾賓皆去，而亮獨留</u>，備亦不問其所欲言。備性好結毦，時適有人以髦牛尾與備者，備因手自結之。亮乃進曰：「明將軍當復有遠志，但結毦而已邪！」備知亮非常人也，乃投毦而答曰：「是何言與！我聊以忘憂耳。」亮遂言曰：「將軍度劉鎮南孰與曹公邪？」備曰：「不及。」亮又曰：「將軍自度何如也？」備曰：「亦不如。」曰：「今皆不及，而將軍之　不過數千人，以此待敵，得無非計乎！」備曰：「我亦愁之，當若之何？」亮曰：「今荊州非少人也，而著籍者寡，平居發調，則人心不悅；可語鎮南，令國中凡有游戶，皆使自實，因

曰：『君與俱來』庶曰：『此人可就見，不可屈致也。將軍宜枉駕顧之』由是先主遂詣亮，凡三往，乃見。』可知史書中，劉備的三顧，相當程度是受徐庶啟發的。〔晉〕陳壽撰，裴松之注：《三國志》，頁912。

〔註89〕〔晉〕陳壽撰，裴松之注：《三國志》，頁912。

〔註90〕〔晉〕陳壽撰，裴松之注：《三國志》，頁920。

> 錄以益眾可也。」備從其計，故眾遂強。備由此知亮有英
> 略，乃以上客禮之。〔註91〕

此則記載，呈現的是部分當時北方中原人士看待諸葛亮的觀點，全文
策略雖也有限度的稱讚了諸葛亮部分的才幹，但致命的一擊在於「亮
乃北行見備」，可見是「毛遂自薦」而非「三顧茅廬」。於是諸葛亮成
爲熱忠名利，主動積極求取功名之徒。同樣的故事，亦載錄於於司馬
彪《九州春秋》，可見這些爭議於魏晉曾存在過。對此，裴松之於注
《三國志》時，表達了自己的看法：

> 臣松之以爲亮〈表〉云「先帝不以臣卑鄙，猥自枉屈，三
> 顧臣於草廬之中，諮臣以當世之事」，則非亮先詣備，明
> 矣。雖聞見異辭，各生彼此，然乖背至是，亦良爲可怪。
>
> 〔註92〕

裴松之反駁前二者的說法，因此他由文獻資料中推測，認爲三顧茅廬
應是存在的。魏晉時期之所以對「三顧茅廬」存有疑義，實與當時的
客觀環境有關，王文進先生即指出這種現象背後的歷史因素：

> 即使在毫無特殊敘事目的下，諸葛亮也確實成爲北方人士
> 討論蜀漢政權的焦點，並無意間流露對其君臣知遇的欣羨
> 之情。然也因劉備「三顧茅廬」對孔明的君臣神話過於完
> 美，在有專美曹魏的敘事策略下的魚豢心中，實烙下沉重
> 的政治宣傳壓力，故竭盡所能地加以摧毀。〔註93〕

在魏晉時期，「三顧茅廬」未成定論，對這個說法的褒貶也不一致。
不過到了唐代，則基本上是普遍予以接納的。在詩人的眼光中，「三
顧茅廬」代表的是名主能夠賞識賢才，賢才亦傾心相佐的君臣互動典
範，這對蜀漢集團形象的塑造與美化，當然也具有正面的作用。

〔註91〕《三國志・諸葛亮傳》引《魏略》。〔晉〕陳壽撰，裴松之注：《三
　　　　國志》，頁912。
〔註92〕〔晉〕陳壽撰，楊家駱主編：《三國志》，頁912。，頁914。
〔註93〕王文進〈論魚豢《魏略》的三國史圖象〉（中國學術年刊第三十三期，
　　　　2011年），頁11～12。

第三節　尊蜀思想之發端

　　筆者於第二章述及，西晉之時的史家文士看待三國之觀點均普遍以曹魏爲尊。至西晉以後，對曹魏政權及其代表人物的絕對尊崇開始鬆動，在史家方面，習鑿齒《漢晉春秋》呈現的是蜀漢正統的另一思索、裴松之《三國志注》則表現了對三個政權客觀評析的論點。在文士方面，曹魏之形象出現明顯分歧化。同時，蜀漢之代表人物漸受矚目，唯尚未形成後世一致擁戴其人物、進而尊崇此政權的傾向。這表示魏晉南北朝後期，時人對三國政權、三國人物之觀點已經有轉化的跡象。

　　後世研究三國觀點演變之學者，多半將焦點集中在魏晉南北朝，分析當代「曹魏正統」及其演變的政治背景。以及宋、元、明、清，探討南宋以降「尊劉抑曹」觀念之發展〔註94〕。卻極少將唐代對三國之觀點，放入這個「三國觀」演變的宏觀歷史架構中，探討有唐一代之三國解讀在整個源流中之意義。

　　如果我們將唐代放置在整個歷史的架構中，前面是魏晉，後面是宋、元、明、清，那麼唐代這種尊蜀意識的出現，就是一個「三國學」

〔註94〕就「尊蜀抑曹」演變作宏觀論述者，如趙令揚《關於歷代正統問題之爭論》與饒宗頤《中國史學上之正統論》，其著力點主要集中於魏晉時期與兩宋，趙令揚：《關於歷代正統問題之爭論》（香港：學津出版社，1976 年），頁 8～32。饒宗頤：《中國史學上之正統論》（臺北：宗青出版公司，1979 年），頁 19～37。近世學者龐天佑所著《中國史學思想通史・魏晉南北朝卷》，對三國正統議題之整理，亦以過去注重魏晉南北朝與宋代的框架爲主，少見對唐代的著墨。龐天佑：《中國史學思想通史・魏晉南北朝卷》，頁 165～373。除此之外，亦有學者就單一朝代加以深究者，如雷家驥《中古史學觀念史》論及該議題，主要將焦點放在魏晉南北朝之史家與時空情境。雷家驥《中古史學觀念史》（臺北：臺灣學生書局，1990 年），頁 255～336。關四平主張由魏晉時期切入，論辯尊蜀思想的遠源。關四平〈史筆寓褒貶抑曹尊蜀漢──論《三國志演義》擁劉反曹思想的史傳淵源〉（明清小說研究，2001 年第 2 期），頁 67～80。燕永成則將此一議題之重點擺在宋代，不僅吸收了前人的成果，更對宋代三國正統論有系統性的表述。燕永成《南宋史學研究》（蘭州：甘肅人民出版社：2005 年），頁 165～183。可見學界對此一「尊蜀抑曹」思想演變的探索，始終不脫魏晉南北朝與宋朝兩個時期，唐代則一直受到忽略。

上相當重要的關鍵。

　　過去研究唐代三國詩歌的取向，多半是由文學、美學的角度切入，而並未深入探討這些詩歌中透顯出的三國立場，也並未將唐人解讀三國之觀點，放置到「三國觀」演變這個大架構下去看待。

　　眾所周知的是，由南宋以降，「尊劉抑曹」的思想，就成了後世對三國歷史認知的基本思維。這種思維不僅被文人認可，更深入到民間。因此後世的文章、小說，甚至著名的《三國演義》都在這種文化搖籃中，去解讀三國的故事，這種三國視角可謂淵遠流長，影響後世極大。

　　本章的考察與分析，則是企圖將「魏晉」以後，即跳至「宋、元、明、清」的這個論述系統，將其中的「唐代」這塊空白補充起來。因為，唐代的史籍，雖然缺乏有關三國觀點的資料，但是透過這些大量關於三國的唐代詩歌，我們仍舊可以從中探索出當代文人的心靈面貌。換言之，過去以「尊劉抑曹」至南宋方始的觀念，應當上溯至唐代，而不僅停留在過去所認知的宋代。南宋為「蜀漢正統觀」確切成立之期，而唐代，我們可以保留一點的說，這個時期雖然並未有「蜀漢正統觀」這種系統性的三國思想。但是，唐人已然有一種廣泛而普遍的崇蜀心態，筆者將之稱為「尊蜀意識」。

　　「尊蜀意識」是唐人一種普遍的心理取向、心靈圖影，由唐代所留下大量推崇蜀漢的作品，以及眾多貶低曹魏人物的詩作來看，這種集體的尊蜀意識，早就已經在唐代形成了強大的潮流。

　　在詩歌中，我們透過唐代士人歌詠諸葛亮、歌詠蜀漢君臣相得的詩作，可以發現，這些詩作不僅對蜀漢人物投以熱切的讚揚跟推崇，同時更對其所屬的政治陣營，表示出強烈的認同。從這些詩作中，我們可以探究出唐代士人一種集體的文化思維，並且從中得知蜀漢在他們心目中受到尊崇的力度。

　　在祭祀活動中，唐人將諸葛亮、劉備提到了更高的地位。這種祭祀活動的興盛，可以視為整個唐代對蜀漢人物推崇的象徵，這種現象足以跟唐代士人歌詠蜀漢人物的主題相呼應。

唐代尊蜀意識興起的同時，另一個相應而誕生的是抑曹思維的發酵，這兩者在同一個時空下發展了起來。在唐代的詩歌、小說之中，蜀漢政權往往被賦予「正義之師」的面貌，而曹魏政權則淪爲對立的「篡位之臣」。前者的發展，同時催化著後者的行進，而後者的發展，又反過來強化前者的正當性。

因此，當我們在了解歷代「三國觀」演進的歷程時，不能不重視有唐一代三國解讀的重要性，因爲唐代士人這種「尊蜀意識」的發生，很可能啓發了後世看待三國的視角，並且應當對後世宋、元、明、清「尊劉抑曹」趨勢的延展，產生一定程度的影響。

第四節　小結

在歷史上，以三國爲正統的觀念雖然確立於南宋，這種士人之間普遍「尊蜀」的意識，乃是前有所承，而這個尊蜀意識的醞釀期，就是唐代。本章試圖由唐代的詩歌作爲切入的中心，以其餘的文體資料作爲印證，探討何以蜀漢在這些士人心目中，有如此崇高的定位。

在這些詠嘆歷史人物的詩作中，唐代詩人對蜀漢君臣人物強烈的崇拜與嚮往，反映在兩個明確的焦點上，即「諸葛亮崇拜的折射」與「對蜀漢君臣魚水相得的嚮往」。

在唐代詩人的心目中，輔佐先主劉備、鞠躬盡瘁的軍師諸葛亮。不僅是智慧的化身，更是忠君愛國的道德典範。多位重要詩人如楊汝士、杜甫、劉禹錫、李商隱、杜牧、韋莊……等，都在他們的詩歌中，表達出他們對這位歷史巨人的愛戴與尊敬。不僅士大夫階層如此，由詩歌中我們還可以發現，唐代民間百姓對諸葛亮的祭祀與香火，更達到了相當鼎盛的程度。

由於對諸葛亮的崇拜，已然成爲整個時代由上至下的普遍現象，這就使士人對諸葛亮所處的蜀漢陣營，產生了潛在的認同意識。不僅如此，我們在眾多的詩作中可以看見，作者往往對蜀國的歷史際遇，

給予高度的同情，並且站在蜀漢的立場看待整個三國的歷史。換言之，諸葛亮的崇拜，是唐代眾多詩人普遍推崇蜀漢、認同蜀漢的首要心理因素。詩人由對這位歷史英雄的讚揚，進而對其所在之政權寄予認同。這種思維模式成為唐代士人醞釀的尊蜀意識中，一個極其重要的面向。

唐代不僅是諸葛亮崇拜的興盛期，也同時是確立期。透過歷史縱向的剖析可以得知，魏晉時期，諸葛亮的歷史地位仍舊爭議不已。這種歷史定位的南北爭議卻在唐代消弭於無蹤。劉備、諸葛亮所代表的蜀漢，以「運移漢祚」的道德英雄姿態被時人所承認著。這種士人、百姓間的普遍意識，或許尚未強烈至成為「蜀漢正統論」，卻已經在「蜀漢正統論」之道路上，定下一個明確的傾向性。

在這個歷史潮流之中，諸葛亮形象的變化與神化，也是不能不加以注意的。歷史上不以神機妙算、帶兵征伐見長的諸葛亮，至唐代一躍而為神而明之的「智將」。後世話本、傳奇乃至《三國演義》中廣為人知的諸葛亮形象，即有可能都受到唐代這個關鍵期的影響。

唐代士人對蜀漢集團的推崇的另一個焦點，反映在對劉備、諸葛亮之間君臣與水相得的嚮往。劉備仁德愛民、禮賢下士的情操，以及諸葛亮忠貞不二的風骨，成為唐代士人歌頌蜀漢的重要主軸，並且這也成為詩人寄望一展長才，期待明主重用的內心投射。

在詩歌中歌詠君臣相得的詩人，包含了李白、岑參、白居易、儲光羲、胡曾、汪遵……等等，都以相當正面的眼光，描繪著這段歷史上難得的際遇。諸葛亮固然是輔佐蜀漢興盛的功臣，但禮遇諸葛亮的劉備，更成為了具備道德、仁義、慧眼識才的明君楷模。更值得關注的是，「三顧茅廬」的事件，由魏晉時期的爭議，到唐代的廣泛被接納，這種演變的歷程是耐人尋味的。

唐代詩人對蜀漢陣營君、臣魚水相得的嚮往，當然深化了士人間對蜀漢政治集團的好感。劉備是仁義識才之君，諸葛亮為鞠躬盡瘁之臣，相較於曹魏集團在唐代的爭議與醜化，以及孫吳集團受到的忽

視，蜀漢集團廣泛的在士人與民間，成爲整個唐代推崇、尊敬的對象。由唐代詩歌中反映出的三國圖像，已經明確標示出這個時期尊蜀意識的形成與確立。

　　而事實上，尊蜀意識的確立，與對曹魏的扁抑，這兩個現象是同時發生在唐代的。因此，如果將唐代人的三國解讀，放在整個歷史的時空座標中，那麼唐朝一代在三國學上，極可能是後世宋、元、明、清，尊蜀、崇蜀意識的發端，對於後世的三國觀，起了重大的關鍵作用。

第四章　唐代詩歌對曹魏集團的負面形塑

　　唐代詩歌除了有極高的比例是環繞著蜀漢君臣頻加詠嘆之外，其中述及曹魏人物的作品亦佔有一定的比例。但耐人尋味的是：在這些詩作中所呈現的曹魏形象，不少均呈現了負向的敘述。在這五十餘首唐詩中〔註1〕，一部分的作者對曹魏表示攻訐，並且在用詞上直斥曹操爲「奸雄」；一部分則以調侃諷刺的筆調，進行對曹魏形象的描述，此類詩作多半以「銅雀臺」爲主題，經由「銅雀主題」的延伸與輻射，逐步將曹氏與聲色的生活聯結在一起，其中較激切者，甚至將曹魏視爲奢侈荒淫的政權象徵。

　　如果我們將唐代推崇蜀漢的詩，與唐代諷刺曹魏的作品擺在一起，就形成了一個非常有意義的對照組合。唐代歌詠蜀漢人物的詩作有八十多首〔註2〕，唐代詩人回首看待三國歷史時，以「仁義」「恩信」的角度看待蜀漢政權，以「運移漢祚」「君臣相得」的崇敬眼光看待蜀漢的君臣人物。歷史上的曹魏集團，卻在唐代詩歌中被視爲道德匱乏的政權，成爲所謂的「奸雄」之師。並且曹操也在「銅雀主題」詩作之中，逐漸被塑造爲「奢華」「淫靡」的人物。這種對照足以再次

〔註 1〕相關作者與詩名整理，見附錄六。
〔註 2〕見附錄五。

補充前章有關「尊蜀意識」的觀點，說明在有唐一代，「尊劉抑曹」
的情結已然在詩人之間醞釀甚至成形。詩歌是反映當代文人心靈的重
要面向之一，因此，這些廣大三國詩歌中呈現的觀點，亦可能是普遍
潛藏於唐代文人間的一種心態。

　　以下，筆者試圖由「對曹魏代表人物的諷刺與貶稱」和「對曹魏
執政奢侈、荒淫事蹟的描寫」「抑曹思想之濫觴」三部份，探討唐代
詩歌中所呈現的曹魏形象。

第一節　對曹魏代表人物的諷刺與貶稱

　　在唐代有關三國的詩作中，出現了對曹氏政權的批判與攻訐，這
些作品嘲弄的對象，時而是曹操，時而是曹丕，亦有兩者同時並作者。
其中徐夤的作品就是著名的代表，其〈蜀〉〈魏〉兩首詩，前者稱許
蜀漢的功業，後者卻痛斥曹魏之行徑：

> 雖倚關張敵萬夫，豈勝恩信作良圖。
> 能均漢祚三分業，不負荊州六尺孤。
> 緣水有魚賢已得，青桑如蓋瑞先符。
> 君王幸是中山後，建國如何號蜀都。〔註3〕
> 伐罪書勳令不常，爭教爲帝與爲王。
> 十年小怨誅桓邵，一檄深讎怨孔璋。
> 在井蟄龍如屈伏，食槽驕馬忽騰驤。
> 姦雄事過分明見，英識空懷許子將。〔註4〕

徐夤的〈蜀〉這首詩，是以「仁義」「恩信」的角度來看待蜀漢的人
物，在整首詩中，最亮眼的角色是劉備、諸葛亮，有關他們的典故也
完全是正面的，但是在〈魏〉這首詩中，曹魏政權則完全成了對比，
成了反面的存在。

〔註3〕〔清〕曹寅、彭定求等編：《全唐詩》（臺北：明倫出版社，1971 年），
　　　　卷 710，頁 8169。
〔註4〕〔清〕曹寅、彭定求等編：《全唐詩》，卷 710，頁 8169。

「伐罪書勳令不常，爭教爲帝與爲王」，詩首一開始就批判曹操政權的正當性，同時作者也透過典故的運用，呈現曹操心胸狹隘的缺點，以及其政權內部爾虞我詐，互相陷害的實相。「十年小怨誅桓邵」是曹操挾怨報復的一則典故，記載曹操早期羽翼未成時，曾與袁忠、桓邵有過嫌隙，不料曹操得勢後，竟將兩人趕盡殺絕，桓邵曾跪求曹操放過他，卻仍舊難逃一死。〔註5〕詩人認爲曹操乃因「小怨」而殺人，實不可取。「食槽驕馬忽騰驤」則是用「三馬食槽」之典，《晉書》中記載，曹操曾作過一個夢，夢見三隻馬在槽中飲食。「槽」暗喻爲曹家，曹操原本懷疑三馬是「馬騰」、「馬超」、「馬岱」，於是征伐西涼，殺了馬騰。不料此三馬原來是指「司馬懿」、「司馬昭」、「司馬炎」。曹操與司馬家族間，亦是爾虞我詐，後來司馬家族得勢後，遂滅絕了曹氏政權〔註6〕。徐夤所選擇之典故，幾乎都是負面的，呈現出「魏」之主上虧缺仁德，與臣子勾心鬥角的形象，詩末言「奸雄事過分明見，英識空懷許子將」，以諷刺的筆調，認爲曹操是奸雄的事實，早就被許邵給料中了〔註7〕。

〔註5〕《三國志》裴松之引《曹瞞傳》：「初，袁忠爲沛相，嘗欲以法治太祖，沛國桓邵亦輕之，及在兗州，陳留邊讓言議頗侵太祖，太祖殺讓，族其家，忠、邵俱避難交州，太祖遣使就太守士燮盡族之。」桓邵得出，拜謝於庭中，太祖謂曰：「跪可解死邪！」遂殺之。」〔晉〕陳壽撰：〔宋〕裴松之注：《三國志》（臺北：鼎文書局，1980年9月），頁55。《曹瞞傳》是魏晉南北朝時期吳人所作，學界一般認爲此書立場是批判曹魏的，故而記載了較多曹操反面的事蹟，意在突顯曹操殘酷冷血的一面。這本書的客觀性向來頗具爭議，但是在後世流傳甚廣，對曹操的評價也造成不小的影響。

〔註6〕典出《晉書·宣帝紀》：「帝內忌而外寬，猜忌多權變。魏武察帝有雄豪志，聞有狼顧相，欲驗之。乃召使前行，令反顧，面正向後而身不動。又嘗夢三馬同食一槽，甚惡焉。因謂太子丕曰：『司馬懿非人臣也，必預汝家事。』」〔唐〕房玄齡撰：《晉書》（臺北：鼎文書局，1980年9月），頁20。

〔註7〕此指許紹對曹操所下的評語，《三國志·魏書·武帝紀》注引孫盛《異同雜語》：「（曹）嘗問許子將：『我何如人？』子將不答。固問之，子將曰：『子治世之能臣，亂世之奸雄。』太祖大笑。〔晉〕陳壽撰；〔宋〕裴松之注：《三國志》，頁3。《後漢書》載：「曹操微時，常卑

　　著名的詩人元稹，在〈董逃行〉中，以詼諧的筆調，諷刺董卓，同時也將曹操視作與董卓同樣可鄙的篡逆之臣：

> 董逃董逃董卓逃，揩鏗戈甲聲勞嘈。剻剻深臍脂燄燄，人皆數歎曰。

> 爾獨不憶年年取我身上膏，膏銷骨盡煙火死。長安城中賊毛起，城門四走公卿士。

> 走勸劉虞作天子，劉虞不敢作天子。曹瞞篡亂從此始，董逃董逃人莫喜。

> 勝負翻環相枕倚，縫綴難成裁破易。何況曲針不能伸巧指，欲學裁縫須準擬。〔註8〕

　　董卓是漢末著名的奸臣，在歷史上，他掌握漢室實質的政權，操縱著皇朝的廢立。元稹〈董逃行〉的敘述主軸，從董卓的崛起與衰敗，接續至曹操的篡逆，感嘆這段歷史中走了權臣，又來了奸雄，顯然將曹操與惡名昭彰的董卓，都視為是漢末的亂象。

　　唐代名臣李翰的〈臥龍崗謁武侯祠〉，以強烈的用詞表達對曹魏的立場：

> 海岳同雲起臥龍，出師二表見孤忠。

> 長星忽為營前殞，大業終隳再造功。

> 八陣有圖留漢沔，六韜無計斬奸雄。

> 草廬遺址多年後，贏得知音作閟宮。〔註9〕

「海岳同雲起臥龍，出師二表見孤忠」寫諸葛亮為蜀國盡心竭力，他自己寫的「出師表」，更用文字表達了自己的忠心。「長星忽為營前殞，大

辭厚禮，求為己目。邵鄙其人，而不肯對。操乃伺隙脅紹，紹不得已，曰：『君清平之姦賊，亂世之英雄』。」〔晉〕范曄：《後漢書》（臺北：鼎文書局，1980年9月），頁2234。一則載亂世之奸雄，一則載清平之姦賊，兩書文字有所出入，今日學界習於沿用者，多半以《三國志》所載為主，參佐《後漢書》之資料，許紹原本鄙夷曹操為人，此評語乃暗藏玄機，亦褒亦貶。

〔註8〕〔清〕曹寅、彭定求等編：《全唐詩》，卷418，頁4606。

〔註9〕〔明〕諸葛義編：《諸葛孔明全集》，頁231。

業終隳再造功」則道出這位英雄死於前線軍營，並沒有達成他的理想。「八陣有圖留漢沔，六韜無計斬奸雄」說的是他儘管擁有過人的兵法，卻沒有將曹氏斬殺。儘管如此，作者還是寫道「草廬遺址多年後，贏得知音作閟宮」，或許這是諸葛亮身死之後，稍微值得安慰之處了。

　　在這首詩中，作為蜀漢一方代表的諸葛亮，顯然有道德品格上的優勢，是以仁義、忠誠的正面形象出現，但曹魏一方的代表人物曹褾，則被稱為「奸雄」，成為了被撻伐的對象。李翰曾著〈三國名臣論〉〔註10〕，將諸葛亮與管仲、樂毅並舉，因此他對諸葛亮當然是極為認同的。相較之下，他卻稱曹操為「奸雄」，可見其在詩人的心目中的地位與評價。

　　在唐代詩人中，李商隱對曹氏政權的態度亦是貶抑的，他在〈籌筆驛〉〈武侯廟古柏〉〔註11〕中，表達了對蜀漢人物由衷的敬佩，但是他在〈井絡〉中提及曹魏集團時，呈現的卻是不同的態度：

　　　　井絡天彭一掌中，漫誇天設劍為峰。

　　　　陣圖東聚煙江石，邊柝西懸雪嶺松。

　　　　堪歎故君成杜宇，可能先主是真龍。

　　　　將來為報奸雄輩，莫向金牛訪舊蹤。〔註12〕

這首詩有兩層意涵，一層是寫三國史事，另一層則是藉三國之事暗喻晚唐之時局。「井絡天彭一掌中，漫誇天設劍為峰。陣圖東聚煙江石，邊柝西懸雪嶺松」敘述蜀國有天險可守的〔註13〕，亦有諸葛亮所作之

〔註10〕〔清〕董浩編；周紹良修訂：《全唐文新編》，頁4995。

〔註11〕〔清〕曹寅、彭定求等編：《全唐詩》，卷539，頁6161、6162。

〔註12〕〔清〕曹寅、彭定求等編：《全唐詩》，卷540，頁6207。

〔註13〕井絡、天彭指蜀國地形易守難攻之特色，井絡位於岷山，左思〈蜀都賦〉載：「岷山之地，上為井絡。」〔梁〕蕭統：《文選》（臺北：五南書局，1991年），頁109。天彭在今四川彭縣，有兩山鄉對如闕，古稱天彭關，是兵家駐守之地。《水經注》載：「秦昭王以李冰為蜀守。冰見氏道縣有天彭山，兩山相對，其形如闕，謂之天彭門，亦曰天彭闕。」〔北魏〕酈道元撰，陳橋驛校訂：《水經注校釋》（杭州：杭州大學出版社，1999年4月），頁576。

「陣圖」可資防護。但是即便如此，蜀國還是敗給了曹魏。李商隱以「堪歎故君成杜宇，可能先主是眞龍。將來爲報姦雄輩，莫向金牛訪舊蹤」四句，感慨即使劉備是眞龍，亦無法扭轉命運，使蜀國統一天下。對三國歷史的敘述，是明寫的第一層，但實際上這首詩的第二層乃暗指唐代晚期藩鎮割據〔註14〕，詩人憂心國家命運，希望當政者能有所警戒。因爲即是如蜀國有天險可守、人才可用，仍舊不敵魏國，當朝亦應小心姦佞之輩正伺機掠奪國家的政權。

李商隱作詩，向來長於使事用典，因此呈現出的意涵是多層次的，最爲後人津津樂道者，則在每個典故與特定人物事件的語境中，交織著正面或負面的典範性意涵〔註15〕。雖然「姦雄輩」乃暗喻唐末奸臣，但以「曹氏」爲所藉用的典故，則表示這個典故在詩人心目中的評價乃是意在貶抑。「姦雄輩」是群體的指稱，概稱同一系統下的整個曹氏政權。如果在〈井絡〉中劉備是「先主」、是「眞龍」，〈籌筆驛〉〈武侯廟古柏〉中，諸葛亮是「良臣」、是「武侯」，相形之下，被稱爲「姦雄輩」的曹氏，在詩人心目中的地位當然遠低於前者。

唐人在看待三國的歷史時，面對曹魏一方多爲質疑之詞，在唐代文集中，亦頗有類似相應之觀點，晁良貞即言：

> 漢代崩離，三光分景，齊蕩析，九土殊方，<u>權、備割據於岷、吳</u>，瞞、丕篡圖於冀、袞。〔註16〕

晁良貞論及「權、備割據於岷、吳」，對兩個政權的語調都是尊重的，

〔註14〕晚唐所面臨之政治困境，以藩鎮割據、牛李黨爭、宦官擅權三者最爲嚴重，其中又以藩鎮割據帶來的禍害最爲巨大，李商隱亦深察國家之危機，往往在作品中暗含關切之情。詳參劉學鍇：《李商隱傳論》（合肥：安徽大學出版社，2002 年 6 月），頁 591～598。吳調公《李商隱研究》（臺北：明文出版社，1988 年），頁 15～29。張步雲：《唐代詩歌》（合肥：安徽教育出版社，1988 年），頁 448～462。楊世明：《唐詩史》（重慶：重慶出版社，1996 年），頁 589～594。

〔註15〕李商隱之詩雖較爲晦澀、模糊，然其所用之典故，皆有其意旨，並且具有某種典型性之特徵。詳參顏崑陽：《李商隱詩箋釋方法論》（臺北：學生書局，1991 年），頁 187～188。

〔註16〕〔清〕董浩編；周紹良修訂：《全唐文新編》，頁 3197。

但是談到曹操、曹丕，卻道「瞞、丕纂圖於冀、袞」，他稱曹操為「瞞」〔註17〕，更直斥曹氏父子的行為是「纂圖」。但是他卻在同一篇文章中稱讚蜀漢的人物：

> 桓桓孔明，自方於昌國。聞九錫而殊議，節表純臣；荷三
> 顧而知恩，身歸奧主。〔註18〕

在道德上，兩個集團形成了對比的組合，曹魏的行為受到批判，而蜀漢的人物卻受到褒揚。「荷三顧而知恩，身歸奧主」，一個是知恩圖報的賢相，一個是值得效忠的「奧主」，完全都是美譽的稱呼。呂溫亦言：

> 武侯命世，實念皇極，魏奸吳輕，未獲我心，胥宇南陽，
> 堅臥不起。三顧雖晚，群雄初定，必也彗掃，是資鼎立。
>
> 〔註19〕

這當然是一篇推崇諸葛亮的文章，而其「魏奸吳輕」的說辭，顯見作者心中看待吳、魏兩國是有差別的，對孫吳尚只是「輕」，對曹魏則毫不保留直斥其「奸」。

唐代著名史家劉知幾，於《史通》中亦痛斥曹魏之行徑，卻對蜀漢人物大為讚揚：

> 案曹公之創王業也，賊殺母后，幽逼主上，罪百田常，禍
> 千王莽。文帝臨戎不武，為國好奢，忍害賢良，疏忌骨肉。
> 而壽評皆依違其事，無所措言。〔註20〕

> 劉主地居漢宗，仗順而起，夷險不撓，終始無瑕。方諸帝
> 王，可比少康、光武；譬以侯伯，宜輩秦繆、楚莊。而壽

〔註17〕 「瞞」是曹操的小字，然陳壽《三國志》中並未提及有此一事。稱
曹操小字為「瞞」應出自《曹瞞傳》一書，後世詩文中，則往往藉
此稱呼，以諷刺曹操之品德。見《三國志》裴松之引《曹瞞傳》：「太
祖一名吉利，小字阿瞞。」〔晉〕陳壽撰；〔宋〕裴松之注：《三國志》，
頁1。

〔註18〕 〔清〕董浩編；周紹良修訂：《全唐文新編》，頁3197。

〔註19〕 〔清〕董浩編；周紹良修訂：《全唐文新編》，頁7097。

〔註20〕 〔唐〕劉知幾撰；〔清〕蒲起龍釋：《史通釋評》（臺北：華世出版
社，1981年），頁249。

評抑其所長，攻其所短。〔註21〕

他認為曹操的政權，是透過眾多違反道義的行徑所取得，其子曹丕是奢侈浪費，傷害賢能的國主。相對而言，劉氏乃是「地居漢宗，仗順而起」的明君〔註22〕，劉知幾明言支持習鑿齒「尊蜀抑魏」的立場：

習鑿齒之撰《漢晉春秋》，以魏為僞國者，此蓋定邪正之途，明順逆之理耳。〔註23〕

李渤於〈上封事表〉中，雖並未言及曹操，卻將批判的焦點放在曹丕身上：

蜀先主任托孔明，有仁人風烈。魏文帝席父業，擅妄大言，輕議舜、禹，摧末疏本，其昏塞劇矣。〔註24〕

李渤推舉諸葛亮繼承劉備之遺命，乃仁者之風，但曹丕繼承父業，卻不具此種美德，是個昏塞之君，一路下來，都是以譴責的角度看待曹氏政權，顯然能與唐詩中的觀點互相呼應。事實上，相較曹氏政權，唐代文人更以為蜀漢應該擁有天下，尙馳即言：

以人事而論，使武侯常存，隱若一敵國，勝於本朝百萬之師。北向爭衡，司馬懿複惕息而不敢戰，足明中原非曹丕所有也。〔註25〕

其實，歷史上曹氏滅蜀，早已是個無法更改的定局，而這些言論反映的是文人對蜀漢的同情，以及對曹氏的貶抑。

〔註21〕〔唐〕劉知幾撰；〔清〕蒲起龍釋；《史通釋評》，頁249。

〔註22〕支持蜀漢的歷史論述，通常會藉由幾個主要的觀點提升劉備稱帝的合理性，因此其血統上與漢室的淵源，就成為了後世學者攻防的一個爭議點，劉知幾的「地居漢宗」代表的是贊同其皇室血統淵源的一派觀點。《三國志》載：「先主姓劉，諱備，字玄德，涿郡涿縣人，漢景帝子中山靖王勝之後也。」魚豢《典略》載：「備本臨邑侯支屬也。」〔晉〕陳壽撰；〔宋〕裴松之注：《三國志》，頁 871。此說又與《三國志》有異，漢室宗親的說法，至今成為歷史公案，懸而未決，但是在三國以後的歷史爭論中，則儼然成為論述的焦點之一。

〔註23〕〔唐〕劉知幾撰；〔清〕蒲起龍釋；《史通釋評》，頁250。

〔註24〕〔清〕董浩編；周紹良修訂：《全唐文新編》，頁8077。

〔註25〕〔清〕董浩編；周紹良修訂：《全唐文新編》，頁12996。

　　在唐代，蜀漢與曹魏的對比，除了反映於代表人物本身的道德評價外，也反映在其對待賢才的態度上。唐人詠嘆蜀漢劉備、諸葛亮「君臣相得」的詩作有二十幾首，詩人們視劉備爲「禮賢下士」、「三顧茅廬」的明君；但唐詩中提及曹操，不僅沒有述及他這方面美德的詩作，反而在有些詩人的作品中，認爲曹操是「妒才忌恨」的人，李白〈望鸚鵡洲懷禰衡〉即寫道：

　　　　魏帝營八極，蟻觀一禰衡。黃祖斗筲人，殺之受惡名。

　　　　吳江賦鸚鵡，落筆超群英。鏘鏘振金玉，句句欲飛鳴。

　　　　鷙鶚啄孤鳳，千春傷我情。五岳起方寸，隱然訌可平。

　　　　才高竟何施，寡識冒天刑。至今芳洲上，蘭蕙不忍生。

　〔註26〕

歷史上，孔融向曹操推薦禰衡，禰衡才氣過人，但性格高傲。曹操於是封他爲鼓手，意圖藉此羞辱，未料禰衡裸身擊鼓，令曹操下不了台。曹操意圖殺掉禰衡，但是又愛惜名聲不願自己動手，於是藉刀殺人，將禰衡推薦給劉表，劉表又轉薦給黃祖，最後禰衡就死在黃祖手上〔註27〕。在這個事件中，禰衡本身性格的缺陷，當然是他遭受禍害的主因，但後人談及這段歷史所著重的往往是曹操心胸狹隘的短處，文人更往往將自己不受重用的處境，與禰衡的遭遇疊影在一起〔註28〕。在李白的〈望鸚鵡洲懷禰衡〉中，曹操、黃祖即成爲了不能愛才的代表。李白寫禰衡，自身境遇感慨的成份居多，但是崔塗〈鸚鵡州即事〉，就直接斥曹操爲不能「容人」的上位者了：

　　　　悵望春襟郁未開，重吟鸚鵡益堪哀。

〔註26〕〔清〕曹寅、彭定求等編：《全唐詩》，卷181，頁1848。

〔註27〕范曄：《後漢書》，頁2234。

〔註28〕高步瀛言：「此以正平自況，故極致悼惜，而沉痛語以駿快出之，自是太白本色。起二句言正平輕魏武，鷙鶚比黃祖，孤鳳比正平。才高寡識，用孫登謂嵇康之言，乃痛相憐惜之詞，激起末句言芳草亦不忍生也。」高步瀛選注：《唐宋詩舉要》（臺北：里仁書局，2004年），頁35。

> 曹瞞尚不能容物，黃祖何曾解愛才。
>
> 幽島暖聞燕雁去，曉江晴覺蜀波來。
>
> 何人正得風濤便，一點輕帆萬里回。〔註29〕

「悵望春襟郁未開，重吟鸚鵡益堪哀」乃是詩人對禰衡命運的感嘆，當然亦有藉此哀悼自己的意思。及「曹瞞尚不能容物，黃祖何曾解愛才」兩句，則以「曹瞞」這個貶義的稱呼嘲弄曹操，並且批判他是不能「容物」的掌權者。

在唐代士人的作品中，曹魏代表人物的形象多半是負面的，個中指斥的對象多半是針對曹操，論及曹丕者較少。一來是由於唐人對曹操的道德質疑較為強烈，二來由於曹操長期以來被視為曹魏的代表人物。

值得注意的是，曹操由魏晉時期到唐代的這段期間，形象的醜化呈現出逐步加深的趨勢。西晉時期，無論史家、文人均一致性的尊魏，並盛讚其代表人物曹操。如王沈認為曹操乃是「知人善察，難眩以偽」〔註30〕，陳壽《三國志》亦言：

> 太祖運籌演謀，鞭撻宇內，攬申、商之法術，該韓、白之奇策，官方授材，各因其器，矯情任算，不念舊惡，終能總御皇機，克成洪業者，惟其明略最優也。抑可謂非常之人，超世之傑矣。〔註31〕

西晉時，曹操的形象當然是正面居多，如「知人善察」、或者「不念舊惡，終能總御皇機」「非常之人，超世之傑」等評價，雖然是溢美之詞，卻也反映出當時的觀點。陸機言曹操乃是「接皇漢之末緒，值王途之多違」「丕大德以宏覆，援日月而齊暉」〔註32〕，劉頌則謂曹操：

> 魏武帝以經略之才，撥煩理亂，兼肅文教。〔註33〕

〔註29〕 〔清〕曹寅、彭定求等編：《全唐詩》，卷679，頁7782
〔註30〕 《三國志·魏書·文帝紀》注引《魏書》。見《三國志》，頁54。
〔註31〕 〔晉〕陳壽撰；〔宋〕裴松之注：《三國志》，頁54。
〔註32〕 〔梁〕蕭統：《文選》，頁1477。
〔註33〕 〔清〕嚴可均：《全上古三代秦漢三國六朝文》（北京：中華書局，

西晉以後，曹操的形象出現分歧與爭議化的**趨勢**，但時至東晉，尚是「褒多於貶」馬寶記先生於〈論兩晉時期的曹操評價〉即指出：

> 因爲晉承魏制，晉代對曹操的評價基本上體現在甚可、肯定與贊揚的範圍之內，將曹操視爲一代君主，充分肯定了他在政治、軍事、經濟、用人思想等方面的傑出成就。〔註34〕

兩晉時期，曹操的形象尚停留在正面成分較多的階段，然進入南北朝後，有越來越多諷刺曹魏的作品，反映出尊曹系統的鬆動，及至南北朝後期，有關曹操的「爭議」「褒貶」更進入了激烈的爭辯。唐代詩、文中的曹操形象，比之南北朝，是將其負面的部份更加以延伸與擴張。

　　在唐代的詩歌中，認同蜀漢君臣的道德、同情蜀國君臣均爲作品普遍呈現的基調。反之，諷刺曹魏代表人物的道德、質疑他們的正當性，卻成了一對比性的存在。唐人對曹魏道德的批判，尤其表現於「銅雀主題」之詩作中，因數量較多而龐雜，故筆者獨立其爲一節，以討論之。

第二節　對曹魏執政奢侈、荒淫事蹟的描寫

　　在唐代述及曹魏政權的詩歌中，出現了不少述及曹操銅雀臺事蹟〔註35〕的詩作，此一系列詩作中呈現的曹魏君王形象，總是與歌舞、

1987 年 3 月），頁 1688。

〔註34〕馬寶記：〈論兩晉時期的曹操評價〉，收錄於《曹魏文化與三國演義論文集》（河南：河南人民出版社 2009 年 10 月），頁 152～153。

〔註35〕銅雀臺位在今日河北臨漳縣境內，距離縣城約 18 公里，古時此地稱鄴。《水經注》載：「漢高帝十二年，置魏郡，治鄴縣，王莽更名魏城。後分魏郡，置東、西部都尉，故曰三魏。魏武又以郡國之舊，引漳流自城西東入，徑銅雀臺下，伏流入城東注，謂之長明溝也。……城之西北有三臺，皆因城爲之基，巍然崇舉，其高若山，建安十五年魏武所起，平坦略盡。《春秋古地》云：葵丘，地名，今鄴西三臺是也。謂臺已平，或更有見，意所未詳、中曰銅雀，高十丈，有屋百一間，臺成，命諸子登之，並使爲賦。〔北魏〕酈道元撰，陳橋驛校訂：《水經注校釋》頁 180。從《水經注》之敘述，可略知銅

妓女連結在一起，這些作品基本的內涵則爲是控訴曹魏君王的行爲，並同情歌女的命運。

　　這一類以銅雀爲主題詩作之發源，最早起於南北朝時期，據《樂府詩集》卷三十一所載，收錄了最早一批以《銅雀妓》爲名的詩作，作者有謝朓、何遜、劉孝綽、江淹等，共四首。以〈銅雀悲〉爲名的有一首，作者是謝朓，以〈銅雀臺〉爲名的有兩首，作者是張正見、荀仲舉。南北朝時期的這七首作品，是銅雀主題詩作的源頭，這個主題來到唐代，創作量比前代多了不少，在《樂府詩集》中，載錄這種以〈銅雀臺〉、〈銅雀妓〉、〈雀臺怨〉爲名的作品，共有二十二首，《全唐詩》中亦將之收入。

　　討論有關曹魏君王在唐代詩歌中之形象，銅雀主題的作品是極重要的切入點。《樂府詩集》所收之二十二篇銅雀主題作品，並非全數，尚有九首《樂府詩集》未收，故據《全唐詩》加以增補。此外，有五首雖非以「銅雀」爲題，但內容仍是圍繞著銅雀臺這個題材創作，並且與唐人對曹魏代表人物之觀感息息相關，因此在討論中，亦應將之納入。

　　過去學者對這些作品的探討，多半是從「宮怨」詩的角度切入，將之放置於古代「長門」、「長信」、「昭君」、「銅雀」四大古宮怨的系統中，針對其創作脈絡加以分析，並針對其特殊之詞彙作意象之探討〔註36〕。但是，「銅雀主題」之相關詩作，其實與曹魏政權在後世形

雀臺地理上的概況。又《太平御覽》引《魏志》：「武帝建安十五年作銅雀臺，十八年作金虎臺，又作冰井臺。」可知曹操於銅雀臺建成後，又做了金虎、冰井二臺，然此處陳壽《三國志》並未詳述。

〔註36〕如鄧小軍、馬吉兆於〈銅雀臺詩『宮怨』主題的確立及其中晚唐新變〉一文中，對銅雀臺本事之考究，及銅雀詩作在唐代演進之歷程，皆有詳實之探討。鄧小軍、馬吉兆〈銅雀臺詩『宮怨』主題的確立及其中晚唐新變〉，《北方論叢》2009 年第 4 期。吳雪伶、黃依林亦對銅雀詩作之意象，有所探究。吳雪伶〈唐代銅雀臺詩的雙重回憶模式與宮怨主題〉，《湖北社會科學》2006 年第 8 期。黃依林〈論唐人宮怨詩的意象構造〉，《廣西民族學院學報》1996 年第 4 期。

象轉為負面有相當大的關連性。後世所詬病曹魏政權之負面形象如「好色」「奢侈」之形象，其實大都來自一篇又一篇的「銅雀主題」詩作的推砌與疊置。

事實上，「銅雀主題」的作品有多層次的面向，其一表現了詩人對歌女命運的同情，呈現人道主義的精神，其二是宮怨主題在創作動機上，具有投射文人懷才不遇的成份，詩人以歌女之受冷落之境遇，寄託逐臣棄婦之思，這兩個部份均是要加以注意的〔註37〕。筆者並非忽略此一主題原有的性質，只是提出另一個切入點，即此一系列述及銅雀事蹟的作品在創作與流傳的過程中，同時也對曹氏政權的印象造成了漸次的磨損，這個部份是前人較少著墨的。

唐代詩人劉商在〈銅雀妓〉中，即對曹操於銅雀臺之作為，加以批判：

> 魏主矜蛾眉，美人美于玉。高臺無晝夜，歌舞竟未足。
>
> 盛色如轉圜，夕陽落深谷。仍令身歿後，尚縱平生欲。
>
> 紅粉淚縱橫，調弦向空屋。舉頭君不在，惟見西陵木。
>
> 玉輦豈再來，嬌鬟為誰綠。那堪秋風裏，更舞陽春曲。
>
> 曲罷情不勝，憑闌向西哭。台邊生野草，來去罥羅穀。
>
> 況復陵寢間，雙雙見麋鹿。〔註38〕

「魏主矜蛾眉，美人美于玉。高臺無晝夜，歌舞竟未足」乃諷刺曹操

〔註37〕 諸多先賢都指出這種詩歌所反映面向的廣泛，即文人將自己的仕途境遇與不幸的宮怨女自疊影在一起。如王娟即持此種觀點：「一方面體現詩人關注、同情宮女悲慘遭遇，從而積極干預社會生活的現實精神，另一方面宮怨詩還內蘊著詩人們獨特的情感寄託，因為宮人們失寵類似於士人的懷才不遇。」王娟：《唐代宮怨詩研究》（南昌大學碩士論文，2007 年），頁 45。曹金貴亦認為：「詩人們擠身仕途，宦海沉浮的情感體驗與宮女期待恩寵或復失寵的內心世界形成心理同構，詩人們仕途失意的憤激不滿、感傷怨恨在宮女壓抑而鬱悶的生活中找到了宣洩口，在對宮女寄予憐香惜玉之情的同時，也是對自己心靈的治療與撫慰。曹金貴：《唐代宮怨詩詩歌藝術研究》（南京師範大學碩士論文，2004 年），頁 15。

〔註38〕 〔清〕曹寅、彭定求等編：《全唐詩》，卷 303，頁 3447。

縱情聲色，時常在銅雀臺中安排歌女舞蹈，日夜狂歡。「仍令身歿後，尚縱平生欲」二句更言，曹操生前如是，死後也沒有放過這些女子。曹操為了滿足個人私慾，而要求歌女死後繼續侍奉他，劉商所言「仍令身歿後，尚縱平生欲」即據此而論。「紅粉淚縱橫，調弦向空屋。舉頭君不在，惟見西陵木」四句，說明這些歌女被要求即使主上不在，仍需面對過去的景物，頻頻落淚，以表相思之情。「玉輦豈再來，嬌鬟為誰綠。那堪秋風裏，更舞陽春曲」指出這些失去自由的歌女，已經沒有未來，卻只能年復一年，將自己的青春年華消耗在這個不合理的要求中。劉商以〈銅雀妓〉批判曹操的作為，控訴執政者濫用權勢，其實都是為了滿足自己的私慾。

據《魏武遺令》，曹操遺命交代歌女們等他死後，仍需在固定日期登臺作曲，望向自己的墓地：

> 吾婢外家與伎人皆勤苦，使著銅雀臺，善待之。於臺堂上安六尺床，施繐帳，朝晡上脯之屬，月旦，十五日，自朝至午，輒向帳中作伎樂。汝等時時登銅雀臺，望吾西陵墓田。餘香可分與諸夫人，不命祭。〔註39〕

此典亦見於郭茂倩《樂府詩集》引《鄴都故事》：

> 魏武帝遺命諸子曰：「吾死之後，葬於鄴中西崗上，與西門豹祠相近，無藏金玉珠寶。餘香可分諸夫人，不命祭吾。妾與伎人，皆著銅雀臺，臺上施六尺床，下繐帳，朝晡上酒脯粻備之屬。每月朝十五，輒向帳前作伎。汝等時登臺，望吾西陵墓田。」〔註40〕

事實上，這些文字中曹操呈現出的並非是奢侈或荒淫的形象，而僅是妥善交待後事，預為眷屬安排，簡明的將諸事吩咐妥當。然其要求歌女於死後需定時望向西陵，以歌舞表演，卻淪為後人加以攻訐的部份，逐漸演變成歷代文人抨擊曹氏的焦點之一，而「西陵」、「望陵」、

〔註39〕〔清〕嚴可均：《全上古三代秦漢三國六朝文》，頁 1786。
〔註40〕〔宋〕郭茂倩編：《樂府詩集》（臺北：里仁書局，1981 年 3 月），頁454。

「分香」、「漳水」等意象，也成爲述及曹氏銅雀事蹟時的重複被使用的特定典故。在這些作品中，歌女既作爲被同情的一方，而上位者就往往被視爲反面而加以抨擊。

吳濁所作之〈銅雀妓〉，即試圖呈現出這種要求的下，銅雀歌女的無奈：

　　秋色西陵滿綠蕪，繁弦急管強歡娛。

　　長舒羅袖不成舞，卻向風前承淚珠。〔註41〕

從詩的一開始，就是充滿蕭瑟的意象，「秋色」「綠蕪」彷彿在暗示曹操的西陵墓地已然沒有生氣，但是歌女卻要「強歡娛」，爲死去的主上奏樂。然而，「長舒羅袖不成舞，卻向風前承淚珠」這兩句詩人透過想像，認爲這些女子早已無心踏好舞步，只能含淚面對自己的命運。比之吳濁，李咸用的〈銅雀臺〉用字則更爲強烈：

　　但見西陵慘明月，女妓無因更相悅。

　　有虞曾不有遺言，滴盡湘妃眼中血。〔註42〕

「但見西陵慘明月，女妓無因更相悅」直斥曹操遺命的荒唐，以及這些女子受迫害的人生。詩人以「有虞曾不有遺言，滴盡湘妃眼中血」作爲前二句的對比，運用舜與湘妃的正面典故，反襯曹操對銅雀妓的負面作爲。「有虞」指舜，「湘妃」指堯的兩個女兒，相傳兩女性情仁厚，互相敬愛，姐姐叫娥皇、妹妹教女英。堯看中舜的德性，爲了想測試他，就將兩個女兒嫁給舜觀察他的品格。最後舜通過了考驗，繼承堯禪讓給他的王位，娥皇爲后、女英爲妃，共同侍奉舜〔註43〕。舜

〔註41〕〔清〕曹寅、彭定求等編：《全唐詩》，卷770，頁8745。

〔註42〕〔清〕曹寅、彭定求等編：《全唐詩》，卷644，頁7383。

〔註43〕典出《列女傳》：「有虞二妃者，帝堯之二女也。長娥皇，次女英。舜父頑母嚚。父號瞽叟，弟曰象，敖游於嫚，舜能諧柔之，承事瞽叟以孝。母憎舜而愛象，舜猶內治，靡有姦意。四嶽薦之於堯，堯乃妻以二女以觀厥內。二女事舜於畎畝之中，不以天子之女故而驕盈怠嫚，猶謙謙恭儉，思盡婦道。瞽叟與象謀殺舜。使塗廩，舜歸告二女曰：『父母使我塗廩，我其往。』二女曰：『往哉！』舜既治廩，乃捐階，瞽叟焚廩，舜往飛出。象復與父母謀，使舜浚井。舜

死後，娥皇、女英終日啼哭，以淚揮竹〔註44〕。詩人認為相較於舜與湘妃真誠的情份，曹操對銅雀妓的要求，就淪為了一種虛偽的形式。因為事實上，她們無法「相悅」，只是受迫於曹氏的權力而已。

　　事實上，歷史上的曹操是個確有英才長略的霸主，並非眈溺於酒色的昏匱之人。然而在唐代詩作中，曹操的形象卻經常與歌舞聲色相聯結，這種聯結與歷史的真實有極大的距離。如果站在還原歷史的角度，那麼我們對於歷史真相，以及文人想像兩者之間的區隔，當然要加以注意。歷史上的曹操是一個面向，而文人視角下的曹操，又是另一個面向。而曹操道德形象的負面化、即是在這種文人想像中，被塑造成形。同時，這種現象的發生，也一定程度反映著當代文人對曹氏的觀感，銅雀題材的詩作，成為文人批判曹魏道德的一個媒介，如李邕〈銅雀妓〉：

　　　　西陵望何及，絃管徒在茲。誰言死者樂，但令生者悲。

　　　　丈夫有餘志，兒女焉足私。擾擾多俗情，投跡互相師。

　　　　直節豈感激，荒淫乃淒其。潁水有許由，西山有伯夷。

　　　　頌聲何寥寥，唯聞銅雀詩。君舉良未易，永為後代嗤。

　　〔註45〕

這首詩以強烈的筆調，痛斥曹操的作為。「西陵望何及，弦管徒在茲」

乃告二女，二女曰：『俞，往哉！』舜往浚井，格其出入，從掩，舜潛出。時既不能殺舜，瞽叟又速舜飲酒，醉將殺之，舜告二女，二女乃與舜藥浴汪，遂往，舜終日飲酒不醉。舜之女弟繫憐之，與二嫂諧。父母欲殺舜，舜猶不怨，怒之不已。舜往于田號泣，日呼旻天，呼父母。惟害若茲，思慕不已。不怨其弟，篤厚不息。既納於百揆，賓於四門，選於林木，入於大麓，堯試之百方，每事常謀於二女。舜既嗣位，升為天子，娥皇為后，女英為妃。封象於有庳，事瞽叟猶若初焉。天下稱二妃聰明貞仁。舜陟方，死於蒼梧，號曰重華。二妃死於江湘之間，俗謂之湘君。君子曰：『二妃德純而行篤。』詩云：『不顯惟德，百辟其刑之。』此之謂也。」〔漢〕劉向撰；〔清〕梁端校注：《列女傳校注》（臺北：臺灣中華書局，1987年），頁1～2。

〔註44〕 典出張華《博物志》：「堯之二女，舜之二妃，曰湘夫人，帝崩，二妃啼，以淚揮竹，竹盡斑。」〔晉〕張華注：范寧校證：《博物志校証》（臺北：明文出版社，1981年9月），頁93。

〔註45〕 〔清〕曹寅、彭定求等編：《全唐詩》，卷115，頁1168。

乃言歌女在曹操死後，仍須面向西陵，爲他演奏樂曲。「誰言死者樂，但令生者悲」兩句，直言此舉不過爲了滿足死者生前的欲望、卻無視生者所承擔的束縛與悲涼。「直節豈感激，荒淫乃淒其」更批評曹操乃是「荒淫」之主，作者又以「潁水有許由，西山有伯夷」作爲前者品格上的對照，許由、伯夷均是古代有高風亮節的典範〔註 46〕，此處言及二賢，是反諷曹操之格調與他們相去太遠。最後，作者以「君舉良未易，永爲后代嗤」作爲曹操評價的定調，認爲他將永爲後世的人們撻伐。

　　唐代諸多描寫曹魏歌舞生活的詩作，其實都具有諷刺性與針對性，何文曾指出這種詩歌大量出現的歷史因素：

　　　而唐代大一統的昌盛局面激發了唐代士人渴望建功立業的理想，他們不僅僅關注個人的個性世界，而是將個人社會價值的實現放在了最重要的位置。因此，他們渴望有勵精圖治的君主能賞識他們，重用他們，讓他們實現自己興邦定國的理想。而作爲一個封建統治者，曹操晚年酒色笙歌的銅雀臺生活是唐代詩人所深深憎惡的。因此，唐詩中有

〔註 46〕許由之典，見《莊子・逍遙遊》：「堯讓天下於許由，曰：『日月出矣，而爝火不息，其於光也，不亦難乎！時雨降矣，而猶浸灌，其於澤也，不亦勞乎！夫子立而天下治，而我猶尸之，吾自視缺然，請致天下。』許由曰：『子治天下，天下既已治也。而我猶代子，吾將爲名乎？名者，實之賓也。吾將爲賓乎？鷦鷯巢於深林，不過一枝；偃鼠飲河，不過滿腹。歸休乎君，予無所用天下爲！庖人雖不治庖，尸祝不越樽俎而代之矣。』莊子撰；郭慶藩校訂：《莊子集釋》（臺北：河洛圖書出版社，1980 年 8 月），頁 22～23。潁水之喻，則出於晉代《高士傳》：「由於是遁耕於中嶽潁水之陽，箕山之下，終身無經天下色。堯又召爲九州長，由不欲聞之，洗耳於潁水濱。」伯夷之典，見《論語》：「伯夷、叔齊，不念舊惡，怨是用希。」楊伯峻校編：《論語譯注》（臺中：藍燈出版社，1987 年 9 月），頁 54。史記《伯夷列傳》載：「伯夷、叔齊，孤竹君之二子也。父欲立叔齊，及父卒，叔齊讓伯夷。伯夷曰：『父命也。』遂逃去。叔齊亦不肯立而逃之。」〔漢〕司馬遷撰《史記》（臺北：鼎文書局，1980 年 9 月），2123。在這些典故中，可得知許由、伯夷的共同點，在於不慕功名利祿，不從流俗，因此在歷史上，他們被視爲具有良好德操的清流。

很多揭露了曹操在銅雀臺荒淫的生活，也表現出詩人對曹操這種行爲的貶斥，寄託出深刻的諷喻主題。〔註47〕

唐代的這些詩作，代表了士人看待曹操印象的一種底色，但曹操形象的演變，當然是一種漸進推移的過程，魏晉時期，世人並非如此看待曹魏政權的，王沉《魏書》嘗評曹操：

雅性節儉，不好華麗。後宮衣不錦繡，侍御履不二采，帷帳屏風，壞則補納，茵蓐取溫，無有緣飾。〔註48〕

除了說他生活節儉，不好奢華以外，亦認爲他自己儉樸，僅對他人慷慨，故深得下屬之心：

勳勞以賞，不吝千金，無功望施，分毫不予。〔註49〕

歷史上的曹魏政權，與後代士人視野下不斷轉變的曹魏政權，呈現著一種越來越分離的趨勢。西晉是尊曹時期、南北朝是曹操形象的分化期，而唐代，可視爲曹魏負面形象壓過正面的一個關鍵期。曹魏的正面形象越來越稀薄，而反面形象越來越深化。不僅在詩歌中如此，唐代的志怪小說，甚至將曹操塑造爲既好色又殘忍，玩弄歌妓於鼓掌間的形象：

魏武殘人性命，重藝妓。有一歌女性甚慧，而聲響入雲。操愛其聲，未忍殺。乃於群妾中求得二人，聲如歌者，密令教授，數月乃成。聽之，立殺其前者。〔註50〕

在《獨異志》中，曹操幾乎成爲了無道的暴君，可見這種印象在唐代不僅存在於士人之間，亦在民間有流傳的跡象。

在上述銅雀主題的詩作中，詩人們對曹操的道德表達了批判，抨擊這種不義之舉的荒謬。同時也有很多作者，在創作這個主題時，對於這種政策下歌女的命運，寄予了人道的同情，將作品的深度，延伸

〔註47〕 何文：《從《三國志》到《三國演義》曹操人物形象流變研究》，（西北大學碩士論文，2007年）頁22。

〔註48〕 《三國志・魏書・文帝紀》注引《魏書》。見《三國志》，頁54。

〔註49〕 《三國志・魏書・文帝紀》注引《魏書》。見《三國志》，頁54。

〔註50〕 〔唐〕李冗：《獨異志》（臺北：藝文印書館，1971年），卷下，頁17。

到了女子的內在心靈世界，如李遠〈悲銅雀臺〉：

> 西陵樹已盡，銅雀思偏多。雪密疑樓閣，花開想綺羅。
>
> 影銷堂上舞，聲斷帳前歌。唯有漳河水，年年舊綠波。
>
> 〔註51〕

「西陵樹已盡，銅雀思偏多」描繪曹操的陵墓，已經呈現一片蕭瑟的情景，以景喻情，這兩句其實是暗示歌女困於銅雀臺的孤寂心境。「雪密疑樓閣，花開想綺羅」可詮釋為比喻、象徵的筆法，「雲密」是歌女客觀條件上的「困」，「花開」是歌女主觀心情上的「求」，渴求自己能像花朵盛開一般，不要在此處使生命凋零，但是這在曹氏政權的脅迫下，已經成為無法達到的願望。於是接下來的「影銷堂上舞，聲斷帳前歌」採取明寫，直接道出女子當下的尷尬處境，「唯有漳河水，年年舊綠波」，銅雀臺緊鄰漳水，河水的景色年年不變，就呈現出歌女在臺上年復一年的日子，不過是一種心靈匱乏的生存形式。

鄭愔的〈銅雀妓〉，也是同樣的情調：

> 日斜漳浦望，風起鄴臺寒。玉座平生晚，金樽妓吹闌。
>
> 舞餘依帳泣，歌罷向陵看。蕭索松風暮，愁煙入井欄。
>
> 〔註52〕

由於作品所欲表達的，是歌女的處境，因此所用的單字與詞彙幾乎都是低迴跌宕的。「日斜」是一天將入黑夜之時，一旦風起，鄴臺上也感到寒冷，而銅雀歌女的心情，不也如同此情此景一般，自覺年華漸漸耗盡，轉入枯萎。「舞餘依帳泣，歌罷向陵看」寫女子在歌舞結束後，依帳哭泣，向曹操陵墓望看。這時的哭泣，究竟是因為曹操生前遺命的要求，還是歌女自身命運的哀悼？如果以銅雀主題一貫的脈絡來看，當是偏向後者的，況且後面兩句接的是「蕭索松風暮，愁煙入井欄」，字字句句都是化不開的愁思，這是她們心中最真實的聲音，只是這些心聲不是由自己親口說出，卻透過後世詩人的作品中呈現了出來。

〔註51〕〔清〕曹寅、彭定求等編：《全唐詩》，卷519，頁5931。
〔註52〕〔清〕曹寅、彭定求等編：《全唐詩》，卷106，頁1106。

　　對於歌女命運的同情，是這類作品基本的旋律，而對於女子內心「怨」的透視，亦成為銅雀主題詩作的特色，如歐陽詹〈銅雀妓〉：

　　蕭條登古台，回首黃金屋。落葉不歸林，高陵永為谷。

　　妝容徒自麗，舞態閱誰目。惆悵總帷空，歌聲苦于哭。

〔註53〕

「妝容徒自麗，舞態閱誰目」說這些女子雖有花容月貌，卻已經沒有寄託的對象，乃有怨懟之意，而「惆悵總帷空，歌聲苦于哭」，更道出歌女被要求為死人演奏歌舞心境上的苦痛。

　　銅雀主題是一種多層次意涵的詩歌體裁，在現實意義上，它是對古代執政者淫靡生活的一種批判，而此處受到批判的主角即是曹操。銅雀主題同時也可以體現一種人道主義的關懷，對受迫害的歌女表示同情，呈現他們的內心世界。當然我們也不會忽略，部分學者指出這種宮怨體裁帶有為詩人本身「逐臣棄婦」之思的投射，如李賀〈追和何謝銅雀妓〉：

　　佳人一壺酒，秋容滿千里。石馬臥新煙，憂來何所似。

　　歌聲且潛弄，陵樹風自起。長裾壓高台，淚眼看花幾。

〔註54〕

王勃〈銅雀妓二首之一〉：

　　妾本深宮妓，層城閉九重。君王歡愛盡，歌舞為誰容。

　　錦衾不復襞，羅衣誰再縫。高台西北望，流涕向青松。

〔註55〕

這些詩作固然可以直解作對銅雀歌女命運的感慨，但亦可詮釋為李賀、王勃本身懷才不遇，未得君王重用的心情。這種作品本身的多重性，是因為詩歌可以有的解釋範圍比別的文體大所引起的。

　　唐代典型的銅雀主題詩作，形塑了曹操歌舞生活的一面，反映了

〔註53〕〔清〕曹寅、彭定求等編：《全唐詩》，卷19，頁220。
〔註54〕〔清〕曹寅、彭定求等編：《全唐詩》，卷392，頁4412。
〔註55〕〔清〕曹寅、彭定求等編：《全唐詩》，卷56，頁678。

唐人看待這個政權的觀感。過去學界多半忽略這種在唐代大量出現銅雀主題的詩作，對於曹氏政權負面形象的強化可能具有的影響。這些詩作，有些直斥曹操為荒淫、奢糜之主，有些同情歌女在曹氏政權陰影下的命運。述寫曹氏銅雀事蹟的詩作，一方面如先賢所論，寄託了文人的懷才不遇之感，然另方面由於是以對銅雀歌舞生活的抨擊為媒介，因此也衝擊了曹氏道德面，這兩個面向不僅沒有互相違背，反而是共存的，因為詩歌本身就允許創作與接受上的多義與廣泛性。

由於這些詩作都將「曹氏」與「歌舞生活」進行了聯結，這種聯結對曹魏政權在後世文人心目中的形象，造成了負面的效應，我們可以從下列的幾個面向來看待這些詩作：

一、銅雀主題之詩作，在南北朝尚只有七首，在唐代卻出現了三十六首，在唐代述及三國人物的的兩百餘首作品中，其實有相當比例的份量，而這些詩作與曹氏政權的關係最密切。

二、銅雀主題之詩作，往往將曹操形塑為奢侈、荒淫的形象，即使未直接控訴曹氏，站在歌女對立面的曹操以及整個曹魏政權，形象極易自然而然偏往負面的方向。

三、銅雀主題的詩作，將曹氏政權與歌舞生活作了連結，由於這種連結強烈的程度，很可能促成後世戲曲、小說提及曹魏時，無法將其與銅雀聲色生活分開。

四、若就銅雀主題全面檢視三國政權的詩作，唯獨出現在曹氏政權一方，蜀漢劉備、東吳孫權，皆沒有這種塑造其「荒淫」形象的主題出現。換言之，曹魏在受到銅雀主題的影響而往負面發展的同時，蜀漢、孫吳卻不會在這方面的道德上受到質疑，實是一個極大的反差。

五、唐代以銅雀為主題創作的興盛，一直延續至後世，具保守估計，中國歷史上該主題之詩作，就有百首左右〔註56〕，可想而知的是，

〔註56〕據鄧小軍、馬吉兆兩位先生之統計，在中國歷史上，銅雀主題之詩作有百首以上，這還不包括後世其它體裁如詞、曲、戲劇中以銅雀

唐代的這股創作風潮，確實對曹氏負面形象的確立產生了巨大的推力。

第三節　抑曹思想之濫觴

　　將唐代述及曹魏人物的詩歌加以深究與分析，可以發現一個普遍的現象，就是這些的詩作批評的著眼點，大都環繞政治集團代表人物的道德與品格，並且聚焦反映在對曹操的評論上。在三國學的領域，政權代表人物所受到的褒貶，與政權本身的地位，是一個互為表裡的結構，曹操形象的醜化，與後世曹魏政權的負面化有密不可分的關係。

　　在批評曹操的詩作中，有些詩人直斥其為「奸雄」、「曹瞞」，這些作品多半同情蜀漢政權，卻以譴責的態度看待曹魏。有些詩作批評曹操是「荒淫」、「奢侈」的人物，認為他生前建造銅雀臺是為了個人的私慾，死後命歌女每月十五日登臺為他演奏，更是荒唐的作為，這些作品站在同情歌女命運的立場，進而將曹氏政權塑造成對立的反面。

　　在唐代眾多述及曹操的詩作與文論中，往往是將其形塑為負面的形象，但亦有少部分的詩作，呈現出曹操正面的形象。在探討唐代曹魏形象轉往負面的情況之下，這些詩作亦值得留意，這代表說，唐人並非完全否定其代表人物曹操，只是貶多於褒。舉例而言，張說〈鄴都引〉呈現的曹操形象並無諷刺之意：

> 君不見魏武草創爭天祿，群雄睢盱皆相馳逐。晝攜壯士破堅陣，夜接詞人賦華屋。都邑繚繞西山陽，桑榆漫漫漳河曲。城郭為墟人改代，但有西園明月在。鄴傍高塚多貴臣，蛾眉曼睩共灰塵。試上銅臺歌舞處，唯有秋風愁殺人。〔註57〕

在張說〈鄴都引〉中，曹操是英雄的形象，「魏武草創爭天祿，群雄

為主題的作品。參鄧小軍、馬吉兆：〈銅雀臺詩『宮怨』主題的確立及其中晚唐新變〉，頁1。

〔註57〕〔清〕曹寅、彭定求等編：《全唐詩》，卷86，頁940。

睚眥相馳逐」呈現的是曹家逐鹿中原的豪情，並且隱含時光不返，人事已矣的蒼涼感慨。再如〈張鼎〉鄴城引：

> 君不見漢家失統三靈變，魏武爭雄六龍戰。蕩海吞江製中國，回天運斗應南面。隱隱都城紫陌開，迢迢分野黃星見。流年不駐漳河水，明月俄終鄴國宴。文章猶入管絃新，帷座空銷狐兔塵。可惜望陵歌舞處，松風四面暮愁人。〔註58〕

這首詩由漢代衰微，曹操崛起，征戰中原，一路寫到他霸業未成身先死，基本上是將曹操作爲一個有才能的英雄看待，作品的總基調，則是一種歷史滄桑的感懷。

這一類視曹操爲英雄作品的出現，說明了唐代的曹操，亦有作爲正面存在的形象。但是，顯然批判曹氏政權正當性及其奢侈好色的聲音，在唐代的力量更大，並且對後世產生了深遠的影響，這種聲音在魏晉時期尚不明顯，但是在唐代卻成了一股沛然莫之能禦的勢力。

詩歌是時代心靈反映的重要面向，唐代詠三國詩作中所反映出來的對蜀漢、曹魏之巨大差異，某種程度可作爲唐人三國觀點的一個顯影。如果我們將有唐一代述及曹魏代表人物的詩歌，與述及蜀漢代表人物的詩歌作一個直接的比對，就可以發現一個重要的現象。因爲在唐代蔚爲大觀的三國詩作潮流裡，就有八十首以上的詩作讚揚了蜀漢的劉備、諸葛亮，並且對這個政權表示了同情，而述及曹魏有關的五十多首詩歌，卻多半是呈現了曹操道德上的負面，並且質疑這個政權，這種直接而強烈的對比，可以有力的顯示出曹操及其政權的形象，在唐人心中的觀感。

如果從接受美學的角度來看，這些詩作不僅數量龐大，其中更不乏來自李白、杜甫、李商隱、杜牧等大家的名作，這些詠三國詩大量傳播至宋代，從宋人的接受史角度來看，必然會形成一種絕大的張力。如果這些詩作均一致性的詠戴蜀漢代表人物、同情其境遇，而對曹氏一方的評價則多半是奸人之雄、荒淫之主，那麼這種強烈的對

〔註58〕〔清〕曹寅、彭定求等編：《全唐詩》，卷202，頁2109。

比，就會對宋代文人看待三國的視野，產生深刻的影響。

　　將唐代詩歌中的這種集體現象，放置在歷史的宏觀角度中來看，前面是魏晉南北朝、後面是宋、元、明、清，那麼這些詩歌中所呈現的曹魏形象，就成了「三國學」上一個不可忽視的轉接點。因為這些大量的三國詩歌，是有唐一代史籍較少論及三國的情況之下，我們仍舊能夠掌握的原典。

　　如筆者前幾章所述，過去對歷代三國觀演變的研究，多半忽略了「唐代」這個時期，這是因為唐代史家在大一統的格局下，較不關心三國這種分裂政權的詮解。由於資料的缺乏，因此學界在述及此項議題時，往往將重心擺在魏晉南北朝，以及宋、元、明、清，而唐代就成了三國觀演變視野下的一個空白地帶。

　　因為這個緣故，過去學界認為「尊蜀」的思維確立於南宋，而「抑曹」作為「尊蜀」之相待而成的思想，也是南宋才成立的〔註59〕。筆者雖然認同這樣的觀點，但是要更進一步的補充這個說法，就是「以蜀漢為正統」「以曹魏為僭越」的「正統觀」，固然成立於南宋，但是抑曹思想之發端，應可上溯自唐代。

第四節　小結

　　在歷史上，視三國時期曹魏集團為僭越的正統論，至南宋才發展

〔註59〕如趙令揚先生《關於歷代正統問題之爭論》與饒宗頤先生《中國史學上之正統論》，對該議題之論述，基本上將「尊蜀抑曹」視為南宋方始確立。趙令揚：《關於歷代正統問題之爭論》，頁8～32。饒宗頤：《中國史學上之正統論》，頁19～37。杜維運先生於《中國史學史》中述及此一議題時，留意的基本上是魏晉至南宋的變化，未將唐代納入討論範圍。杜維運：《中國史學史第三冊》（臺北：三民出版社，2004年），頁90。方志豪先生：《三國演義中的曹操形象及其演變》，對曹操由褒到貶的這個歷史進程，有詳細的疏理，仍不免將焦點擺在魏晉、宋、元、明、清，雖然略及唐代，猶未能深入討論唐代對曹魏負面形象之確立，實有重大之影響。方志豪：《三國演義中的曹操形象及其演變》，國立屏東教育大學碩士論文，2007年）

成熟，但是過去爲該領域先賢所忽略的是，曹魏形象負面化的確立期，應可上溯至唐代。本章以唐代詩歌爲切入點，以文集中的原典爲佐證，探討其代表人物曹操在這個時期被醜化的現象。

在唐人的心目中，曹操的道德缺陷與所作所爲，成爲了被集中批判的對象，詩人在作品中稱其爲「奸雄」、「曹瞞」，認爲他心懷不軌，是個圖謀篡奪漢室的亂臣，他心胸狹隘，不僅不能禮賢下士，甚至妒才、害才。唐代的文人以名號上的貶抑，表達對這位歷史人物強烈的不滿。

在唐代盛行起來的「銅雀主題」相關詩作中，曹操的奢侈、荒淫被突顯了出來，唐代詩人譴責其生前建造銅雀臺享樂，死後猶遺命歌女望陵作曲的行徑。這些「銅雀主題」作品的特色，是深入了歌女的心靈世界，站在同情弱勢的立場，表達了對曹氏政權濫用權勢的譴責。更值得注意的地方是，這些詩歌將曹操與歌舞生活作了強烈的連結，這就使後世人們在看待曹魏集團時，無法將其與奢華好色的形象分離開來。

將這些有唐一代述及曹魏集團的詩歌，與歌詠蜀漢集團的詩歌作爲對照，就可以更加明確的看出曹魏集團在唐人心目中的影像。在唐詩中，劉備是「先主」，是「禮賢下士」之明君，諸葛亮是「賢相」，是「鞠躬盡瘁」之臣，而蜀國的作爲是「運移漢祚」。但是曹操卻淪爲「奸雄」、「曹瞞」，曹魏集團的政治作爲被視爲「篡圖漢室」。將前章所討論的詩作，與本章討論的詩作結合在一起，就可以對比出曹魏集團在唐代所受到的形象塑造，與蜀漢集團剛好是相反的方向。

如果將唐代詩歌中呈現的曹魏集團圖像，放置在歷史洪流的大框架中，前面是魏晉南北朝、後面是宋、元、明、清，那麼這些詩歌中所呈現的曹魏形象，就成了「三國學」上一個重要的區塊。過去學者往往將重心擺在魏晉南北朝以及宋、元、明、清，而忽略唐代已然是曹魏地位負面化的確立期。唐詩中述及蜀漢君臣的作品八十餘首，是一致性的擁戴，然述及曹魏的五十餘首詩歌，卻是貶多於褒。透過對

詩歌原典的探究，唐代興起的不僅是「尊蜀意識」，相待而成的「抑曹思想」，亦是值得注意的。

第五章　唐代詩歌中孫吳定位的邊緣化

　　在唐代述及三國的詩歌中，有相當數量的作品均將焦點擺在蜀漢與曹魏兩個政治集團，進而對這兩個集團相關的人物、事件進行推崇或批判。然而，唐詩中述及孫吳人物及事件的詩作，相對之下就顯得較為稀少。

　　由前面兩章的探討中可知，唐代詠蜀漢人物的作品蔚為風潮，詩人相繼不絕的讚揚劉備與諸葛亮的智慧與品格，視其為「君臣相得」的楷模及「運移漢祚」的正義之師。唐人質疑曹魏陣營的代表性，諷刺曹操道德上「奢侈」「荒淫」的缺陷，視之為應當被討伐的「奸雄」。蜀魏的對比成了唐詩的主軸。相對之下，孫吳的定位在唐詩中則顯得黯然無光。

　　這種現象反映出在唐代文人熱烈評論三國史事的氛圍下，孫吳政權卻逐漸在「三國」歷史圖像中，被當作「中性的」、「陪襯性」的第三陣營看待。換言之，士人對三國陣營孰正孰逆孰為正義之師孰為篡國之賊的議論，都是集中在蜀漢、曹魏兩個政權上，這種大結構的基型在南北朝時已有徵兆，到了唐代則更為明顯的呈現出來〔註1〕。

〔註 1〕在魏晉南北朝時期，對三國歷史的詠歎與評論，往往集中在蜀漢與曹魏的代表人物上。在蜀漢方面，著名史家習鑿齒著《漢晉春秋》《晉陽秋》，力倡「尊蜀抑魏」之說，推舉劉備、諸葛亮的地位，壓抑曹操，

其實，三國志〈魏書〉有三十卷，〈蜀書〉十五卷，〈吳書〉二十卷，就歷史資料的豐富性而言，孫吳政權甚至比蜀漢更為精彩。而史書中孫吳的人物，亦甚多具有相當影響力的英雄豪傑，其魅力絕不遜於蜀漢、曹魏兩方。雄霸一方的孫權，名震赤壁的周瑜，折衝樽俎的魯肅，都是三國風雲中不可或缺的角色，不過在唐詩中，可以說只有周瑜受到了一點青睞，至於其它的人物都甚少被集中式的提及。一直到晚唐，才有詠史詩人孫元晏，為這些人物寫了部份的作品，但是孫元晏在晚唐的創作，實際上更反襯出整個唐代詩歌中詠孫吳人物的缺乏，在這數百年的三國詠史作品中，對江東英雄的描寫一直未能成為綿延不絕的風潮。

以下即略述唐代詩歌中對孫吳人物的描述，並藉此分析孫吳此一政權在唐詩中地位相對受到忽略的現象。

第一節　詠周瑜詩作的相對稀少

在唐代大部分的時間，述及孫吳人物的作品一直很少〔註2〕。孫吳的相關詩作，基本上呈現出唐人的正面觀感，此一現象是與飽受抨擊的曹氏政權可以明確區別開來的。但若對照另一個唐人心目中亦屬

對後世影響深遠，袁宏以《後漢紀》一書，標明「漢德未衰」，又特別歌詠蜀漢人物是繼承漢德的一方。范曄《後漢書》視曹魏為無德之政，卻隱然承認蜀漢。《世說新語》收錄了多則蜀漢人物的事蹟，當代文人亦對諸葛亮抱持濃厚的興趣。在曹魏方面，受到的關注就更多了，不僅史家方面有王沈《魏書》、司馬彪《九州春秋》、陳壽《三國志》等，當代文人亦有各種對曹魏的評價支持、即使南北朝後期曹氏定位逐漸分歧，也一直是當代討論三國人物時的焦點。這些都說明，這個時期文人對蜀漢、曹魏人物及事蹟的興趣，就有高於孫吳一方的趨勢，顯然這種局面至唐代仍舊持續著。可參呂美泉〈《三國志》研究編年史略（上）〉《通化師範學院學報》第3期（1999年），頁71～76。杜維運：《中國史學史第二冊》（臺北：三民書局，2002年），頁85～142。龐天佑：《中國史學思想通史‧魏晉南北朝卷》，頁165～373。《南宋史學研究》（蘭州：甘肅人民出版社：2005年），頁165～183。

〔註2〕據統計，僅有二十七首，相關詩作與作品整理，見附錄七。

正面的蜀漢政權，則孫吳的人物顯然並非唐人關注的對象。孫權的相關詩作遠少於劉備，就是述及周瑜的相關詩作數量也遠低於諸葛亮，可以說孫吳人物的形象完全被蜀漢的光輝給掩蓋住了。

　　儘管如此，我們仍舊可以在少量孫吳人物作品中，略為窺探出點許唐代文人心目中的孫吳影像，基本上呈現兩個特質：一、是屬於正面與中性的描寫，而非負面的批評。二、是數量的稀少，受關注的程度不如另外兩個政權。如果從相對數量較多的周瑜詩作著手，可以稍微看出一點唐人看待孫吳政權的輪廓。

　　在唐代詩歌中提及周瑜的作品，推舉了這位軍師在「赤壁之戰」展現的才華，歷史上，孫吳政權其實是赤壁之戰抗曹主要的勁敵，蜀漢實際上是位居側翼輔佐，在這一點上，唐詩的見解是比較接近史實的，將這場歷史性戰爭的功勞歸於孫吳。在詠及赤壁之戰及周瑜的作品中，以李白〈赤壁歌送別〉最有代表性：

> 二龍爭戰決雌雄，赤壁樓船掃地空。烈火張天照雲海，周瑜於此破曹公。君去滄江望澄碧，鯨鯢唐突留餘跡。一一書來報故人，我欲因之壯心魄。〔註3〕

「二龍爭戰決雌雄，赤壁樓船掃地空」，將整個戰爭壯大的氣勢描寫的出來，接著詩人以「烈火張天照雲海，周瑜於此破曹公」兩句，說明這場戰爭的結果，是孫吳在周瑜的帶領下打敗了曹操。在這裡，周瑜是一位三國的英豪，孫吳政權是贏得了這場戰爭的主要勝利者。

　　據陳壽《三國志》載，赤壁之戰時，對抗曹操的力量主要是來自孫吳：

> 時劉備為曹公所破，欲引南渡江。與魯肅遇於當陽，遂共圖計，因進駐夏口，遣諸葛亮詣權。權遂遣瑜及程普等與備并力逆曹公，遇於赤壁。時曹公軍眾已有疾病，初一交戰，公軍敗退，引次江北。瑜等在南岸。瑜部將黃蓋曰：「今寇眾我寡，難與持久。然觀操軍船艦，首尾相接，可燒而

〔註 3〕〔清〕曹寅、彭定求等編：《全唐詩》，卷167，頁1727。

走也。」乃取蒙衝鬥艦數十艘，實以薪草，膏油灌其中。
裹以帷幕，上建牙旗，先書報曹公，欺以欲降。又豫備走
舸，各繫大船後，因引次俱前。曹公軍吏士皆延頸觀望，
指言蓋降。蓋放諸船，同時發火。時風盛猛，悉延燒岸上
營落。頃之。煙炎張天，人馬燒溺死者甚眾，軍遂敗退，
還保南郡。〔註4〕

根據正史，蜀漢一方在戰前為曹魏所敗，不得不求助於孫吳。在兩方
斡旋的過程中魯肅扮演了重要的角色，促使雙方訂立同盟關係。由於
北方的曹魏不擅水戰，因此孫吳的水軍是打贏這次戰爭的重要關鍵，
在兵力的佈署，以及謀略的制定上，孫吳在戰爭中居關鍵性的地位，
蜀漢的角色其實比較屬於輔佐。

　　三國之所以有後來鼎立的局面，實際上就是由這場戰爭的結果所
確立〔註5〕，赤壁之戰的重要性非比尋常，但是唐代詠赤壁之戰及周
瑜的詩數量並不多。不過在這些少數的作品裡，還是可以看出周瑜的
形象是個充滿智謀的軍師，唐人亦正面肯定孫吳一方在這場戰爭的建
樹，殷堯藩的〈襄口阻風〉就寫道：

　　　雪浪排空接海門，孤舟三日阻龍津。

　　　曹瞞曾墮周郎計，王導難遮庾亮塵。

　　　鷗散白雲沈遠浦，花飛紅雨送殘春。

　　　篙師整纜候明發，仍謁荒祠問鬼神。〔註6〕

這首詩並非為專詠周瑜而作，不過從「曹瞞曾墮周郎計，王導難遮
庾亮塵」的描述中，可看出詩人指的是赤壁之戰，並認為周瑜的智
謀曾經使曹操吃過大虧。詠史詩人胡曾亦在〈題周瑜將軍廟〉中寫
道：

〔註4〕〔晉〕陳壽撰；〔宋〕裴松之注：《三國志》，頁1262～1263。

〔註5〕曹魏此戰揮兵北下，實有一統天下之決心，然此戰敗於孫吳與蜀漢聯
　　　軍後，此消彼長，三方遂逐漸呈現鼎足之勢，陳壽《三國志》雖未明
　　　言此戰之後即「三國鼎立」，然由史書於三個政權於同一事件所載之
　　　文字推敲已隱含此意。

〔註6〕〔清〕曹寅、彭定求等編：《全唐詩》，卷492，頁5569。

　　共說生前國步難，山川龍戰血漫漫。

　　交鋒魏帝旌旃退，委任君王社稷安。

　　庭際雨餘春草長，廟前風起晚光殘。

　　功勳碑謁今何在，不得當時一字看。〔註7〕

「共說生前國步難，山川龍戰血漫漫」主要是形容孫吳建國的艱辛曲折，而「交鋒魏帝旌旃退，委任君王社稷安」則是詠嘆周瑜在赤壁之戰中的功勳。

　　晚唐孫元晏寫的〈赤壁〉從另一個視角，寫出了周瑜在戰爭中的重要性：

　　會獵書來舉國驚，只應周魯不教迎。

　　曹公一戰奔波後，赤壁功傳萬古名。〔註8〕

「會獵書來舉國驚，只應周魯不教迎」指的是赤壁之戰中，孫權原本在投降與應戰的兩派人馬中猶豫，然而《三國志》載，周瑜、魯肅其實就是引導孫權積極應戰的關鍵人物〔註9〕。其中周瑜不僅身兼說

〔註7〕〔清〕曹寅、彭定求等編：《全唐詩》，卷647，頁7419。

〔註8〕〔清〕曹寅、彭定求等編：《全唐詩》，卷767，頁8702。

〔註9〕據正史所載，孫吳內部當時頗有持投降曹操的意見，主降派的勢力較大，力言兵力懸殊，不應頑抗。當時影響孫權態度的主要有兩次進言，一次是周瑜，一次是魯肅，周瑜的進言是現場進行的，而魯肅則是私下提出。《三國志》載：「議者咸曰：『曹公豺虎也，然托名漢相，挾天子以征四方，動以朝廷爲辭，今日拒之，事更不順，且將軍大勢可以拒操者，長江也。今操得荊州，奄有其地。劉表治水軍，蒙沖斗艦，乃以千數，操悉浮以沿江，兼有步兵，水陸俱下。此爲長江之險，已與我共之矣。而勢力眾寡，又不可論。愚謂大計不如迎之。』瑜曰：『操雖托名漢相，其實漢賊也。將軍以神武雄才，兼仗父兄之烈，割據江東，地方數千里，兵精足用，英雄樂業，尚當橫行天下，爲漢家除殘去穢。況操自送死，而可迎之耶？請爲將軍籌之：今使北土已安，操無內憂，能曠日持久，來爭疆場，又能與我校勝負於船楫乎？今北土既未平安，加馬超、韓遂尚在關西，爲操後患。且捨鞍馬，仗舟楫，與吳越爭衡，本非中國所長。又今盛寒，馬無藁草。驅中國士眾遠涉江湖之間，不習水土，必生疾病。此數四者，用兵之患也，而操皆冒行之。將軍擒操，宜在今日。瑜請得精兵三萬人，進住夏口，保爲將軍破之。』」。從「議者咸曰」四字，可以看出當時主降的勢力極大，

客，尚且親率將士完成此項扭轉乾坤的戰役，可說是最大的功臣。

在這些作品中，呈現出的是周瑜的英明與謀略，而孫吳政權是擊敗曹魏，奠定勝基的一方。但令人訝異的是，唐代詠周瑜的詩作數量卻相當有限，多半是略爲提及，僅作爲歷史典故藉以烘托原本的主題，比如李賀的〈春懷引〉：

> 芳蹊密影成花洞，柳結濃煙花帶重。
>
> 蟾蜍碾玉挂明弓，捍撥裝金打仙鳳。
>
> 寶枕垂雲選春夢，鈿合碧寒龍腦凍。
>
> 阿侯繫錦覓周郎，憑仗東風好相送。〔註10〕

湛賁〈伏覽呂侍郎丘員外舊題十三代祖歷山草堂詩因書記事〉：

> 名遂貴知己，道勝方晦跡。高居茸蓮宮，遺文煥石壁。
>
> 桑田代已變，池草春猶碧。識曲遇周郎，知音荷宗伯。
>
> 調逸南平兆，風清建安跡。祖德今發揚，還同書史冊。
>
> 〔註11〕

這一類的作品係將周瑜通曉音律的特質，作爲典故加以運用〔註12〕，即或將這類型的作品併入詠及周瑜的詩作，其數量仍究遠遠少於蜀漢同一類型的人物諸葛亮。

《三國志》又載：「會權得曹公欲東之問，與諸將議，皆勸權迎之，而肅獨不言。權起更衣，肅追於宇下，權知其意，執肅手曰：『卿欲何言？』肅對曰：『向察眾人之議，專欲誤將軍，不足與圖大事。今肅可迎操耳，如將軍，不可也。何以言之？今肅迎操，操當以肅還付鄉黨。品其名位，猶不失下曹從事，乘犢車、從吏卒、交遊士林、累官故不失州郡也。將軍迎操，欲安所歸？願早定大計，莫用眾人之議也。』權歎息曰：『此諸人持議，甚失孤望；今卿廓開大計，正與孤同，此天以卿賜我也。』」從原文中的「皆勸權迎之」，可看出主張投降的人居多，而魯肅給予孫權建議的方式，則相當有技巧性。見〔晉〕陳壽撰；〔宋〕裴松之注：《三國志》，頁1261、1269。

〔註10〕〔清〕曹寅、彭定求等編：《全唐詩》，卷394，頁4439。

〔註11〕〔清〕曹寅、彭定求等編：《全唐詩》，卷466，頁5293。

〔註12〕典出《三國志》：「瑜少精意於音樂，雖三爵之後，其有闕誤，瑜必知之，知之必故，故時人謠曰：『曲有誤，周郎顧』」。〔晉〕陳壽撰；〔宋〕裴松之注：《三國志》，頁1265。

第二節　孫權相關作品的匱乏

在唐代這股詠懷三國人物的風潮中，孫吳政權的核心人物明顯受到了忽略，因爲在兩百多首述及三國人物、事蹟的作品中，述及孫權的詩作可謂極少。因此並不容易從中徵塑出一個具體的人物形象，也比較難看出唐代詩人對孫權這位領導者，究竟是抱持對蜀國劉備那樣「明君」的認同，還是抱持著對魏國曹操那種「篡臣」的批判。儘管缺乏專詠孫權的詩作，但從幾首相關性較高的資料略窺，孫權基本上仍被視爲一代霸主而給以尊重。

羅隱的〈題潤州妙善前石羊〉述及孫權，基本上是一種追憶英雄的語調：

> 紫髯桑蓋此沈吟，恨石猶存事可尋。
>
> 漢鼎未安聊把手，楚醪雖滿肯同心。
>
> 英雄已往時難問，苔蘚何知日漸深。
>
> 還有市鄽沽酒客，雀喧鳩聚話蹄涔。〔註13〕

紫髯是孫權的代稱、桑蓋則是指劉備〔註14〕，「紫髯桑蓋此沈吟，恨石猶存事可尋」是作者追憶此地，曾有孫權、劉備這兩位這位霸主，「漢鼎未安聊把手，楚醪雖滿肯同心」兩句，是作者懷想吳蜀兩國，爲了對抗曹操，進而選擇結立同盟。「英雄已往時難問，苔蘚何知日漸深」，言兩位國主雖然都是一代英雄，卻隱沒在時間的洪流中。這首詩雖有感嘆之意，但對於孫權的霸主地位基本上是肯定的，再看徐夤的〈吳〉：

〔註13〕〔清〕曹寅、彭定求等編：《全唐詩》，卷662，頁7592。

〔註14〕「紫髯」是孫權的代稱，基本上是帶有敬意的語氣。此則典故源自《獻帝春秋》所載：「張遼問吳降人：『向有紫髯將軍，長上短下，便馬善射，是誰？』降人答曰：『是孫會稽。』」「紫髯」將軍的尊稱代表著孫權在戰場上英勇的一面。《三國志·吳書·吳主傳》注引《獻帝春秋》。見《三國志》，頁1260。「桑蓋」典出《華陽國志》：「先主少時，與宗中諸兒戲於樹下，言：『吾必乘此羽葆蓋車。』」〔晉〕常璩撰；任乃強校注《華陽國志校補圖注》（上海：上海古籍出版社，1987年10月），頁355。

> 一主參差六十年，父兄猶慶授孫權。
>
> 不迎曹操真長策，終謝張昭見碩賢。
>
> 建業龍盤雖可貴，武昌魚味亦何偏。
>
> 秦嬴謾作東遊計，紫氣黃旗豈偶然。〔註15〕

這首詩詠懷的對象雖然是吳國整體，但也能側面反映出對孫權的推崇，作者言「一主參差六十年，父兄猶慶授孫權，不迎曹操真長策，終謝張昭見碩賢」，認為孫權決定不迎合曹操，採取對抗是正確的選擇，也因為這樣的緣故才有了威震一方的江東立國，詩末以「秦嬴謾作東遊計，紫氣黃旗豈偶然」作結，推舉這個政權能夠稱帝〔註16〕，當然不是偶然之事，黃旗是正統之所繼。

相較於其他的作品，呂溫的〈劉郎浦口號〉是一首比較詼諧的作品：

> 吳蜀成婚此水潯，明珠步障幄黃金。
>
> 誰將一女輕天下，欲換劉郎鼎峙心。〔註17〕

這首作品是以孫權欲將孫尚香嫁與劉備的事蹟作為詠懷主題，略為調侃孫吳欲以政治聯姻牽制蜀漢的作為〔註18〕，不過作者並無強烈批判某一方的意思，只是以較為揶揄的筆調敘述這個歷史的事件。

如果從少數幾首作品中推敲，唐人述及孫權時的角度，基本上抱持的仍是正面的觀感，但是為何身為三國時期最重要的霸主之一，孫權受到的關注卻如此之少？這個現象是不能不加以琢磨的。因為這種現象，反映出唐人在以詩歌詠歎三國時，明顯僅聚焦於蜀漢及曹魏，

〔註15〕〔清〕曹寅、彭定求等編：《全唐詩》，卷710，頁8169。

〔註16〕孫權於公元229年稱帝，史載：「黃龍元年春，公卿百司皆勸權正尊號。夏四月，夏口、武昌並言黃龍、鳳凰見。丙申，南郊即皇帝位。」見〔晉〕陳壽撰；〔宋〕裴松之注：《三國志》，頁1134。

〔註17〕〔清〕曹寅、彭定求等編：《全唐詩》，卷371，頁4167。

〔註18〕《三國志》載：「廬江雷緒率部曲數萬口稽顙。琦病死，群下推先主為荊州牧，治公安。權稍畏之，進妹固好。先主至京見權，綢繆恩紀。」〔晉〕陳壽撰；〔宋〕裴松之注：《三國志》，頁879。

這當中隱含了一個重要的線索：就是後世的《平話三國志》、《三國演義》，乃至今日人們看待三國的集體意識，爲何總將重點放在蜀國劉備、魏國曹操兩方，而將吳國邊緣化，此一「三國視角」的基礎模型，顯然已經在唐代就初步形成了。

　　事實上，歷史上的孫權，不僅是位建立了赫赫功勳的霸主，也是個具備特殊領袖魅力的人物，在《三國志》中，他善於運用人才，任用魯肅，運籌帷幄於吳、蜀之間〔註19〕，重用周瑜打贏赤壁之戰，奠定了三分天下的基礎〔註20〕，發掘陸遜，穩固了國家的內政力量〔註21〕。即使是身爲敵對陣營的曹操與之交手，亦喟然讚歎：「生子當如孫仲謀」〔註22〕。在唐代以詩歌詠嘆三國人物的風潮中，卻甚少與孫權相關的作品，這一方面顯示出文學家習於將焦點擺在蜀漢、曹魏兩方代表人物的狀況，從唐詩中就已經開始出現，另方面也顯示出詩人觀看歷史人物的視角，與史家仍有殊異。

　　爲何歷史上名震三國的孫權、周瑜，在詩歌中較沒有受到重視，或許可以從幾個角度加以思考：

　　一、從文人的接受角度來看，劉備與諸葛亮這種「禮賢下士」「三顧茅廬」的理想模式，對詩人們具有強大的吸引力，因爲此一典範的君臣模式滿足了唐代文人對於自己仕宦報國理想的心理投射，是以演變成詠嘆寄託的對象。相較之下，孫吳的君臣模式，並未強烈的顯示出這種特殊的君臣構造，因此相形於蜀漢，就成了被忽略的一方。

　　二、唐代眾多詩人對三國人物的批評，基本上已經將矛頭集中於魏國的曹操，無論是「篡圖」或者「奢靡」等缺點，都已經使三國的負面方被劃分在曹魏這一區塊。

　　在這樣的情況下，孫權、周瑜在歷史上，並無引人注目的道德缺

〔註19〕　〔晉〕陳壽撰；〔宋〕裴松之注：《三國志》，1270～1271。
〔註20〕　〔晉〕陳壽撰；〔宋〕裴松之注：《三國志》，1117～1118。
〔註21〕　〔晉〕陳壽撰；〔宋〕裴松之注：《三國志》，1343～1344。
〔註22〕　《三國志・吳書・吳主傳》注引《吳歷》。見《三國志》，頁1118。。

點，因此在詩人以作品批判三國人物時，也多半會將指責的力道導向於曹魏，而非孫吳的君臣。

三、陳壽《三國志》中對三個國家人物的描寫，雖然力求客觀，仍不免於其中暗寄些許褒貶之意。在曹操、劉備、孫權三位君主中，前面兩者都是以強烈褒揚之語作結〔註23〕，獨有孫權的評語是褒貶參差的〔註24〕，儼然與前面兩者不同，這在某個意義上淡化了孫權的光采，容易使後代文人看待三國歷史時，較無法對孫權採取全面推舉的態度。

四、在南北朝時期，文人對於三國人物的討論與爭辯，就有比較多關於蜀國與魏國人物的探討，如《世說新語》中，明顯有較多蜀、魏兩國人物風流韻事的紀載，這些從魏晉時期流傳下來的資料，亦可能對唐人的觀點產生了部份的影響。

第三節 孫吳定位之邊緣化

在唐代以詩歌詠嘆三國人物的風潮中，大部分的詩作都集中在蜀漢、曹魏這兩邊的人物，孫吳的人物明顯的受到忽略，這種現象是值得加以探討的。歷史上的蜀漢、曹魏、孫吳乃是各據一方，鼎勢三分

〔註23〕〔晉〕陳壽撰；〔宋〕裴松之注：《三國志》，55、893。

〔註24〕有此差別，應來自於陳壽所處之客觀背景。陳壽身在晉朝，晉代皇室自認為是「晉承魏祚」，肯定曹魏之地位，因此陳壽撰寫曹操時，評斷多屬委婉之詞，最終的結評亦多褒揚，實有時勢之難。對於蜀國劉備，陳壽時有故國之思，於史書中甚至稱其為「先主」，自然不會對劉備之缺失加以詳述，這是出於一種對故鄉的尊敬。然陳壽撰孫吳，既無身在官方之險，亦無故國之思，故評述孫權之語，似乎就顯得更為直率。陳壽評孫權言：「孫權屈身忍辱，任才尚計，有勾踐之奇，英人之傑矣。故能自擅江表，成鼎峙之業。」然筆鋒一轉卻言：「然性多嫌忌，果於殺戮，暨臻末年，彌以滋甚。至於讒說殄行，胤嗣廢斃，豈所謂賜厥孫謀以燕翼於者哉？其後葉陵遲，遂致覆國，未必不由此也。」這段評語對後世文人看待孫權，應當有一定程度影響，雖未將其視為負面人物，卻也難以將其作為完全正面之象徵加以詠嘆。〔晉〕陳壽撰；〔宋〕裴松之注：《三國志》，1149。

的政權，然而文學家眼中的三國，卻明顯偏愛蜀漢、曹魏兩個大陣營，無論這種興趣是出於褒揚或者貶抑。相較之下，孫吳悄悄的被劃分在這兩個飽受注目的政權之外，甚至成為蜀、魏對陣的局勢下，幫間穿插的附帶角色。

如果將述及孫權與周瑜的作品，跟述及劉備與諸葛亮的數量加以比較，可以發現一個驚人的對比。唐詩詠及孫權的作品，約莫在五首作右，然劉備的作品卻有二十首以上。詠及周瑜的作品，即使以較寬的標準而言，亦只有十多首，但讚嘆諸葛亮的詩作卻多達八十首之多，顯示出唐代文人對三國人物的興味取向。

唐代的詠三國詩作，可以說是以文學、美學的三國，改寫了歷史的三國。事實上，在陳壽的《三國志》中，〈魏書〉的份量共二十萬五千兩百一十八字，〈吳書〉十萬三千一百八十八字，然而，〈蜀書〉僅僅五萬八千三百五十一字〔註25〕。可見，若就正史的字數重量，〈吳書〉將近是〈蜀書〉的兩倍。換言之，無論就歷史的記載，或是材料的豐富性而言，吳國都遠遠超過蜀國。但是在唐人詠三國的詩歌中，卻明顯將焦點擺在曹魏、蜀漢兩方，而非歷史上具有重要份量的孫吳。

眾所周知的是，宋代的《平話三國志》，以及完整反映了明代三國觀的《三國志通俗演義》，其文本的敘事格局，都是將焦點放置於蜀漢與曹魏的相爭，孫吳不僅是襯角，且所佔的篇幅相當少。敘述人物時亦主要強調劉備、諸葛亮之「聖君賢相」與曹操之「篡逆之圖」的正邪角力，卻明顯的對孫權著墨較少，將之視為蜀、魏交鋒下的陪襯勢力。

這種名為三國，卻實為雙雄之爭的三國圖像，就因此成為中國文學史不可撼動的大結構，一直延續到宋、元、明後世，文人對於蜀漢、

〔註25〕此統據數字，是參考余志挺先生《裴松之《三國志注》研究》中的統計，此書對三國志及其注之各項統計，有相當深密的考察。余志挺：《《裴松之《三國志注》研究》》（國立師範大學碩士論文，2003年9月），頁20～23。

曹魏孰是、孰非，孰正、孰僞的探討，是一個爭議不休的問題，歷代詩人們創作了無數的作品，以表達其回顧這段歷史的見解，但是作品的主軸，卻明顯的集中在蜀漢、曹魏兩方。

以往對於這種「尊劉」「抑曹」「輕吳」三國視角的解釋，多半從兩個角度來看待：一、由於朱熹《通鑑綱目》對蜀漢政權的確認及對曹魏的貶責，致使三國的重心以蜀爲正以魏爲逆，而以吳爲輔附。二、由於宋代的《平話三國志》及後世的戲曲、傳奇，均以蜀漢、曹魏之爭爲重心，因此導致三國的焦點均以此兩個政權爲主，以孫吳爲輔，發展成《三國志通俗演義》難以撼動的主結構〔註26〕。

這兩個論點，一者是由史論的系統入手，一者是由話本、小說的系統來切入，筆者相信這兩個論點均無疑義。但是對於三國視角轉移與形成的複雜過程，似乎可以加入詩歌這個龐大的系統，透過歷代詠三國詩作這個體系，「尊劉」「抑曹」「輕吳」的三國視角，顯然可以上溯至唐代，經由對唐代詩歌的考察，我們發現這種將三國焦點擺在蜀漢、曹魏，而忽略孫吳的傾向，已經在唐代的文學作品中就初步形成了。

事實上，這種在三國故事流傳的過程中，焦點集中於兩國的歷程，是討論三國學一個重要的切入點。周曉琳先生就曾對這種三國敘事的奧妙，有深刻的見解，他指出在三國歷史重新被敘述的過程中，人們經常會依據二元辨証的思維，突出的看待最具有意義的正、反兩方，在中國文人常性的思考模式之下，蜀漢、曹魏就成了三國對立的象徵性存在，孫吳亦往往在敘述的過程中被淡化：

> 二元思維方式深刻地影響著中國人對於客觀世界與主體心靈的認識與把握，人們善於將兩兩相對應的自然事物和社會現象，例如上下、大小、高低、遠近、東西、生死、存

〔註26〕吳豔紅即指此種現象：「西蜀一方作爲正角，曹魏一方做爲反角，占了絕大部分篇幅，東吳一方則顯得無足輕重。」參吳豔紅：〈羅貫中筆下的東吳〉收錄於《三國演義叢考》（北京：北京大學出版社，1995年7月），頁290。

亡、進退、禍福、泰否、兇吉等聯繫起來認識和評價，在
政治思想、道德倫理領域產生了一系列相互對應的價值觀
念與評判標準，如忠奸、善惡、是非、曲直、廉貪等。……
受二元思維影響，三國故事在長期流傳和發展過程中很快
就形成了擁劉反曹的政治傾向，人們早已習慣在曹魏和劉
蜀的聯繫與對立中去講述、欣賞三國故事。〔註27〕

周曉琳先生從中國文人思維模式的出發，不僅透視了後世《三國演義》中小說的核心架構，其實也一定程度上解釋了歷代文人在重新看待三國時，易於將寫作重心擺在蜀漢與曹魏，而忽略了孫吳的深層因素。

　　在三國歷史重新被看待的過程中，各政權領導人物的道德高下，明顯成爲文人敘述的焦點之一，在唐代的詠三國詩歌中，亦存在著這樣的一種現象，將道德的詠嘆歸向蜀漢人物，而非道德的象徵集中於曹魏人物，相較之下，孫吳領導者就容易在這樣的三國視角下，受到較少的注目。

第四節　小結

　　在唐代這股以詩歌詠嘆三國的風潮中，詩人的焦點是蜀漢與曹魏的人物，因此孫吳人物的相關作品明顯的較少。這種現象明顯的表現在這個政權的代表孫權、周瑜身上。如果跟蜀漢一方相比，唐詩中詠劉備與諸葛亮的作品，有八十八首，但述及孫權與周瑜的作品相加，即使以較寬標準來看亦僅約十五首左右，此一現象呈現了唐人對三國人物的焦點爲何。這種以詩歌詠三國人物的風潮，以及其中隱含的三國視角，又深深影響到了宋代詩歌〔註28〕。

〔註27〕周曉琳：〈二元思維與三國敘事——試析《三國演義》對東吳集團的塑造〉收錄於《東吳文化暨第二十屆三國演義學術研討會論文集》（合肥：安徽大學出版社，2010年8月），頁30。
〔註28〕唐詩中「重蜀輕吳」的寫作取向，影響宋代文人於歌詠三國人物時，幾乎集中在蜀漢人物上，此一現象將於後一章論及。

　　唐代的詠三國詩作，是以文學、美學的三國，改寫了歷史的三國，因爲在正史中，〈魏書〉二十萬五千兩百一十八字、〈吳書〉十萬三千一百八十八字、〈蜀書〉僅有五萬八千三百五十一字，眞正歷史上的孫吳，不僅是三國政權中不可或缺的鼎足勢力，其人物亦絕對是魅力十足的英豪人物。但是唐人在回顧三國時，卻明確的將焦點擺在曹魏、蜀漢兩方，而非歷史上具有重要份量的孫吳。

　　在三國歷史不斷流傳的過程中，文人的眼光會逐漸的往其中的兩者聚焦，站在詩人的角度，蜀漢與曹魏的人物，在道德上具有更強烈的正、反象徵性，也相對容易成爲寫作中詠嘆或批評的對象，這或許是孫吳人物較少受到注目的原因。

　　眾所皆知的是，宋代的《平話三國志》以及明代集大成之《三國志通俗演義》，均是以蜀漢、曹魏的交鋒作爲主軸，而孫吳的篇幅不僅較少，也居於陪襯的地位。事實上，我們如果將這種現象往上追溯，並且將廣大的詩歌系統作爲探討的對象，這種「尊劉」「抑曹」「輕吳」的三國視角，已然在唐代的詠三國詩作中，具體的反映了出來。

第六章　唐詩詠三國對後世的影響

　　唐代詩人以作品詠嘆三國人物的風潮，對後世造成了很大的影響，其中最明顯的是宋詩對此風潮的延續與發展，據保守的估計，宋代詠三國的詩作在三百首以上〔註1〕。這些作品不僅呈現了宋代詩人看待三國的觀點，也成爲他們藉古抒懷、以古觀今的途徑之一。宋詩詠三國的取向延續了前代的模式，同樣表現了對蜀漢人物高度的讚賞，甚至將其作爲精神上的寄託〔註2〕，對於曹魏人物，宋代詩人的

〔註 1〕據筆者初步統計，宋代詠三國詩三百三十首，詳參附錄八。這些詩作對三國人物形象的描寫與再塑造，亦頗具深入探討的價值，筆者將另文探討之。
〔註 2〕宋代文人寫作詩歌詠嘆三國人物時，往往將某些具備高度道德意義的人物，作爲政治理想的寄託，比如劉備、諸葛亮，這種持續再創作的過程，就使得這些三國人物在歷史上發展成具有典型象徵性意涵的標誌，而成爲一種文人寫作時理想寄託的管道。這種歷史人物在道德意義上象徵化的過程，許剛先生有獨到的見解：「在詠史詩中，詩人所用的象徵都是眞正的歷史人物，無論著名與否，他們都顯然是被視爲公眾性人物，其行爲各種歷史著作記載下來，而作爲同一文化裡所有成員的共同歷史遺產。……一個特定歷史人物在作爲文學象徵方面的潛力，是詩人的獨創性可以得到充分發揮與嚴格檢驗的領域之一。當一個歷史人物，即使是一個極爲著名的歷史人物，被第一次用以象徵一個至今從未與之相連繫的道德範疇時，他或她就是被詩人用作一個私有象徵。通過在詠史詩中現存各種象徵的總和之上再增加一個私有象徵，這一詩人是在展示自己道德見解上的深刻性與文學藝術上的創造力，以此對這一體裁作出自己獨特而不可替代的貢獻。」許綱：〈詠史詩與中國泛歷史主義〉（臺北：水牛出版社，1997 年），頁 88。

批評則更爲嚴厲，不僅在稱謂上表達對曹操的否定，更在道德上加重撻伐。蜀漢與曹魏人物在詩歌形象中的對比，橫亙了唐宋兩代六百年，是研究三國學領域時值得注意的現象。

　　此外，唐人詠三國的作品，也影響到了三國故事流傳的主軸，比如唐詩中確立起的「君臣相得」「三顧茅廬」「銅雀臺」等主題，成爲了後代創作三國故事的素材來源，有些唐人的詩作，也受到了三國話本、小說的引用〔註3〕。

　　以下擬從「對宋詩的影響」及「對三國歷史小說的影響」兩個角度，作爲延伸探討的方向。

第一節　對宋代詠三國作品的影響

壹、造成宋代詠三國詩的蓬勃發展

　　魏晉南北朝時期，以詩歌詠歎三國人物的風潮尚未形成，僅有少數以三國人物爲對象的作品〔註4〕，因此唐代是詠三國詩大量出現的關鍵期〔註5〕，因爲有這個時期的存在，才造成了宋代以詩歌詠歎三

〔註3〕李宜涯先生曾深入討論唐代詩歌與後世三國歷史小說間的關係，並且以晚唐的作品主，整理出各種三國歷史小說對唐詩引用的情形以及緣由。詳參李宜涯：《詠史詩與平話演義之關係》（臺北：文史哲出版社，2002 年），頁 77～259。鄭鐵生先生曾單就《三國志通俗演義》此書中引用詩詞的藝術美學加以研究，其中亦有部分與唐詩相關者，詳參鄭鐵生：《三國演義詩詞鑑賞》（天津，天津古籍出版社，2003 年），頁 462～481。

〔註4〕近代朱一玄、劉毓忱先生〈三國演義資料彙編〉曾作過統計，魏晉南北朝時期詠三國之詩約在十五首左右，亦少有集中於某一人物的專詠詩作。朱一玄、劉毓忱《三國演義資料彙編》（天津：南開大學出版社，2003 年），頁 1～2。

〔註5〕關四平先生即指出，在詠三國題材之作品的發展史中，有唐一代對後世作品的啓發意義。見關四平：〈宋元詠三國詩的文化時代烙印〉收錄於《三國演義源流研究》（哈爾濱：黑龍江教育出版社 2008 年），頁 135。劉尊明先生藉由考察唐代的歷史環境與思潮，提出唐代詠三國詩的發生因素。劉尊明：〈歷史與詩人心靈的碰撞——唐詩詠三國

國英雄的盛況。

　　唐代詠及三國的詩作兩百餘首，而宋代詠三國詩三百餘首。唐代許多重要的詩人如李白、杜甫、李商隱、杜牧，以及當代碩儒，都曾以三國人物爲對象，寫下許多經典的詠史之作，這些作品在質與量上均有可觀，就接受史的角度而言，自然容易使宋代文人直接或間接的受到啓發。宋代許多重要的文人如蘇軾、司馬光、陸游、劉克莊等，均創作了不少詠嘆三國人物的作品，這些歷史英雄的魅力，到了宋代不僅沒有絲毫減損，反而在無數的作品中累積出更永恆的光輝與風采。

貳、影響了宋代詩歌對蜀漢人物形象的塑造

　　劉備、諸葛亮在唐代眾多的詩作中，已經有了一個基本的造型，而宋代詩人在詠懷這兩個人物時，不僅依循著往昔的脈絡，其創作量更以倍數增，統計詠劉備的作品就有四十一首，諸葛亮的作品更高達一百四十二首之多。〔註6〕

　　在唐詩中，劉備的形象建立攀附在其與諸葛亮的關係上，許多作品都是同時歌詠兩人，這就使得劉備的形象在眾多的作品中被突顯得相當明確而立體。在唐代詩人的心目中，劉備全然是一位典型的「明主」，以仁義待人，以德服人，並且在與諸葛亮的相處中，表現出一個上位者該具備的虛懷若谷、禮賢下士的謙恭。詩人在創作過程中其實已將自己的願望投射在作品裡，劉備在無形中也被視爲中國文人理想中的君王楷模。

　　　論析〉《文學遺產》第五期（江蘇：江蘇古籍出版社，1992 年），頁
　　　67～69。孫繪如先生亦曾就外緣之考察，指出詠三國詩被唐人作爲創
　　　作題材之現象。孫繪如：《唐詩中三國題材之研究》（國立臺南大學碩
　　　士論文，2002 年），頁 13～31。以上諸家雖未名言唐代爲詠三國詩之
　　　「確立期」，然而從這些前賢的著作內容中，實可推論出一個共同觀
　　　點，即魏晉南北朝尚只是詠三國作品之「醞釀期」或「萌芽期」，而
　　　唐代無論就作品之質量而言，就其對後世的影響而論，都可作爲詠三
　　　國詩作之「確立期」。
〔註 6〕詳參附錄九、附錄十。

　　宋代詩歌對劉備的塑造，也如是繼承了唐詩的觀點，持續強調其正面的形象，宋人不僅認為他是明君，更進一步在作品中深化了劉備道德上的優勢，如陳傑的〈先主〉：

　　　　扶義風雲急，投難歲月長。猶懷置嗣了，豈要負劉璋。

　　　　討賊吾誰遜，違天有並亡。春秋復讎方，萬古烜炎光。

　　〔註7〕

詩首言「扶義風雲急，投難歲月長」，顯然視劉備的事業是合乎「義」，是有使命性的，儘管他復興漢室的決心最終無法實現，卻是「春秋複讎方，萬古烜炎光」。又如徐鈞〈昭烈帝〉：

　　　　崎嶇蜀道護三分，勢去英雄挽不能。

　　　　若使人心似西漢，未輸光武獨中興。〔註8〕

　　作者認同劉備復漢的決心，惋惜的是三國時期群雄割據，天下人已非「人心似西漢」那般忠於原本的國祚，否則劉備的霸業實可與「光武中興」相比擬。此一說法不僅強化了劉備的道德面，並且將他與整個漢朝的帝王譜系連結在一起。

　　至於諸葛亮，宋代詩歌亦繼承唐代詠嘆的軌跡，陸遊一個人就寫了不下十首關於他的作品〔註9〕，其〈游諸葛武侯書台〉道：

〔註7〕 傅璇琮等編校：《全宋詩》（北京：北京大學出版社，1991年），卷3454，頁41159。

〔註8〕 傅璇琮等編校：《全宋詩》，卷6585，頁42846。

〔註9〕 陸游詠諸葛亮作品特別多的原因，一來與其愛國思想有關，二來亦牽涉他到蜀中地區的活動。陸游一直有著報國濟世的情操，他對於中原淪陷於金人的局勢耿耿於懷，期待國家可以積極趨適，收復固有的河山。但是陸游始終未能受到上位者的賞識，得到發揮能力的機會，他在詩歌中有時自比杜甫、屈原，因為這兩位文人都是懷才不遇，有時以諸葛亮自我期許，因為諸葛亮是歷史上得遇明主、一展抱負的典型。陸游所撰寫的詠諸葛亮詩作，又以蜀中時期最為集中，蜀地是諸葛亮歷史上活躍的舞臺，也是最多有關他故蹟的地方，在這個時空背景下，陸游自然也比較容易會寫作取材的對象放在諸葛亮的身上。有關陸游愛國思想及其詩作的關係，可參李致洙：《陸游詩研究》（臺北：文史哲出版社，1991年），頁80～103。陸游創作詠諸葛亮作品時的背景研究，可參王曉雯：《陸游蜀中詩歌研究》（臺北：花木蘭文化出

> 沔陽道中草離離，臥龍往矣空遺祠。
>
> 當時典午稱猾賊，氣喪不敢當王師。
>
> 定軍山前寒食路，至今人祠丞相墓。
>
> 松風想像梁甫吟，尚憶幡然答三顧。
>
> 出師一表千載無，遠比管樂蓋有餘。
>
> 世上俗錦寧辨此，高台當日讀何書？〔註10〕

　　這首作品以有力的筆觸，道出詩人對諸葛亮的崇拜與景仰，儘管歷史人物的逝去，是無法挽留的遺憾，但是陸遊認為其忠義的精神，卻將流傳千古。

　　唐詩中，諸葛亮被視為善於謀劃的軍事家，此一與正史中「蓋應變將略，非其所長也」有明顯差距的詩歌形象〔註11〕，亦在宋代詠諸葛亮的詩作中得到進一步的繼承，文彥博〈題籌筆驛〉即視諸葛亮用兵如神：

> 臥龍才起扶衰世，料敵謀攻後出師。
>
> 帷幄既持先聖術，肯來山驛旋沈思？〔註12〕

「籌筆驛」是歷代描述諸葛亮軍事能力時經常採用的主題，自李商隱〈題籌筆驛〉之後，後代詩人一但採用類似的詩題，往往就會緊扣神機妙算的一面加以發揮，這篇作品就是其中力作，而諸葛亮料事如神的形象，從唐詩後，後代的作品均不斷加以濃繪重抹。王十朋的〈夢

版社，2008 年），108～110。邱鳴皋：《陸游評傳》（南京：南京大學出版社，2002 年），頁 156～166。

〔註10〕傅璇琮等編校：《全宋詩》，卷 2162，頁 24454。

〔註11〕在正史《三國志》中，陳壽對諸葛亮的用兵能力評價並不高，這是比較符合歷史真實的。對諸葛亮用兵能力的神化，是後世渲染的結果，據張谷良先生在《諸葛亮民間造型之研究》的分析，諸葛亮用兵能力漸有被神化趨勢，在東晉就有跡象，及至唐代，神機妙算已經成為諸葛亮在人民心中普遍的形象，宋代詩歌將諸葛亮塑造為神而明之的人物，是幾代以來演變的結果。張谷良：《諸葛亮民間造型之研究》（國立東華大學博士論文，2006 年），頁 164～171。

〔註12〕傅璇琮等編校：《全宋詩》，卷 273，頁 3469。

〈觀八陣圖〉亦是一例：

> 易任夔子國，身猶在重湖。夢魂輒先往，臨江觀陣圖。
>
> 奇才蓋三國，壯志吞兩都。惜哉功不遂，英雄爲唏噓。
>
> 胡爲恍惚間，微茫見規模。清時恥談兵，武侯其戲予。
>
> 〔註 13〕

詩人以自己的夢境作爲詩引，帶出自己懷想諸葛亮八陣圖的思緒，「奇才蓋三國，壯志吞兩都」，將這爲蜀國丞相視爲三國中第一位奇人，「惜哉功不遂，英雄爲唏噓」則是感傷諸葛亮未能復興漢室，致使無數後人感慨不已。但是「清時恥談兵，武侯其戲予」，儘管如此，詩人肯定諸葛亮用兵的才華，認爲他人無法與之比擬。

值得注意的是：宋代詩人在不斷渲染諸葛亮用兵才華的同時，更進一步出現了諸多將這部份誇張神異化的作品，如馮山〈八陣磧〉所言：「陣形聚拳六十四，傳是武侯親手跡。斯人管蕭豈足道，身在巴東心漢室。從容所遇皆法製，洗蕩胸中萬分一。陰機暗遇天地合，壯氣曾將鬼神役」〔註 14〕的書寫，以及李諏〈謁承相祠觀八陣圖〉的「本由皇帝古兵法，六十四以八爲伍，犀孫且懼仲達走，賊操遊魂何敢拒」〔註 15〕，這些詩作中對諸葛亮才能的敘述，已然超出尋常兵法家的範圍，而成爲帶有奇異色彩的玄幻之說，顯見諸葛亮的用兵能力，因爲長期受到渲染呈現過度神化的趨向。

在唐代詠三國詩作中獲得了大量敘述的蜀漢「君臣相得」主題，也成爲了宋代文人時時加以詠嘆的題材，並且形成了中國傳統裡一個堅固的文化象徵〔註 16〕，曾鞏就曾寫下著名的〈隆中〉：

〔註 13〕傅璇琮等編校：《全宋詩》，卷 203，頁 22793。

〔註 14〕傅璇琮等編校：《全宋詩》，卷 739，頁 8637。

〔註 15〕傅璇琮等編校：《全宋詩》，卷 2468，頁 31023。

〔註 16〕此一以劉備、諸葛亮爲主軸的「君臣相得」主題，後來形成中國歷代文人心目中政治的典範，甚至成爲了一種象徵性的概念，大量的詩歌、散文、小說以此爲主題，抒發自己心中的情懷與看法，儼然成爲中國文化的一種特有現象。在這個主題推進的過程中，甚至演化爲後世培育帝王的教材，如明代宰相張居正在其編撰的〈帝鑑圖

　　志士固有待，顯默非苟然。孔明方微時，息駕隆中田。

　　出身感三顧，魚水相後先。開跡在庸蜀，欲正九鼎遷。

　　垂成中興業，復漢臨秦川。平生許與際，獨比管樂賢。

　　人材品目異，自得宣盧傳。〔註17〕

　　這首〈隆中〉的意境，和唐代詩歌對蜀漢君臣的描繪幾乎一脈相承，在作品中對這段難得的際遇再三表達無限的欽羨，其中「三顧」、「魚水」等具有代表性的典故，是宋詩中不斷出現的意象，由此可見劉備與諸葛亮的在宋代詩人心目中的定位。

　　宋代詠劉備、諸葛亮的詩作，雖然是繼承了唐詩的風潮，但是在繼承中同時又有新的發展，此一趨勢的關鍵在於南宋避難渡江的歷史困境。南宋詩人在寫作詠劉備、諸葛亮的作品時，往往將自己的「國族大義」寄託在亦屬南方政權的蜀漢君臣之中。陸游〈病起書懷〉〔註18〕、〈書憤〉〔註19〕，汪元量作〈蜀相廟〉〔註20〕，頗有以諸葛亮自勉之意，文天祥更有「天下皆傳清獻節，人心自有武侯碑」〔註21〕之語，南宋自從淪為偏安政權，陸續與金人與元人對峙之後，許多文人均在不同文類的作品中將南宋與蜀漢進行情境上的類比。由於蜀漢一直被視為神州國土分裂時期的「正義之師」，而這段分裂時期又位居南方要津，與北方政權抗衡，這些地理與歷史處境上雷同相疊之處，就成了南宋文人情境連類的關鍵所在〔註22〕。

　　說〉中，以圖解的方式，勸導君王應效法劉備禮賢下士的風範，方能使國運長長久久，由此可見「君臣相得」主題影響之深遠。張居正《帝鑑圖說》收錄於《四庫全書存目叢書》第二八二冊（臺南：莊嚴文化事業有限公司，1996年），頁354～355。
〔註17〕傅璇琮等編校：《全宋詩》，卷458，頁5563。
〔註18〕傅璇琮等編校：《全宋詩》，卷2160，頁24400。
〔註19〕傅璇琮等編校：《全宋詩》，卷2170，頁24637。
〔註20〕傅璇琮等編校：《全宋詩》，卷3609，頁44049。
〔註21〕傅璇琮等編校：《全宋詩》，卷3596，頁42972。
〔註22〕南宋是中國歷史上分裂的時期之一，由於軍事上敗退撤退到了南方，整個北方落入外族的手中。這種喪權辱國的強烈感受，以及來自北方的壓力，激起了南宋文人愛國的情操，他們在詩、文中，不

在南宋的某些作品中，蜀漢政權成爲文人心中「義之所存」的精神支柱，諸葛亮面對命運的氣魄與擔當，順理成章地成爲當代作者自我期許的效法對象〔註23〕，相對地也使蜀漢政權成爲宋代的折射，宋代的詠三國詩就因此一方面延續了前代文人的語脈，一方面又同時有著與時代背景相互連結的內在結構。

參、影響了宋代詩歌對曹魏人物形象的塑造

在唐詩中，曹操的形象被塑造爲「篡臣」，有些詩作甚至使用「奸雄」「曹瞞」等強烈貶義的稱謂，尤其與曹操事蹟密切相關的「銅雀

時表達著那種對國家政治的擔憂。在這種情況下，文人往往將某些具備道德象徵性的歷史人物，作爲他們在詩文中寄託心志的對象，而同爲南方政權的蜀漢，亦在這種情境下被類比爲力抗北方強權的正義之師，南宋文人對蜀漢的看待方式，實與他們所遇到的外在時空背景，有密切的連結。有關南宋政治環境與文學創作的關聯性，可參許總：《宋詩史》（重慶：重慶出版社，1997 年），頁 641～645。季明華：《南宋詠史詩研究》（臺北：文津出版社，1997 年），頁 155～156。劉乃昌：《兩宋文化與詩詞發展論略》（濟南：山東大學出版社，2005 年），頁 143～149。張宏生：《宋詩融通與開拓》（上海：上海古籍出版社，2001 年），頁 193～213。

〔註23〕陳翔華先生認爲，這種以諸葛亮爲民族精神寄託的現象，自北宋已有踪象，南宋則更爲明顯：「在當時漢族民眾反抗外來壓迫的條件下，『興復漢室』的口號具有『愛國』的某種象徵意義。南宋詩人陸遊就曾大聲疾呼『邦命中興漢，天心大討曹』。歷史人物諸葛亮所處的漢末大混亂時代，跟現實社會有某些相似之處，他的『復漢討賊』口號、北伐鬥爭及其精神，對於保衛漢族和反對民族壓迫的抗戰，又有鼓舞作用。北宋末年，抗戰英雄宗澤臨終時，就常吟杜甫頌諸葛亮的名句：『出師未捷身先死，長使英雄淚滿襟』，三呼『過河』而卒。……至南宋末年，被人比作諸葛亮的民族英雄文天祥，還在北伐被俘途中寫《懷孔明》詩，以表示自己堅定不移的素志。可見歷史人物諸葛亮故事，完全適應了當時民族抗爭的需要。」陳翔華：《三國志演義縱論》（臺北：文津出版社，2006 年），頁 221～222。關四平先生亦有類似的觀點，指出自北宋文人已有將安邦定國的理想，投射在諸葛亮身上的情形，至南宋則更爲突顯。關四平：《宋元詠三國詩的文化時代烙印》收錄於《三國演義源流研究》，頁 140～141。

主題」系列作品，也加重了曹操的罪狀。這些唐詩中對曹操形象的負面描寫，影響了宋代的詩作，宋代詩歌對曹操的描寫不僅繼承了唐代的基調，且譴責的力道更爲強勁。

　　宋詩述及曹操的詩作共七十九首〔註24〕，這些詩作對於曹操的貶稱，不僅繼續沿用唐詩中的「奸雄」「曹瞞」，更進而又衍伸出「阿瞞」「漢賊」「老賊」等新的系列稱謂，如方回的〈漫興九首〉：

　　　新莽窮奸卓極凶，奸人更有阿瞞雄。

　　　紛紛豎子成何事，野火山林一燒空。〔註25〕

王莽篡位素來就是歷代史家嚴加譴責撻伐的對象，詩人將曹操的行徑與王莽對舉，謂「新莽窮奸卓極凶，奸人更有阿瞞雄」將兩個人都視爲歷史的罪人，這種抨擊的力道，顯然較唐詩又更爲激烈，以「阿瞞」稱呼曹操，亦明顯表示詩人的立場。

　　除了「阿瞞」的稱謂外，亦出現稱其爲「漢賊」的作品，如謝枋得〈與魏梅墅〉：

　　　義熙陶令書甲子，春秋仲尼尊天王。

　　　孔明漢賊不兩立，梁公十念臣而皇。〔註26〕

謝枋得以「義熙陶令書甲子，春秋仲尼尊天王」，明白指出文人心中的春秋大義〔註27〕，以及自身的道德判準，而「孔明漢賊不兩立，梁公十念臣而皇」即是將諸葛亮視爲正義之師，曹操爲漢末亂象，這個

〔註24〕詳參附錄十一。

〔註25〕傅璇琮等編校：《全宋詩》，卷3502，頁41781。

〔註26〕傅璇琮等編校：《全宋詩》，卷3477，頁41403。

〔註27〕陶淵明在晉、宋易代以後，仍心念晉氏，其節操爲後世所重。正與孔子身處春秋亂事，仍心繫周王之義舉相同。故《宋書‧隱逸傳》云：「潛弱年薄宦，不潔去就之迹。自以曾祖晉世宰輔，恥復屈身後代，自高祖王業漸隆，不復肯仕。所著文章，皆題其年月，義熙以前，則書晉氏年號：自永初以來，唯云甲子而已。」《宋書‧隱逸傳》，頁2288～2289。此後唐朝的李延壽、李善、北宋朱熹、眞德秀，乃至民國的朱自清、朱光潛都有同樣的觀點。齊益壽先生曾將此一說法歸納爲九項重點，詳參齊益壽：〈陶淵明的政治立場與政治理想〉（臺北：國立臺灣大學文史叢刊，1968年），頁10～11。

「漢賊」的涵義，雖然在唐代的詩、文中就已經隱含了這種意味，但真正在詩歌中使用這種稱謂則出現在宋代。

宋詩中亦有稱曹操爲「老賊」的，如劉克莊〈即事十絕〉

老賊順流下，周郎憑軾觀。

不干春水事，一麾走曹瞞。〔註28〕

在著名的赤壁之戰中，魏國受到吳、蜀聯軍的夾擊，兩國以火攻作爲主戰術，成功擊敗急欲統一南方的曹操。這首詩以調侃的筆調，諷刺曹操野心勃勃，卻被指揮若定的周瑜擊敗，劉克莊詩首既已稱「老賊」，詩末又稱「曹瞞」，明確地反映出他對曹操的態度。

宋詩對曹操的描寫與唐詩相當類似，均是就負面形象加以著墨。此外，唐詩中有不少作品藉「銅雀主題」抨擊曹操，宋代詩歌也有文人就此事蹟加以描述者，

如楊冠卿〈銅雀妓〉：

分盡餘香空寶奩，罷臨歌舞夜厭厭。

清蹕不傳虛繡帳，洞房月在西陵上。

玉殿塵埃閑御仗，翠眉忍上平台望。

宮車一去不復還，畫羅金縷尚斑斑。〔註29〕

據郭茂倩《樂府詩集》載，曹操遺命銅雀歌女在死後，仍須面向西陵，爲他演奏樂曲。〔註30〕故後世文人普遍站在同情的立場來解讀歌女的命運，亦認爲曹操的舉措是應加以批判的。「分盡余香空寶奩，罷臨歌舞夜厭厭」暗示曹操過世以後，銅雀臺依舊夜夜歌舞，「玉殿塵埃閑御仗，翠眉忍上平台望」說明歌女生命的困境與內心的苦悶，「宮車一去不複還，畫羅金縷尚斑斑」以景寫情，寫進了歌女的心靈世界，從而道出了她們在華麗的宮殿之中，實際命運卻是蒼涼

〔註28〕傅璇琮等編校：《全宋詩》，卷3055，頁36446。

〔註29〕傅璇琮等編校：《全宋詩》，卷2554，頁29615。

〔註30〕〔宋〕郭茂倩編：《樂府詩集》（臺北：里仁書局，1981年3月），頁454。

的。

劉克莊〈雜詠一百首‧銅雀妓〉藉此典諷刺道：

誰謂曹瞞智，回頭玉座空。

向來台上妓，盡入洛陽宮。〔註31〕

這首詩以批判的角度，嘲笑曹操奸滑一生，收天下美女於銅雀臺，但一切不過是鏡花水月，到頭來不過一場空。從表面看，是寫人世變遷的流轉與興衰，其實卻暗寄褒貶之意於短短的四句之中。

此一從唐代一直延續下來的「銅雀主題」詩作對曹操的形象造成了極大的影響，由於這些作品不斷的累積與再傳播，他的形象遠離歷史，被塑造成一個無道的上位者，後代文人看待曹魏政權時，更往往就此典故加以著墨。

宋代詩歌中的曹操形象，相當程度上是唐詩的延續，文人在寫作時，往往將焦點集中在他道德的瑕疵上，視其爲狡猾的奸臣，在稱謂的方式與敘述的選擇上，都是從負面的眼光來看待。唐宋兩代六百年之間，這些大量的詠三國詩作，對於曹操形象的演化，顯然具有巨大的影響，亦導致後世戲曲、小說中曹操的定位，結構性地處在蜀漢人物的對立面，作爲被批判的一方而存在。

肆、影響了宋人詠三國作品「重蜀輕吳」的寫作取向

由於唐代詠三國人物的傳統中，多數的作品均集中在蜀漢的劉備、諸葛亮，而明顯地忽略了孫吳的孫權、周瑜，這種在人物喜好上過度「重蜀輕吳」的寫作氛圍，也沿襲到了宋代詠三國詩之中。

據統計，宋詩有關孫權的作品十三首，述及劉備的尚有四十一首，周瑜的作品十六首，但諸葛亮是驚人的一百四十二首〔註32〕，這種數字上的對比是非常明顯的。

爲何宋代詩人對蜀漢的人物的喜愛，明顯在高於孫吳？這種現

〔註31〕傅璇琮等編校：《全宋詩》，卷3033，頁36335。
〔註32〕詳參附錄十二、附錄十三。

象不能不往上溯源至唐代詠三國詩的傳統中，因爲唐代詩人將詠嘆
三國人物焦點，完全集中在蜀漢的人物上，以李白、杜甫爲首，多
數唐代詩人寫下歌詠式作品，幾乎都是以蜀漢人物爲對象的，這就
使宋代詩人在詠嘆三國人物時，勢必受到前代的影響，既然多半以
蜀漢的君臣爲詠嘆的對象，相對地有關孫吳人物的作品，就會受到
相對的壓縮。

　　孫吳的代表人物孫權、周瑜，事實上也都是精采絕倫，絕不遜於
蜀漢君臣的一代英豪，可惜在唐詩既未受到注目，也間接地影響其在
宋代出現的頻率。

　　司馬遷著《伯夷列傳》曾感嘆道，歷史人物在後代是否受到重視，
不僅是本身的才德，更需後人的討論與擁戴，才有受到彰顯的可能，
其言：「伯夷、叔齊雖賢，得夫子而名益彰；顏淵雖篤學，附驥尾而行
益顯。巖穴之士，趨舍有時；若此類，名堙滅而不稱，悲夫！」〔註33〕
伯夷、叔齊雖有眞材實學，若無孔子之讚譽，恐將無法留名後世。但
反過來，亦必有才德不亞於伯夷、叔齊者，只因無人提及，故「名堙
滅而不稱」。司馬遷之論，雖然是就伯夷、叔齊而言，但以同樣的角度
觀察中國歷史上所有的人物，也是適用的。這說明歷史人物必須受到
後人的討論，或以言論加以流傳，或以詩文加以詠嘆，其圖像才能深
留人們心中。

　　正因如此，筆者認爲宋詩乃至後世文人在寫作上均有「重蜀輕吳」
的傾向，其原因並非孫吳君臣之魅力不如蜀漢之人物，關鍵乃在於受
到唐詩的影響，由於唐代眾詩人集中於詠嘆蜀漢君臣，卻明顯少有專
詠孫吳人物之作，這種趨勢傳承下來，就影響了宋代詩人看待三國人
物的視野。由此可知，唐詩詠三國「重蜀輕吳」之寫作取向，其影響
不可謂不大。

〔註33〕〔漢〕司馬遷撰《史記》（臺北：鼎文書局，1980 年 9 月），頁 2127。

第二節　對三國歷史小說的影響

壹、提供了後世三國歷史小說創作的素材

在唐詩詠三國的風潮中，有些與三國人物相關的主題受到了較多的描寫與渲染，進而成爲歷代文人津津樂道的三國故事，如「君臣相得」「三顧茅廬」的主題，或者「銅雀臺」的主題，這些主題也成了後世三國歷史小說寫作時，被加以著墨的題材來源。

劉備與諸葛亮君臣的千古佳話，在陳壽《三國志》中只有概略性的描寫，尚未形成一個明確的意象，但是由於唐代詩歌對劉備與諸葛亮君臣投契的詠嘆，「君臣相得」「三顧茅廬」的意象逐漸成爲一個三國故事中顯著的主旋律。

明代以「尊蜀抑曹」爲創作意識的《三國志通俗演義》〔註34〕，自然不會放過這個能夠使蜀漢政權更亮眼的題材，「君臣相得」「三顧茅廬」這個主題在《三國志通俗演義》中，達到了前所未有的藝術高度，在小說的世界裡，完成了千古以來無數文人心目中的神話，試看其對劉備三次求訪諸葛亮的描寫：

> 玄德來到莊前下馬，親叩柴門，一童出問。玄德曰：「漢左將軍、宜城亭侯、領豫州牧、皇叔劉備，特來拜見先生。」童子曰：「我記不得許多名字。」玄德曰：「你只說劉備來訪。」童子曰：「先生今早已出。」玄德曰：「何處去了？」童子曰：「蹤跡不定，不知何處去了。」玄德曰：「幾時歸？」童子曰：「歸期亦不定，或三五日，或十數日。」玄德惆悵不已。張飛曰：

〔註34〕三國魏、蜀、吳本是三個客觀存在的歷史政權，然《三國志通俗演義》以正史爲材料，卻是以蜀漢爲中心作爲敘事立場，以曹魏爲反面的政權，因此後世學者均認爲這部小說的主要思想就是「尊蜀抑曹」，在以「尊蜀抑曹」作爲小說核心思想的前提下，就使得文本中的情節安排、結構運用，角色塑造都是爲了配合這個思想而運作的。有關《三國志通俗演義》文本中思想之探究，可參鄭鐵生：《三國演義敘事藝術》（臺北：里仁書局，2000 年），頁 93～114。陳翔華：《三國志演義縱論》，頁 1～13。歐陽健：《歷史小說史》（杭州，浙江古籍出版社，2003 年），頁 79～93。

「既不見，自歸去罷了。」玄德曰：「且待片時。」〔註35〕

這是劉備第一次拜訪，「親叩柴門，一童出問」表現出他不自持身分，禮敬對方的態度，但此次適逢諸葛亮早出，因而有第二次求訪：

> 玄德待其歌罷，上草堂施禮曰：「備久慕先生，無緣拜會。昨因徐元直稱薦，敬至仙莊，不遇空回。今特冒風雪而來，得瞻道貌，實爲萬幸！」那少年慌忙答禮曰：「將軍莫非劉豫州，欲見家兄否？」玄德驚訝曰：「先生又非臥龍耶？」少年曰：「某乃臥龍之弟諸葛均也。愚兄弟三人，長兄諸葛瑾，現在江東孫仲謀處爲幕賓。孔明乃二家兄。」玄德曰：「臥龍今在家否？」均曰：「昨爲崔州平相約，出外閒遊去矣。」玄德曰：「何處閒遊？」均曰：「或駕小舟遊於江湖之中；或訪僧道於山嶺之上；或尋朋友於村落之間；或樂琴棋於洞府之內；往來莫測，不知去所。」
> 〔註36〕

劉備第二次拜訪，乃是「特冒風雪而來」，見一人氣宇非凡，以爲是諸葛亮，於是上前拜見。許多讀者以爲歷經千辛萬苦，這次終於見到諸葛亮了，但小說家故意弔足了讀者的胃口，原來此人乃是諸葛亮之弟。劉備探問之下，諸葛亮本人「或尋朋友於村落之間；或樂琴棋於洞府之內；往來莫測，不知去所」，應答者諸葛亮之弟如此率性野鶴閒雲般的順手一揮，一般的上位者，如果遇到這樣的情況，大概已經沉不住氣。但劉備卻執禮愈恭，決定三訪諸葛亮：

> 三人來到莊前叩門，童子開門出問。玄德曰：「有勞仙童轉報，劉備專來拜見先生。」童子曰：「今日先生雖在家，但現在草堂上晝寢未醒。」玄德曰：「既如此，且休通報。」分付關、張二人，只在門首等著。玄德徐步而入，見先生仰臥於草堂几席之上。玄德拱立階下。
>
> 半晌，先生未醒。關、張在外立久，不見動靜，入見玄德，

〔註35〕羅貫中原著；吳小林校注《三國演義校注》（臺北：里仁書局，2006年6月），頁436。
〔註36〕羅貫中原著；吳小林校注《三國演義校注》，頁439～440。

　　　猶然侍立。〔註37〕

第三次的造訪，更突顯出劉備之赤誠，諸葛亮「晝寢未醒」，劉備不
請童子通報，自己「拱立揭下」，關羽、張飛良久不見動靜，進去一
看，卻見劉備「猶然侍立」。

　　這個在唐代詩歌中被突顯出來的「君臣相得」「三顧茅廬」主題，
不僅成爲宋、元、明文人心目中的理想，更成爲了後代三國歷史小說
大力書寫的題材之一，在《三國志通俗演義》的巧妙安排與描寫下，
完美的呈現出一個上位者求賢若渴，禮遇賢才的境界，成爲了中國文
化搖籃中，最美麗的一幅圖畫。

　　除了「君臣相得」「三顧茅廬」的主題，由唐詩中開始突顯，並
且在宋、元、明亦持續被創作的「銅雀臺」主題，也成爲了後世三國
歷史小說中寫作的題材。

　　在陳壽《三國志》中，對於曹氏銅雀臺事蹟的描寫，是以淡筆帶
過，《三國志‧魏武帝紀》中，僅於建安十五年文末有「冬，作銅雀
臺」〔註38〕幾個字，就筆鋒一轉，開始接續建安十六年之事。《三國
志‧任城陳蕭王傳》中，亦僅言：「時鄴銅爵台新成，太祖悉將朱子
登臺，使各爲賦，植援筆立誠，可觀，太祖甚異之」，〔註39〕這段文
字將敘事焦點著重於銅雀臺與曹植高才成賦一事的關聯，對銅雀臺相
關事蹟亦採取略而不言的筆法。此中緣故，或許陳壽稟承史家春秋書
法「微而顯，志而晦，婉而成章，盡而不污」的溫厚筆意〔註40〕，或
許是陳壽有不得不爲曹操隱諱的敘史背景，當時的歷史氛圍是「晉承
魏祚」，魏武曹操的地位極爲崇高，況且朝中諸多文武重臣有不少是
曹魏的舊部，陳壽自然難以在《三國志》中，將這個曾經是曹氏歷史
污點的銅雀臺事蹟，予以具體揭露。

〔註37〕羅貫中原著：吳小林校注《三國演義校注》，頁445～446。
〔註38〕〔晉〕陳壽撰；〔宋〕裴松之注：頁32。
〔註39〕〔晉〕陳壽撰；〔宋〕裴松之注：頁557。
〔註40〕《十三經注疏‧左傳》（臺北：藝文印書館，1993年），頁465。

　　因此「銅雀臺」事蹟集中的被描寫，實際上是到了唐代詩歌「銅雀主題」的作品中，才被突顯爲一個明確的意象。而「銅雀主題」在唐代以後，宋、元時期的文人亦持續加以創作，成爲了一個和曹魏如影隨形的三國故事。以「尊蜀抑曹」爲中心思想的《三國志通俗演義》，當然不會忽視這個能夠攻擊曹氏集團的創作題材，在精心的安排與加工後，在小說中刻意渲染了曹操在銅雀臺事蹟，試看《三國志通俗演義》四十四回：

> 孔明曰：「亮居隆中時，即聞操於漳河新造一臺，名曰銅雀，
> 極其壯麗；廣選天下美女以實其中。〔註41〕

此段是小說家將藉諸葛亮之口，道出曹操意圖在銅雀臺建成以後，選天下美女置於其中的行徑，這是諷刺其好色，又《三國志通俗演義》四十八回：

> （曹操）顧謂諸將曰：「吾今年五十四歲矣。如得江南，竊
> 有所喜。昔日喬公與吾至契，吾知其二女皆有國色。後不
> 料爲孫策，周瑜，所娶。吾今新構銅雀臺於漳水之上，如
> 得江南，當娶二喬，置之臺上，以娛暮年，吾願足矣。」
> 言罷大笑。〔註42〕

此段銅雀臺事蹟，將曹操志得意滿的醜狀刻畫了出來，透過對該題材的挪移與運用，巧妙地將銅雀臺與二喬連接起來，再如《三國志通俗演義》五十六回：

> 時建安十五年春，造銅雀臺成。操乃大會文武於鄴郡，設
> 宴慶賀。其臺正臨漳河。中央乃銅雀臺，左邊一座名玉龍
> 臺，右邊一座名金鳳臺，各高十丈。上橫二橋相通，千門
> 萬户，金碧交輝。
>
> 是日，曹操頭戴嵌寶金冠，身穿綠錦羅袍，玉帶珠履，憑
> 高而坐。文武侍立臺下。〔註43〕

〔註41〕　羅貫中原著；吳小林校注《三國演義校注》，頁 511。
〔註42〕　羅貫中原著；吳小林校注《三國演義校注》，頁 554～555。
〔註43〕　羅貫中原著；吳小林校注《三國演義校注》，頁 634。

如果前述兩段，是就曹操的「好色」而加以描寫的話，這段有關銅雀事蹟的敘述，就是刻意強調其「奢侈」的一面，如「千門萬戶，金碧交輝」「曹操頭戴嵌寶金冠，身穿綠錦羅袍，玉帶珠履，憑高而坐」這些用字，都是爲了強調小說中曹操金錢上的揮霍與囂張的權勢。

顯然的，《三國志通俗演義》在其創作意識引導之下，將銅雀臺的題材重新加工，遂強化了曹氏集團負向的一面，也因爲小說家對題材的運用成功，甚至讓許多人對這些敘述信以爲眞。其實歷史上的曹操，在私人生活上甚爲儉樸，在銅雀臺的生活，未必如小說所言的那麼誇張。但是由於《三國志通俗演義》對銅雀臺題材細緻與巧妙的運用，就在藝術形塑上達到了加強印象的效果。

貳、成爲三國歷史小說直接引詩的來源

有些唐人詠三國的作品，也成爲《三國志通俗演義》直接引用的詩目，這些作品被小說放置於情節中，主要有兩個功用，一是作爲對該人物褒貶的有力依據，二是作爲情節推進的引導者，三是表現一種歷史觀看的高度〔註44〕。茲先將詩目羅列如下：

詩　名	作　者	在《毛評本三國演義》中出現章回	備　註
江夏	胡曾	第二十三回	
官渡	胡曾	第三十回	

〔註44〕《三國志通俗演義》褒貶人物的途徑，有許多不同的方式，有時是藉由對該人物的稱謂，有時是藉由對事件的描寫，有時是透過書中的角色來品評人物的高下，詩作的引用也是其中的一環。廖瓊媛：《三國演義的美學世界》（臺北：里仁書局，2000 年），21～24、61～79。劉永良先生認爲《三國志通俗演義》對詩、詞的引用，恰如其分的符合這本書所要傳達的思想，也同時具有刻劃角色性格的功能。劉永良：《三國演義藝術新論》（臺北：商鼎文化出版社，1999 年），頁197～204。鄭鐵生先生亦持相同觀點，認爲《三國志通俗演義》引詩的作用，亦可強化該角色的形象，突出其性格特徵，使讀者透過詩詞對這個人物有更清楚的認識，同時這些詩詞亦對情節的推進有部分的功用。鄭鐵生：《三國演義敘事藝術》，頁 167～200。

詩　名	作　者	在《毛評本三國演義》中出現章回	備　註
赤壁	杜牧	第四十八回	
劉郎浦口號	呂溫	第五十五回	
八陣圖	杜甫	第八十四回	
詠懷古蹟五首其四	杜甫	第八十五回	
瀘水	胡曾	第八十八回	
蜀相	杜甫	第一百零五回	
詠懷古蹟五首其五	杜甫	第一百零五回	
籌筆驛	李商隱	第一百一十八回	
峴山	胡曾	第一百二十回	
西塞山懷古	劉禹錫	第一百二十回	

　　由這些詩的內涵來看，《三國志通俗演義》對唐詩的引用，基本上也是站在「尊劉抑曹」的創作意識下加以運用的，其中〈詠懷古蹟五首其四〉是緬懷劉備之作，胡曾〈瀘水〉、杜甫的〈八陣圖〉、〈蜀相〉、〈詠懷古蹟五首其五〉、李商隱〈籌筆驛〉這些作品，則是小說作者藉唐詩褒揚諸葛亮的手法，或詠嘆其道德節操，或強調其神機妙算。

　　這些詩目中與曹魏政權有關的，是胡曾的〈官渡〉，杜牧的〈赤壁〉，這些詩作如果抽離小說的前後文本之中，單獨看待，並無針對曹魏之意，不過若將其放置於文本的脈絡語境之中，對曹魏就是不太友善的了，以杜牧的〈赤壁〉而言

　　　折戟沉沙鐵未銷，自將磨洗認前朝。

　　　東風不與周郎便，銅雀春深鎖二喬。〔註45〕

　　這首詩原本並非諷刺曹操之作，而是杜牧對赤壁之戰的見解，認為若無「東風」相助，那麼這場歷史戰爭的勝方也許會對換，二喬也終將淪至曹操手中。不過在《三國志通俗演義》裡，這首詩是

被引用於第四十八回《宴長江曹操賦詩，鎖戰船北軍用武》，在情節中曹操志得意滿，欲於銅雀臺建成之後，收天下美女於其中，杜牧的〈赤壁〉則被引用來作爲曹操欲攬二喬於銅雀臺的詩證，因此這首原本無意針對曹操的作品，在小說家的安排下就成了文本結構中「抑曹」的一環。〔註46〕

　　由於唐代的詠三國詩作，在質與量上皆有可觀，杜甫、李商隱、杜牧、劉禹錫都是傳名於世的大家，《三國志通俗演義》直接引唐詩作爲小說中品評人物的依據，可說是具有畫龍點睛的效果，在藝術上亦可謂相得益彰。

第三節　小結

　　本章探討唐詩詠三國對後世的影響，以「對宋代詠三國作品的影響」及「對三國歷史小說的影響」兩個區塊，作爲延伸思考的角度。

　　在「對宋代詠三國作品的影響」方面，唐人詠三國的風潮，啓發了宋代詠三國詩的興起，保守估計，宋代就有三百餘首詠嘆三國人物的詩作。宋代詠三國詩作中對於各政權代表人物形象的塑造，亦延續

〔註46〕將「銅雀臺」、「二喬」這兩者聯繫起來，原本是杜牧在〈赤壁〉中的文人想像，然將「銅雀臺」、「二喬」這兩者加以連結，並以此詩放置於文本中作爲曹操欲攻打孫吳的「動機」之一，卻是《三國志通俗演義》的移花接木，因此《三國志通俗演義》對此詩的應用，實際上刻意「轉移」了該詩的原意。此外，將「銅雀臺」與「二喬」加以聯結，雖是文人的想像之說，但這個系統在唐代杜牧〈赤壁〉以後，亦有流傳的跡象，宋代洪錫爵〈銅雀臺〉即有：「羅綺空傳總帳陳，二喬難鎖玉樓春。彼蒼亦有憐才意，不惜東風惜美人」幾句，這首詩也透過文人想像，假設了二喬出現於銅雀臺的情境，魏了翁〈浣溪沙〉：「試問伊誰若是班，二喬銅雀鎖屛顏」兩句，也是將二喬、銅雀臺擺在一起，張炎〈瑞鶴仙〉：「銅雀深深，忍把小喬輕誤」，以閨怨的筆法，將兩者作爲寫作題材。可見這個將「銅雀臺」「二喬」兩者聯結的文人想像系統，不止於杜牧，宋代的文人也有藉題發揮的。這些作品的存在，亦可能提供了《三國志通俗演義》提供構思上的靈感。

了前代。

在唐詩中，蜀漢的劉備被視爲「明君」的楷模，以禮賢下士的形象存在於文人心中，諸葛亮是「鞠躬盡瘁」的忠義代表，更是一個神機妙算的軍師。宋詩述及劉備的作品四十一首，諸葛亮的作品高達一百四十二首，在這些作品中兩人的形象，基本上與唐詩相似，都是在一個「聖君賢相」的大框架下被文人加以渲染，只是宋代詠三國詩中，對兩人的道德面給以了更多的強調。

唐詩中逐漸被形塑爲「篡臣」的曹操，在宋代詩歌其負面形象受到了更多的描寫，唐人詠三國詩中對曹操的稱謂，尙止於「奸雄」「曹瞞」。宋代述及曹操的作品有七十餘首，除了「奸雄」「曹瞞」以外，又延伸出了「阿瞞」「漢賊」「老賊」等更爲不敬的稱謂，宋人在作品中不僅批判曹操篡奪漢室的作爲，亦抨擊他道德操守上的缺失，這反映出宋代詠三國詩中，曹操的負面形象又有深化的趨勢。

唐人詠三國詩作中「重蜀輕吳」的寫作取向，應當也對宋代詠三國詩起了一定的影響，宋代詩人對孫吳人物的詠嘆，與蜀漢人物有相當的落差，宋詩有關孫權的作品十三首，周瑜的作品十六首，均遠遠少於蜀漢的劉備與諸葛亮。由於唐代詩壇在詠歎三國人物時，多半是集中於蜀漢人物，極少專詠孫吳人物，這或許造成宋代詩壇在接受美學的歷程上，容易對蜀漢人物有較高的興趣，更容易將寫作與欣賞的焦點擺在劉備、諸葛亮身上。

在「對三國歷史小說的影響」方面，唐詩詠三國對的影響表現在兩個方面，一是成爲三國歷史小說的寫作題材，二是成爲三國歷史小說直接引詩的來源。

在唐代詠三國詩中突顯出來的「君臣相得」「三顧茅廬」主題，以及「銅雀臺」的主題，不僅成爲往後歷代詩文中經常被詠嘆的對象，亦成爲了三國故事中膾炙人口的題材。以「尊劉抑曹」爲創作意識的《三國志通俗演義》，即透過了藝術的筆法，巧妙將這些題材的精神融入了小說中，尤其是《三國志通俗演義》中，對於「君臣相得」「三

顧茅廬」主題的細膩刻畫與鋪陳，使讀者很難不對這些經典的橋段，
留下深刻的印象。

　　唐代詩人的作品，也有部份成為《三國志通俗演義》直接引用的
詩目，這些作品出現的目的，多半是小說家用以強調對該人物的褒
貶，或用以抒發歷史興衰的感懷，這些詩作在《三國志通俗演義》的
文本中穿插使用，非但不會給人突兀之感，反而增加了敘述的層次
感，產生了畫龍點睛的藝術效果。

第七章　結　論

　　在「三國學」的領域裡，「尊蜀抑曹」意識的形成與蜀漢正統論的演進，一直是學界關注的焦點。過去學界對此一「尊蜀抑曹」思維的演進史，均將論述集中於魏晉南北朝與宋代兩區塊，認爲魏晉南北朝多數文人的思維是「尊曹抑蜀」，直至南宋朱熹《通鑑綱目》登高一呼，加上當代文壇的響應，才使「尊蜀抑曹」的意識成爲了後世看待三國的普遍觀點。

　　然而，過去學界對此一「尊蜀抑曹」思維演進的研究，均忽略了魏晉南北朝與宋代之間具轉折樞紐地位的唐代。其原因是因爲唐代史家較少對三國加以評述，在資料匱乏的情況下，將近三百年的唐代遂成爲「尊蜀抑曹」意識演變史中乏人問津的空白地帶。但是，唐代文壇留下了兩百多首重要的詠三國詩作，這些作品在唐代史籍較少論及三國的情況下，係當今我們較能確切掌握的原典文獻。

　　因此，在第一章〈緒論〉中，首先確立了研究的方向，將唐代的詠三國作品，放置於由魏晉至兩宋此一三國正統觀點演變的大架構中看待，全面分析這些作品中呈現的思想與內涵，以補充過去該一議題中始終缺乏論述的唐代區塊。

　　唐代文壇不僅以眾多的作品詠嘆蜀漢人物，也抨擊了曹魏政權，此一現象固然反映了「尊蜀抑曹」的集體思維，其中最耐人尋味的，

是在大多數作品均集中於蜀漢與曹魏人物的評述時，爲何描寫孫吳人物的詩作明顯的稀少？此一詩歌中「尊蜀抑曹」卻「輕吳」的現象，當然是後續章節中須加以深入探索的目標。

第二章〈唐前文獻典籍中的三國圖像〉，係在本文深入探討唐代是否有「尊蜀抑曹」與「輕吳」的意識之前，先對魏晉南北朝此一時期文人之三國觀點，作一整理與爬梳的工作。該時期文士間的主要氛圍，是以「曹魏正統」爲主流，無論是史學典籍的角度亦或文人當代的評述，多半是秉持推崇曹魏而貶抑蜀漢與孫吳的格局，雖然有少數如同晉代史學家習鑿齒等人對抗的聲音，但整個時代的氛圍基本上未脫曹魏爲尊的論調。

由第三章開始，進入了論文的軸心。〈唐代詩歌中隱含的尊蜀意識〉係透過對唐代詠三國詩的整理與分析，發現在兩百餘首詩作中，就有八十八首是詠及蜀漢君臣者，唐代尤其以李白、杜甫兩位大家爲代表，一致性地推崇蜀漢人物是「運移漢祚」的道德化身，在諸多篇章中呈現出強烈的崇敬之情。

此類推崇蜀漢人物的氛圍顯然以諸葛亮爲核心展開，由於諸葛亮被視爲蜀漢精神的化身，是「鞠躬盡瘁」的歷史典範，因此劉備也就順理成章的被連帶視爲「禮賢下士」的千古明君。對蜀漢人物的喜愛，同時也加深了對蜀漢政權的認同，此一集體現象儼然就是「尊蜀意識」的發端。「尊蜀意識」不能等同於「蜀漢正統論」，因爲「蜀漢正統論」是明確表達蜀漢正統而曹魏爲僭越的思想，「尊蜀意識」僅是推崇並認同蜀漢政權人物的普遍趨勢，但此一「尊蜀意識」對「蜀漢正統論」具有前導性的作用。過去學界認爲「蜀漢正統論」思維至南宋方確立，但應當加以補充的是，此一「蜀漢正統論」前導性的「尊蜀意識」，其實是在唐代就已然成形的。

第四章〈唐代詩歌對曹魏集團的負面形塑〉與第三章是互爲表裡的兩部份，唐代詠三國作品中有八十多首詠嘆蜀漢君臣的作品，但是述及曹魏人物的五十八多首作品，卻多數都將其代表人物曹操塑造爲

負面的歷史人物，這是極爲鮮明巨大的對比。有些作品使用諷刺的筆調與貶抑的稱謂，視曹操爲「篡臣」，尤其在「銅雀主題」系列的作品中，更對其執政的「奢侈」與「荒淫」多所抨擊。

　　事實上，歷史上的曹操乃是一頗有英略的霸主，唐代詩歌對曹操與曹魏政治集團的一部分來自詩人的想像與臆測，但更核心的部份是反映了唐人對之不認可的態度。這說明有唐一代除了「尊蜀意識」的萌發，同時「抑曹思想」也已經悄然在醞釀當中，此亦可進一步確認「尊蜀抑曹」的思想源流，實可由過去學界認知的南宋，上溯至唐代時期。

　　第五章〈唐代詩歌中孫吳定位的邊緣化〉，係探討在唐代詠三國詩歌中，述及孫吳之作品分佈的情況。由於唐代文人將創作的焦點集中於蜀漢與曹魏兩方，因此有關孫吳人物的作品就相對受到了壓縮，在兩百多首中只佔了二十六首。況且這二十六首作品，其實有十七首是晚唐詩人孫元晏一人所作，更反襯出整個唐代對孫吳人物描寫的忽視。

　　其實歷史上的孫吳，重要性與材料的豐富性絕不亞於另外兩個政權，在陳壽的《三國志》中，〈魏書〉的份量共二十萬五千兩百一十八字，〈吳書〉十萬三千一百八十八字，〈蜀書〉僅僅五萬八千三百五十一字〔註1〕，不過此一原爲「鼎足而三」的客觀歷史，在歷代文人的創作與描寫下，逐漸演變成「蜀魏爲主」「孫吳爲襯」的三國框架，這種「尊蜀」、「抑曹」尚且「輕吳」的文人心靈三國圖像，亦在唐代呈現得十分顯明。

　　第六章〈唐詩詠三國對後世的影響〉，是對前述三章的一個延伸拓展。唐代的詠三國詩作，除了反映當代文人心靈的面貌，同時也對宋代造成了不小的影響，宋代的詠三國作品在內涵與創作模式上，沿襲了唐代的大框架。宋代詠三國作品初步估計三百三十首，其中詠諸

〔註1〕余志挺：《《裴松之《三國志注》研究》》（國立師範大學碩士論文，2003年9月），頁20～23。

葛亮與劉備的作品相加，保守估計就有近兩百首，詠嘆的內容與唐代有明顯的承繼關係。述及曹操的作品共七十九首，批判的程度較唐代更為猛烈。至於述及孫權、周瑜的作品相加，竟僅有二十九首，從質與量來看，宋詩詠三國中「尊蜀」、「抑曹」、「輕吳」的創作取向，隱然就是唐代三國主題詩的後繼。然因本論文主要以探討唐代詠三國詩為主軸，故本章之範圍無法作更深的探討，更周延細膩的研究尚有待將來的釐清。

　　綜上所述，透過對唐代兩百多首詠三國相關詩作之考察，以及自全唐文中收集相關文獻的旁證。「尊劉抑曹」此種三國觀點，實已在唐代就扎下深根，確立了基本的框架，同時「輕吳」的趨勢，亦由唐代詩歌中透顯出來。本文尚不敢認定唐代已有「以蜀漢為正統」的三國正統觀，因為蜀漢正統的論述，是至南宋朱熹才完整確立。但可以確知的是，唐代文人雖然尚未「以蜀漢為正統」，此一普遍存有的「尊蜀抑曹」思維模式，實對後世「以蜀漢為正統」論述之成熟與展開，具有前導性的作用。過去學界論及三國正統論述發展史，偏重魏晉及宋代兩個部份，其實唐代在此一命題上之重要性亦不可忽視。

附　錄

附錄一　唐詩中述及三國人物事蹟之作品

作　者	年　代	首　數	詩　名	備　註
駱賓王	640～684	二首	幽縶書情通簡知己	
			疇昔篇	
王勃	650～676	二首	銅雀妓其一	
			銅雀妓其二	
楊炯	650～692	二首	廣溪峽	
			疇昔篇	
宋之問	656～712	一首	銅雀台	
陳子昂	661～702	二首	峴山懷古	
			白帝城懷古	
高適	700～765	一首	三君詠・魏鄭公	
王無竟	？～？	一首	銅雀台	
喬知之	？～697	一首	銅雀妓	
劉希夷	651～？	一首	蜀城懷古	
張說	667～730	一首	鄴都引	
王適	？～？	一首	銅雀妓	

作 者	年 代	首 數	詩 名	備 註
鄭愔	？～790	一首	銅雀妓	
劉庭琦	？～？	一首	銅雀台	
袁暉	？～？	一首	銅雀妓	
郎君冑	？～？	一首	壯繆候廟別友人	
張九齡	678～740	三首	奉和聖制過王浚墓	
			登襄陽峴山	
			經江寧覽舊跡至玄武湖	
李邕	678～747	一首	銅雀妓	
崔國甫	678～755	一首	魏宮詞	
李隆基	685～762	一首	過王濬墓	
王泠然	692～725	一首	詠八陣圖送人	
孫逖	696～761	一首	途中口號	
儲光羲	706～763	一首	荐玄德公廟	
劉長卿	709～780	一首	銅雀台	
孟雲卿	725～？	一首	鄴城懷古	
李白	701～762	六首	赤壁歌送別	
			讀諸葛武侯傳書懷贈長安崔少府叔封昆季	
			望鸚鵡洲懷禰衡	
			君道曲	
			留別王馬司嵩	
			贈友人三首其三	
岑參	715～770	三首	先主武侯廟	
			登古鄴城	
			東歸晚次潼關懷古	
李華	715～766	二首	詠史十一首其九	
			雜詩六首其二	

作　者	年　代	首　數	詩　名	備　註
張鼎	？～？	一首	鄴城引	
杜甫	712～770	十八首	蜀相	
			武侯廟	
			八陣圖	
			謁先主廟	
			諸葛廟	
			夔州歌十絕句（錄一首）	
			上卿翁請修武侯廟遺像缺落時崔卿權夔州	
			詠懷古蹟五首其四	
			詠懷古蹟五首其五	
			古柏行	
			登樓	
			公安縣懷古	
			八哀詩　贈左僕射鄭國公嚴公武	
			承聞故房相公靈櫬自閬州啓殯歸葬東都有作二首其一	
			閣夜	
			遣興五首其一	
			遣興五首其二	
			過南岳入洞庭湖	
賈至	718～772	一首	銅雀台	
竇常	？～？	一首	謁諸葛武侯廟	
皎然	720～798	一首	銅雀妓	
顧況	725～814	一首	桃花曲	
李翰	？～？	一首	臥龍崗謁武侯祠	
韋應物	737～792	一首	送崔押衙相州	

作　者	年　代	首　數	詩　　名	備　註
盧綸	739～799	一首	奉和戶曹叔夏夜寓直寄呈同曹諸公并見示	
戎昱	744～800	一首	上湖南崔中丞	
歐陽詹	756～800	一首	銅雀妓	
王仲舒	762～823	一首	寄李十員外	
劉商	766～779	一首	銅雀妓	
竇庠	767～828	一首	醉中贈符載	
呂溫	771～811	一首	劉郎浦口號	
朱放	？～787	一首	銅雀妓	
雍陶	789～873	一首	蜀中戰後感事	
趙嘏	806～856	一首	述懷上令狐相公	
楊嗣複	？～？	二首	丁巳歲八月祭武侯祠堂，因題臨淮公舊碑	
			題李處士山居	
楊汝士	？～？	一首	和宗人尚書嗣複祠祭武侯畢題臨淮公舊碑	
武少儀	？～？	一首	諸葛承相廟	
李嘉祐	？～？	一首	古興	
劉禹錫	772～842	八首	蜀先主廟	
			觀八陣圖	
			西塞山懷古	
			魏宮詞二首其一	
			魏宮詞二首其二	
			初至郴州紀事書情題郡齋八韻	
			刑部白侍郎謝病長告，改賓客分司，以詩贈別	
			臺城懷古	

作　者	年　代	首　數	詩　名	備　註
白居易	772～846	四首	寄隱者	
			送韋侍御量移金州司馬時予官獨未出	
			得微之到官後書備知通州之事悵然有感因成四章	
			詠史	
元稹	779～831	四首	嘆臥龍	
			哭呂衡州六首其一	
			董逃行	
			黃明府詩（并序）	
殷堯藩	780～855	一首	襄口阻風	
			張飛廟	
李德裕	787～849	一首	憶金門舊遊奉寄江西沈大夫	
許渾	788～858	一首	南陽道中	
劉義	？～？	一首	入蜀	
司馬扎	？～？	一首	築台	
李賀	790～816	四首	追和何謝銅雀妓	
			王濬墓下作	《三國演義資料彙編》作「王俊」當作「王濬」
			古鄴城童子謠效王粲刺曹操	
			呂將軍歌	
費貫卿	？～？	一首	閒居即事	
郭良驥	？～？	一首	鄴中行	
章孝標	？～？	一首	諸葛武侯廟	
劉方平	？～？	一首	銅雀妓	
吳灕	？～？	一首	銅雀妓	
劉洞	？～？	一首	石城懷古	

作　者	年　代	首　數	詩　名	備　註
張儼	？～？	三首	貞元八年十二月謁先主廟絕句三首其一	
			貞元八年十二月謁先主廟絕句三首其二	
			貞元八年十二月謁先主廟絕句三首其三	
顧非熊	？～？	一首	銅雀妓	
張祜	？～？	一首	鄴中懷古	
雍陶	789～873	一首	武侯廟古柏	
李遠	？～？	一首	悲銅雀台	
殷潛之	？～？	一首	題籌筆驛	
李咸用	？～？	二首	題陳將軍別墅	
			銅雀台	
吳融	？～？	二首	和寄座主尚書	
			陳琳墓	
杜牧	803～852	五首	赤壁	
			和野人殷潛之題籌筆驛十四韻	
			西江懷古	
			川守大夫劉公早歲寓居敦行里肆有題壁十韻今之置第乃獲舊居洛下大僚因有唱和歎詠不足輒獻此詩	
			齊安郡晚秋	
李商隱	812～858	五首	籌筆驛	
			武侯廟古柏	
			驕兒詩	
			無題	
			井絡	
薛逢	806～875	二首	題白馬驛	
			題籌筆驛	

作　者	年　代	首　數	詩　名	備　註
馬戴	？～？	一首	雀台怨	
薛能	817～880	五首	籌筆驛	
			銅雀台	
			籌筆驛	
			游嘉州後溪	
			早春書事	
溫庭筠	812～870	三首	過陳琳墓	
			過五丈原	
			蔡中郎墳	
韋莊	836～910	二首	喻東軍	
			聞官軍繼至未睹凱旋	
李頻	？～？	一首	送友人游蜀	
李山甫	？～？	四首	代孔明哭先主	
			又代孔明哭先主	
			讀漢史	
			蜀中寓懷	
胡曾	839～？	十二首	題周瑜將軍廟	
			詠史詩・南陽	
			詠史詩・銅雀台	
			詠史詩・檀溪	
			詠史詩・五丈原	
			詠史詩・瀘水	
			詠史詩・赤壁	
			詠史詩・武昌	
			詠史詩・江夏	
			詠史詩・官渡	
			詠史詩・灞岸	
			草檄答南蠻有詠	
汪遵	？～？	一首	南陽	

作　者	年　代	首　數	詩　名	備　註
羅鄴	825～？	二首	過王濬墓	《三國資料彙編》作「王浚」當作「王濬」
			上東川顧尚書	
			春望梁石頭城	
貫休	823～912	二首	送人征蠻	
			經先主廟作	
羅隱	833～909	七首	鄴城	
			銅雀台	
			籌筆驛	
			王浚墓	
			題潤州妙善前石羊	
			淮南送李司空朝覲	
			寄洪正師	
唐彥謙	？～893	三首	鄧艾廟	
			洛神	
			漢代	
			金陵懷古	
韓偓	844～923	一首	吳郡懷古	
崔涂	854～？	二首	赤壁懷古	
			鸚武州即事	
張喬	？～？	一首	宿劉溫書齋	
羅虬	？～？	一首	比紅兒詩	
陸龜蒙	？～881	二首	讀襄陽耆舊傳因作詩五百言寄皮襲美	
			算山	
徐夤	858～887	三首	蜀	
			魏	
			吳	

作　者	年　代	首　數	詩　名	備　註
劉兼	？～？	一首	中夏晝臥	
崔道融	？～？	三首	銅雀妓二首其一	
			銅雀妓二首其二	
			過隆中	
周曇	？～？	八首	靈帝	
			廢帝	
			獻帝	
			蜀先主	
			后主	
			吳後主	
			王表	
			魯肅	
孫元晏	？～？	十七首	黃金車	
			赤壁	
			魯肅指囷	
			甘寧斫營	
			徐盛	
			魯肅	
			武昌	
			顧雍	
			呂蒙	
			介象	
			濡須塢	
			周泰	
			張紘	
			太史慈	
			孫堅後	
			陸統	
			青蓋	

作　者	年　代	首　數	詩　　名	備　註
朱光弼	？～？	一首	銅雀妓	
程長文	？～？	一首	銅雀台怨	
梁瓊	？～？	一首	銅雀台	
張琰	？～？	一首	銅雀台	
李中	920～974	一首	讀蜀志	

共計 226 首。

附錄二 唐詩中述及蜀漢人物之作品

作　者	年　代	首　數	詩　名	備　註
駱賓王	640～684	二首	疇昔篇	
			幽繫書情通簡知己	
陳子昂	650～692	一首	峴山懷古	
楊炯	661～702	一首	廣溪峽	
郎君冑	?～?	一首	壯繆候廟別友人	
張九齡	678～740	一首	登襄陽峴山	
王泠然	692～723	二首	詠八陣圖送人	
			奉和戶曹叔夏夜寓直寄呈同曹諸公幷見示	
高適	700～765	一首	三君詠・魏鄭公	
李白	701～762	四首	讀諸葛武侯傳書懷贈長安崔少府叔封昆季	
			君道曲	
			贈友人三首其三	
			留別王馬司嵩	
儲光羲	706～763	一首	荐玄德公廟	

作 者	年 代	首 數	詩 名	備 註
杜甫	712～770	十五首	蜀相	
			武侯廟	
			八陣圖	
			諸葛廟	
			夔州歌十絕句（錄一首）	
			上卿翁請修武侯廟遺像缺落時崔卿權夔州	
			詠懷古蹟五首其四	
			詠懷古蹟五首其五	
			古柏行	
			登樓	
			承聞故房相公靈櫬自閬州啓殯歸葬東都有作二首	
			遣興五首其一	
			閣夜	
			八哀詩　贈左僕射鄭國公嚴公武	
			謁先主廟	
李華	715～766	一首	詠史十一首（其九）	
岑參	715～770	一首	先主武侯廟	
竇常	？～？	一首	謁諸葛武侯廟	
盧綸	739～799	一首	嘆諸葛	
戎昱	744～800	一首	上湖南崔中丞	
王仲舒	762～823	一首	寄李十員外	
竇庠	767～828	一首	醉中贈符載	
劉禹錫	772～842	四首	觀八陣圖	
			初至郴州紀事書情題郡齋八韻	
			刑部白侍郎謝病長告，改賓客分司，以詩贈別	
			蜀先主廟	

作　者	年　代	首　數	詩　名	備　註
楊嗣複	？～？	二首	丁巳歲八月祭武侯祠堂，因題臨淮公舊碑	
			題李處士山居	
楊汝士	？～？	一首	和宗人尚書嗣複祠祭武侯畢題臨淮公舊碑	
武少儀	？～？	二首	諸葛承相廟	
白居易	772～846	四首	詠史	
			寄隱者	
			得微之到官後書備知通州之事悵然有感因成四章	
			送韋侍御量移金州司馬時予官獨未出	
元稹	779～846	三首	嘆臥龍	
			哭呂衡州六首其一	
			黃明府詩（并序）	
殷堯藩	780～855	一首	張飛廟	
李德裕	787～849	一首	憶金門舊遊奉寄江西沈大夫	
雍陶	789～873	二首	武侯廟古柏	
			蜀中戰後感事	
殷潛之	？～？	一首	題籌筆驛	
杜牧	803～852	一首	和野人殷潛之題籌筆驛十四韻	
薛逢	806～875	二首	題白馬驛	
			題籌筆驛	
李商隱	812～858	二首	武侯廟古柏	
			籌筆驛	
溫庭筠	812～870	一首	過五丈原	
薛能	817～880	二首	籌筆驛	
			游嘉州後溪	
李翰	？～？	一首	臥龍崗謁武侯祠	

作 者	年 代	首 數	詩 名	備 註
費貫卿	?～?	一首	閒居即事	
劉義	?～?	一首	入蜀	
李頻	?～?	一首	送友人游蜀	
章孝標	?～?	一首	諸葛武侯廟	
李山甫	?～?	二首	代孔明哭先主	
			又代孔明哭先主	
李咸用	?～?	一首	題陳將軍別墅	
趙嘏	?～?	一首	述懷上令狐相公	
吳融	?～?	一首	和寄座主尚書	
許渾	?～?	一首	南陽道中	
陸龜蒙	?～881	一首	讀襄陽耆舊傳因作詩五百言寄皮襲美	
羅隱	833～909	二首	籌筆驛	
			淮南送李司空朝覲	
韋莊	836～910	二首	喻東軍	
			聞官軍繼至未睹凱旋	
胡曾	839～?	四首	詠史詩·五丈原	
			詠史詩·瀘水	
			詠史詩·南陽	
			草檄答南蠻有詠	
劉兼	?～?	一首	中夏晝臥	
羅鄴	?～?	一首	上東川顧尚書	
貫休	823～912	一首	送人征蠻	
崔道融	?～?	一首	過隆中	
張儼	?～?	三首	貞元八年十二月謁先主廟絕句三首其一	
			貞元八年十二月謁先主廟絕句三首其二	
			貞元八年十二月謁先主廟絕句三首其三	

作　者	年　代	首　數	詩　名	備　註
周曇	?～?	二首	蜀先主	
			後主	
汪遵	?～?	一首	南陽	
徐夤	858～887	一首	蜀	
李中	920～974	一首	讀蜀志	

共計 96 首。

附錄三　唐詩中詠及諸葛亮之作品

作　者	年　代	首　數	詩　名	備　註
駱賓王	640～684	一首	疇昔篇	
楊炯	661～702	一首	廣溪峽	
陳子昂	650～692	一首	峴山懷古	
張九齡	678～740	一首	登襄陽峴山	
王泠然	692～725	二首	詠八陣圖送人	
			奉和戶曹叔夏夜寓直寄呈同曹諸公并見示	
高適	700～765	一首	三君詠・魏鄭公	
杜甫	712～770	十三首	蜀相	
			武侯廟	
			八陣圖	
			諸葛廟	
			夔州歌十絕句（錄一首）	
			上卿翁請修武侯廟遺像缺落時崔卿權夔州	
			詠懷古蹟五首其四	
			詠懷古蹟五首其五	
			古柏行	

作　者	年　代	首　數	詩　名	備　註
			承聞故房相公靈櫬自閬州啓殯歸葬東都有作二首	
			遣興五首其一	
			閣夜	
			八哀詩　贈左僕射鄭國公嚴公武	
岑參	715～770	二首	先主武侯廟	
			幽縶書情通簡知己	
竇常	?～?	一首	謁諸葛武侯廟	
李華	715～766	一首	詠史十一首（其九）	
戎昱	744～800	一首	上湖南崔中丞	
王仲舒	762～823	一首	寄李十員外	
竇庠	767～828	一首	醉中贈符載	
盧綸	739～799	一首	嘆諸葛	
劉禹錫	772～842	三首	觀八陣圖	
			初至郴州紀事書情題郡齋八韻	
			刑部白侍郎謝病長告，改賓客分司，以詩贈別	
楊嗣複	?～?	二首	丁巳歲八月祭武侯祠堂，因題臨淮公舊碑	
			題李處士山居	
楊汝士	?～?	一首	和宗人尚書嗣複祠祭武侯畢題臨淮公舊碑	
白居易	772～846	三首	詠史	
			得微之到官後書備知通州之事悵然有感因成四章	
			送韋侍御量移金州司馬時予官獨未出	

作　者	年　代	首　數	詩　名	備　註
元稹	779～831	三首	嘆臥龍	
			哭呂衡州六首其一	
			黃明府詩（并序）	
李德裕	787～850	一首	憶金門舊遊奉寄江西沈大夫	
許渾	?～?	一首	南陽道中	
雍陶	789～873	二首	武侯廟古柏	
			蜀中戰後感事	
殷潛之	?～?	一首	題籌筆驛	
杜牧	803～852	一首	和野人殷潛之題籌筆驛十四韻	
薛逢	806～875	二首	題白馬驛	
			題籌筆驛	
李商隱	812～858	二首	武侯廟古柏	
			籌筆驛	
李翰	?～?	一首	臥龍崗謁武侯祠	
費貫卿	?～?	一首	閒居即事	
劉義	?～?	一首	入蜀	
李頻	?～?	一首	送友人游蜀	
章孝標	?～?	一首	諸葛武侯廟	
李山甫	?～?	二首	代孔明哭先主	
			又代孔明哭先主	
李咸用	?～?	一首	題陳將軍別墅	
趙嘏	?～?	一首	述懷上令狐相公	
吳融	?～?	一首	和寄座主尙書	
陸龜蒙	?～881	一首	讀襄陽耆舊傳因作詩五百言寄皮襲美	
貫休	823～912	一首	送人征蠻	

作　者	年　代	首　數	詩　名	備　註
韋莊	836～910	二首	喻東軍	
			聞官軍繼至未睹凱旋	
胡曾	839～？	三首	詠史詩・五丈原	
			詠史詩・瀘水	
			草檄答南蠻有詠	
羅隱	833～909	二首	籌筆驛	
			淮南送李司空朝覲	
劉兼	？～？	一首	中夏晝臥	
羅鄴	？～？	一首	上東川顧尚書	
李中	920～974	一首	讀蜀志	

共計 72 首。

附錄四　唐詩中詠及君臣相得之作品

作　者	年　代	首　數	詩　名	備　註
李白	701～762	四首	讀諸葛武侯傳書懷贈長安崔少府叔封昆季	
			君道曲	
			贈友人三首其三	
			留別王馬司嵩	
杜甫	712～770	二首	謁先主廟	
			諸葛廟	
李華	715～766	一首	詠史十一首（其九）	
岑參	715～770	二首	先主武侯廟	
竇常		一首	謁諸葛武侯廟	
戎昱	744～800	一首	上湖南崔中丞	
劉禹錫	772～842	二首	蜀先主廟	
			刑部白侍郎謝病長告，改賓客分司，以詩贈別	
楊嗣複	？～？	一首	題李處士山居	
白居易	772～846	二首	詠史	
			寄隱者	

作　者	年　代	首　數	詩　　名	備　註
元稹	779～931	二首	嘆臥龍	
			哭呂衡州六首其一	
李山甫	?～?	二首	代孔明哭先主	
			代孔明哭先主	
陸龜蒙	?～881	一首	讀襄陽耆舊傳因作詩五百言寄皮襲美	
崔道融	?～?	一首	過隆中	
張儼	?～?	一首	貞元八年十二月謁先主廟絕句三首其二	
周曇	?～?	一首	蜀先主	
汪遵	?～?	一首	南陽	
胡曾	839～?	一首	詠史詩・南陽	
徐夤	858～887	一首	蜀	
李中	920～974	一首	讀蜀志	

共計 27 首。

附錄五　詠及蜀漢人物詩作之總和

作　者	年　代	首　數	詩　名	備　註
駱賓王	640～684	二首	疇昔篇	
			幽繫書情通簡知己	
陳子昂	650～692	一首	峴山懷古	
楊炯	661～702	一首	廣溪峽	
張九齡	678～740	一首	登襄陽峴山	
王泠然	692～723	二首	詠八陣圖送人	
			奉和戶曹叔夏夜寓直寄呈同曹諸公并見示	
高適	700～765	一首	三君詠·魏鄭公	
李白	701～762	四首	讀諸葛武侯傳書懷贈長安崔少府叔封昆季	
			君道曲	
			贈友人三首其三	
			留別王馬司嵩	
杜甫	712～770	十四首	蜀相	
			武侯廟	
			八陣圖	
			諸葛廟	

作　者	年　代	首　數	詩　　名	備　註
			夔州歌十絕句（錄一首）	
			上卿翁請修武侯廟遺像缺落時崔卿權夔州	
			詠懷古蹟五首其四	
			詠懷古蹟五首其五	
			古柏行	
			承聞故房相公靈櫬自閬州啓殯歸葬東都有作二首	
			遣興五首其一	
			閣夜	
			八哀詩　贈左僕射鄭國公嚴公武	
			謁先主廟	
李華	715～766	一首	詠史十一首（其九）	
岑參	715～770	一首	先主武侯廟	
竇常	？～？	一首	謁諸葛武侯廟	
盧綸	739～799	一首	嘆諸葛	
戎昱	744～800	一首	上湖南崔中丞	
王仲舒	762～823	一首	寄李十員外	
竇庠	767～828	一首	醉中贈符載	
劉禹錫	772～842	四首	觀八陣圖	
			初至郴州紀事書情題郡齋八韻	
			刑部白侍郎謝病長告，改賓客分司，以詩贈別	
			蜀先主廟	
楊嗣複	？～？	二首	丁巳歲八月祭武侯祠堂，因題臨淮公舊碑	
			題李處士山居	

作　者	年　代	首　數	詩　名	備　註
楊汝士	？～？	一首	和宗人尚書嗣複祠祭武侯畢題臨淮公舊碑	
武少儀	？～？	二首	諸葛承相廟	
白居易	772～846	四首	詠史	
			寄隱者	
			得微之到官後書備知通州之事悵然有感因成四章	
			送韋侍御量移金州司馬時予官獨未出	
元稹	779～846	三首	嘆臥龍	
			哭呂衡州六首其一	
			黃明府詩（并序）	
李德裕	787～849	一首	憶金門舊遊奉寄江西沈大夫	
雍陶	789～873	二首	武侯廟古柏	
			蜀中戰後感事	
殷潛之	？～？	一首	題籌筆驛	
杜牧	803～852	一首	和野人殷潛之題籌筆驛十四韻	
薛逢	806～875	二首	題白馬驛	
			題籌筆驛	
李商隱	812～858	二首	武侯廟古柏	
			籌筆驛	
李翰	？～？	一首	臥龍崗謁武侯祠	
費貫卿	？～？	一首	閒居即事	
劉義	？～？	一首	入蜀	
李頻	？～？	一首	送友人游蜀	
章孝標	？～？	一首	諸葛武侯廟	
李山甫	？～？	二首	代孔明哭先主	
			又代孔明哭先主	

作　者	年　代	首　數	詩　名	備　註
李咸用	？～？	一首	題陳將軍別墅	
趙嘏	？～？	一首	述懷上令狐相公	
吳融	？～？	一首	和寄座主尚書	
許渾	？～？	一首	南陽道中	
陸龜蒙	？～881	一首	讀襄陽耆舊傳因作詩五百言寄皮襲美	
羅隱	833～909	二首	籌筆驛	
			淮南送李司空朝覲	
韋莊	836～910	二首	喻東軍	
			聞官軍繼至未睹凱旋	
胡曾	839～？	四首	詠史詩・五丈原	
			詠史詩・瀘水	
			詠史詩・南陽	
			草檄答南蠻有詠	
劉兼	？～？	一首	中夏晝臥	
羅鄴	？～？	一首	上東川顧尚書	
貫休	823～912	一首	送人征蠻	
張儼	？～？	三首	貞元八年十二月謁先主廟絕句三首其一	
			貞元八年十二月謁先主廟絕句三首其二	
			貞元八年十二月謁先主廟絕句三首其三	
崔道融	？～？	一首	過隆中	
周曇	？～？	一首	蜀先主	
汪遵	？～？	一首	南陽	
徐夤	858～887	一首	蜀	
李中	920～974	一首	讀蜀志	

共計 88 首。

附錄六　唐詩中述及曹魏人物之作品

作　者	年　代	首　數	詩　名	備　註
王勃	650～676	二首	銅雀妓二首其一	
			銅雀妓二首其二	
張說	667～730	一首	鄴都引	
李邕	678～747	一首	銅雀妓	
崔國輔	678～755	一首	魏宮詞	
喬知之	？～？	一首	銅雀妓	
王適	？～？	一首	銅雀妓	
孫逖	696～761	一首	途中口號	
鄭愔	？～710	一首	銅雀妓	
李白	701～762	一首	望鸚鵡洲懷禰衡	
劉長卿	709～780	一首	銅雀臺	
賈至	718～772	一首	銅雀臺	
皎然	720～798	一首	銅雀妓	
顧況	725～814	一首	桃花曲	
孟雲卿	725～？	一首	鄴城懷古	
袁暉	？～？	一首	銅雀妓	

作　者	年　代	首　數	詩　名	備　註
劉庭琦	？～？	一首	銅雀臺	
李嘉祐	？～？	一首	古興	
韋應物	737～792	二首	送崔押衙相州	
			登古鄴城	
歐陽詹	756～800	一首	銅雀妓	
劉方平	？～？	一首	銅雀妓	
劉商	766～779	一首	銅雀妓	
朱放	？～787	一首	銅雀妓	
劉禹錫	772～842	二首	魏宮詞二首其一	
			魏宮詞二首其二	
元稹	779～931	一首	董逃行	
李遠	？～？	一首	悲銅雀台	
顧非熊	？～？	一首	銅雀妓	
馬戴	？～？	一首	雀臺怨	
李賀	790～816	二首	追和何謝銅雀妓	
			王俊墓下作	
杜牧	803～852	二首	西江懷古	
			赤壁	
李商隱	812～858	一首	井絡	
溫庭筠	812～870	一首	過陳琳墓	
張鼎	？～？	二首	鄴城引	
			寄洪正師	
張琰	？～？	一首	銅雀台	
薛能	？～？	一首	銅雀台	
李山甫	？～？	一首	讀漢史	
周曇	？～？	一首	獻帝	
羅虬	？～？	一首	比紅兒詩	
李咸用	？～？	一首	銅雀臺	

作　者	年　代	首　數	詩　名	備　註
羅鄴	825～？	一首	過王浚墓	
崔道融	？～907	二首	銅雀妓二首其一	
			銅雀妓二首其二	
司馬扎	？～？	一首	築台	
吳融	？～？	一首	陳琳墓	
朱光弼	？～？	一首	銅雀妓	
羅隱	833～909	三首	銅雀臺	
			鄴城	
			王浚墓	
胡曾	839～？	一首	詠史詩・官渡	
程長文	？～？	一首	銅雀臺怨	
張祐	？～？	一首	鄴中懷古	
崔涂	854～？	一首	鸚武州即事	
徐夤	858～887	一首	魏	

共計 58 首。

附錄七　唐詩中述及孫吳人物之作品

作　者	年　代	首　數	詩　　名	備　註
李白	701～762	一首	赤壁歌送別	
呂溫	771～811	一首	劉郎浦口號	
殷堯藩	780～855	一首	襄口阻風	
羅虯	?～?	一首	比紅兒詩	
羅隱	833～909	一首	題潤州妙善前石羊	
胡曾	839～?	一首	題周瑜將軍廟	
陸龜蒙	?～881	一首	算山	
唐彥謙	?～893	一首	漢代	
徐夤	858～887	一首	吳	
孫元晏	?～?	十七首	黃金車	
			赤壁	
			魯肅指囷	
			甘寧斫營	
			徐盛	
			魯肅	
			武昌	
			顧雍	

作　者	年　代	首　數	詩　名	備　註
			呂蒙	
			介象	
			濡須塢	
			周泰	
			張紘	
			太史慈	
			孫堅後	
			陸統	
			青蓋	

共計 27 首。

附錄八　宋詩中述及三國人物事蹟之作品

作　者	年　代	首　數	詩　名	備　註
錢惟演	962〜1034	一首	成都	
梅詢	964〜1041	一首	虎丘	
劉筠	971〜1031	一首	成都	
楊億	974〜1020	一首	成都	
夏竦	985〜1051	一首	奉和御製讀三國志詩	
宋祁	998〜1061	一首	入蜀	
宋庠	996〜1022	一首	孔明	
蘇洵	1003〜1066	一首	題白帝廟	
石介	1005〜1045	一首	安道再登製科	
梅堯臣	1006〜1060	一首	銅雀硯	
文彥博	1006〜1097	一首	題籌筆驛	
邵雍	1011〜1077	二首	毛頭吟	
			觀三國吟	
蔡襄	1012〜1067	一首	漳州白蓮僧宗要見遺紙扇每扇各書一首	

作　者	年　代	首　數	詩　名	備　註
陶弼	1015～1078	一首	銅雀研	
文同	1018～1079	一首	問陳彥升覓古瓦硯	
鮮於侁	1018～1087	一首	大劍山	
曾鞏	1019～1083	二首	孔明	
			隆中	
司馬光	1019～1086	四首	從始平公城西大閱	
			和始平公郡齋偶書二首其一	
			和始平公郡齋偶書二首其二	
			景福東廂詩 讀武士策	
王安石	1021～1086	二首	諸葛武侯	
			讀蜀志	
強至	1022～1076	一首	石兀之出銅雀台硯相示信筆題其後	
王令	1032～1059	一首	武侯	
蘇軾	1037～1101	五首	八陣磧	
			隆中	
			永安宮	
			和陶答龐參軍六首其一	
			是日至下馬磧憩於北山僧舍有閣曰懷賢南直斜	
蘇轍	1039～1112	四首	讀史六首其四	
			赤壁懷古	
			題鄖城彼岸寺二首其一 文殊院古柏	
			八陣磧	

作　者	年　代	首　數	詩　名	備　註
孔武仲	1041～1097	一首	諸葛武侯	
范祖禹	1041～1098	一首	資中八首其八	
馮山	？～1094	一首	八陣磧	
楊備	？～？	一首	吳大帝廟	
袁陟	？～？	一首	過金陵謁吳大帝廟	
史正志	？～？	一首	新亭二首其一	
黃庭堅	1045～1105	四首	詠史呈徐仲車	
			次韻文潛	
			又借答送蟹韻並戲小何	
			送曹子方福建路運判兼簡運使張仲謀	
王洋	？～？	一首	和秀實答仲嘉	
李複	1052～？	一首	題武侯廟	
晁說之	1059～1129	一首	和資道岩岩亭二首其二	
陳樞才	？～？	一首	挽薛艮齋	
黃度	？～？	一首	冶城樓	
李邴	1085～1146	一首	銅雀硯	
陳與義	1090～1138	一首	錢東之教授惠澤州呂道人硯爲賦長句	
鄧肅	1091～1132	二首	和鄧成材五絕其五	
			詠史二首其二	
金朋說	？～？	一首	赤壁鏖兵	
胡寅	1098～1156	三首	岳陽樓雜詠十二絕其七	
			和仁仲孱陵有感	
			和彥達至公安	
鄧仁憲	？～？	一首	次廉布書事三首呈郎中機宜韻其二	

作　者	年　代	首　數	詩　名	備　註
戚明瑞	？～？	一首	詩一首	
葛立方	？～1165	一首	送舒殿丞	
王銍	？～？	一首	黃州棲霞樓蘇翰林所賦小舟橫截春江是也曾竑父罷郡畫爲圖求詩	
劉子翬	1101～1147	一首	金陵懷古	
王剛中	1103～1165	一首	彌牟鎭孔明八陣圖	
王之望	1102～1170	一首	和許總卿	
李廌	？～？	一首	題廟	
魯詧	1100～1176	一首	觀武侯陣圖	
李石	1108～？	三首	武侯祠	
			扇子詩	
			出舫	
傅察	？～？	一首	槐堂二首其二	
汪應晦	？～？	一首	次韻武侯廟	
王遂	？～？	一首	讀武侯傳	
郭明復	？～？	一首	題三峽堂	
王十朋	1112～1171	一首	夢觀八陣圖	
林光朝	1114～1178	一首	挽李製干子誠	
韓元吉	1118～1187	一首	讀周瑜傳	
喻良能	1120～？	一首	送侍御帥夔府	
吳儆	1125～1183	一首	醉月亭	
郭印	？～？	二首	張都統懷古四首其三	
			八陣台	
姜特立	？～1192	二首	諸葛孔明	
			和樂天爲張建封侍兒盼盼作仍繼五篇其五	

作　者	年　代	首　數	詩　名	備　註
史浩	？～1194	一首	次韻馮圓中郎中游甘露寺	
盧剛	？～？	一首	靈岩感懷	
宇文紹莊	？～？	一首	踏磧	
陸游	1125～1210	二十一首	城東馬上作	
			排悶	
			題舍壁	
			喜譚德稱歸	
			種桑	
			銅雀妓	
			蕪菁	
			曹公	
			謁漢昭烈惠陵及諸葛公祠宇	
			宏智禪師眞贊	
			謁諸葛丞相廟	
			游諸葛武侯書台	
			思夔州	
			病起書懷	
			感舊	
			感秋	
			書憤	
			先主廟次唐貞元中張儼詩韻其一	
			先主廟次唐貞元中張儼詩韻其二	
			先主廟次唐貞元中張儼詩韻其三	
			憶昨	

作　者	年　代	首　數	詩　名	備　註
金朋說	？～？	一首	諸葛武侯	
范成大	1126～1193	一首	講武城	
楊萬里	1127～1206	三首	近故太師左丞相魏國文忠京公輓歌辭三首其一	
			銅雀硯	
			讀嚴子陵傳	
釋寶曇	1129～1197	一首	送判院楊道夫	
項安世	1129～1208	七首	讀三國志	
			隆中次吳襄陽韻二首其一	
			隆中次吳襄陽韻二首其二	
			次韻顏運使伏龍山諸葛祠堂二首其一	
			次韻顏運使伏龍山諸葛祠堂二首其二	
			夔州永安宮詞	
			黃州赤壁下	
魏天應	？～？	一首	和疊山先生韻	
陳造	1133～1203	四首	袁本初二首其一	
			袁本初二首其二	
			曹魏二首其一	
			曹魏二首其二	
王炎	1138～1218	一首	弔欄正平	
楊冠卿	1139～？	三首	與鄂州都統張提刑	
			銅雀妓	
			齊安	

作　者	年　代	首　數	詩　名	備　註
馬之純	？～？	二首	周郎橋	
			白楊路	
馬子嚴	？～？	一首	烏林行	
袁說友	1140～1204	二首	孔明廟柏	
			泊荊南二首其一	
楊簡	1141～1226	一首	歷代詩・三國	
王濟源	？～？	一首	和疊山先生韻	
金朋說	？～？	二首	司馬昭弒魏主	
			荀彧飲藥	
沈繼祖	？～？	一首	上章帥侍郎	
楊簡	？～？	一首	歷代詩・三國	
武衍	？～？	一首	寓京口四首答湯菊莊兼簡分司鄭料院　甘露寺很石	
孫應時	1154～1206	六首	定軍山嘆	
			辭武侯廟	
			題籌筆驛武侯祠	
			聞南軒張先生下世感忱有作	
			又謁武侯祠	
			勝果僧舍與葉養源論武侯出處作數韻	
陳郁	？～？	一首	賦翁仲	
劉過	1154～1206	二首	艤舟采石	
			寄沈仲居進三國志	
汪莘	1155～？	一首	中原行懷古	
華岳	？～1221	一首	悶成	

作　者	年　代	首　數	詩　名	備　註
曹彥約	1157〜1228	一首	毛希元提干有廬山癖既卜築居這又作龍樓與玉	
李廳	？〜？	二首	釣台	
			孔北海堂	
高似孫	1158〜1231	一首	銅雀硯歌	
崔與之	1158〜1239	一首	送聶侍郎子述	
釋永頤	？〜？	一首	友人銅雀台硯	
黃文雷	？〜？	一首	二橋圖	
王邃	？〜？	一首	舟中誦陶詩及諸葛傳	
戴複古	1167〜1248	一首	赤壁	
度正	1166〜1235	一首	上製置侍郎	
孫信臣	？〜？	一首	襄陽懷古	
李新	？〜？	二首	羌俗	
			題籌筆驛	
洪咨夔	1176〜1236	四首	八陣圖	
			壽崔西清二首其一	
			彌牟觀土八陣寄程嘉定	
			送興元聶帥	
魏了翁	1178〜1237	一首	送李蒲江歸簡池用高榮州韻	
岳珂	1183〜1243	二首	觀八陣圖說	
			赤壁	
李訣	？〜？	一首	謁丞相祠觀八陣圖	
嚴嘉賓	？〜？	一首	盤齋	
宋慶之	？〜？	一首	武昌懷古	
陽枋	1187〜1267	一首	和王南運八陣磧	

作　者	年　代	首　數	詩　名	備　註
劉克莊	1187～1269	十五首	芳臭	
			凱歌十首呈賈樞使其二	
			和仲弟十絕其七	
			劉玄德	
			孫伯符	
			雜詠一百首・劉備	
			雜詠一百首・銅雀妓	
			雜詠一百首・華佗	
			溪庵十首其六	
			贈防江卒六首其六	
			弔錦雞一首呈葉任道	
			冬夜讀幾案間雜書得六言二十首其十三	
			銅雀瓦硯歌一首謝林法曹	
			即事十絕其七	
			吳大帝廟	
李舺	?～?	一首	忠武侯	
王遂	?～?	一首	吳大帝廟	
曾極	?～?	二首	吳大帝陵	
			吳大帝廟	
白玉蟾	1194～1229	三首	武昌懷古十詠・吳王宮	
			武昌懷古十詠・赤壁	
			草廬	
王柏	1197～1274	二首	題諸葛武侯畫像	
			題長江圖三絕其三	
李曾伯	1198～1265	二首	題孔明白帝二祠	
			以勸分出伏龍因謁武侯廟	

作　者	年　代	首　數	詩　名	備　註
孫銳	1199〜1277	二首	孔明八陣石	
			雲長儀贊	
黃庚	?〜?	一首	孔明高臥圖	
陳文蔚	?〜?	一首	武侯像	
蘇泂	?〜?	三首	孔明廟	
			八陣圖	
			稅馬盤沙	
樂雷發	1208〜1283	一首	櫟闡吳大帝廟	
姚勉	1216〜1262	一首	題嚴子陵釣台	
劉黻	1217〜1276	一首	諸葛武侯	
許月卿	1217〜1286	一首	香潭八首其三	
陳傑	?〜?	一首	孔明	
宋伯仁	?〜?	二首	看邸報	
			梅花喜神譜　爛熳二十八枝	
彭秋宇	?〜?	一首	讀吟嘯集	
程公許	?〜1251	二首	侍飲寶子山游忠武侯祠	
			臥龍亭	
陳杰	?〜?	一首	先主	
徐鈞	?〜1274	六首	昭烈帝	
			孔明	
			文帝	
			孔融	
			獻帝	
			楊修	
吳泳	?〜1275	一首	出關	

作　者	年　代	首　數	詩　名	備　註
艾性夫	？～？	二首	金銅仙人辭漢歌	
			諸公賦東園兄銅雀硯甚夸余獨不然然蘇長公	
羅公升	？～？	一首	曹操疑塚	
李曾伯	？～？	一首	過黃州和共山高寒韻	
熊禾	？～？	一首	贈琢硯	
衛宗武	？～1289	二首	孔明	
			荀彧	
劉應鳳	？～？	一首	送文總管朝燕四首其二	
于石	？～？	五首	述懷	
			梁父吟	
			曹操	
			禰衡	
			許劭	
方回	1227～1305	五首	游石頭城	
			漫興九首其九	
			次韻賓昫齋中獨坐五首其一	
			游石頭城	
			秋晚雜書三十首其二十三	
徐崧	？～？	一首	絕命詩	
文天祥	1236～1283	四首	讀史	
			懷孔明	
			保涿州三詩・樓桑	
			有感	
連文鳳	1240～？	一首	銅雀台	
林景熙	1242～1310	一首	雜詠十首酬汪鎮卿	
舒岳祥	？～？	一首	銅雀瓦硯	

作　者	年　代	首　數	詩　名	備　註
陳普	？～？	七十首	詠史上・禰衡	
			詠史上・審配其一	
			詠史上・審配其二	
			詠史上・審配沮授	
			詠史上・審配陳宮	
			詠史上・審配陳珪	
			詠史上・審配金禕	
			詠史上・袁紹其一	
			詠史上・袁紹其二	
			詠史上・袁紹其三	
			詠史下・蜀先主其一	
			詠史下・蜀先主其二	
			詠史下・蜀先主其三	
			詠史下・蜀先主其四	
			詠史下・蜀先主其五	
			詠史下・蜀先主其六	
			詠史下・蜀先主其七	
			詠史下・蜀先主其八	
			詠史下・蜀先主其九	
			詠史下・蜀先主其十	
			詠史下・蜀先主其十一	
			歷代傳授歌	
			詠史下・諸葛孔明八首之一	
			詠史下・諸葛孔明八首之二	

作　者	年　代	首　數	詩　名	備　註
			詠史下‧諸葛孔明八首之三	
			詠史下‧諸葛孔明八首之四	
			詠史下‧諸葛孔明八首之五	
			詠史下‧諸葛孔明八首之六	
			詠史下‧諸葛孔明八首之七	
			詠史下‧諸葛孔明八首之八	
			詠史下‧曹操七首其一	
			詠史下‧曹操七首其二	
			詠史下‧曹操七首其三	
			詠史下‧曹操七首其四	
			詠史下‧曹操七首其五	
			詠史下‧曹操七首其六	
			詠史下‧曹操七首其七	
			詠史下‧曹丕其一	
			詠史下‧曹丕其二	
			詠史下‧曹丕其三	
			詠史下‧曹丕其四	
			詠史下‧曹丕其五	
			詠史下‧曹丕其六	
			詠史下‧孫權	
			詠史下‧周瑜	

作　者	年　代	首　數	詩　名	備　註
			詠史下・曹爽	
			詠史下・鄧艾其一	
			詠史下・鄧艾其二	
			詠史下・法正	
			詠史下・費禕其一	
			詠史下・費禕其二	
			詠史下・關羽四首其一	
			詠史下・關羽四首其二	
			詠史下・關羽四首其三	
			詠史下・關羽四首其四	
			詠史下・姜維其一	
			詠史下・姜維其二	
			詠史下・魯肅	
			詠史下・呂蒙	
			詠史下・龐士元	
			詠史下・荀彧其一	
			詠史下・荀彧其二	
			詠史下・荀彧其三	
			詠史下・荀彧其四	
			詠史下・羊祜其一	
			詠史下・羊祜其二	
			詠史下・羊祜其三	
			詠史下・楊修	
			詠史下・鍾會其一	
			詠史下・鍾會其二	

作　者	年　代	首　數	詩　名	備　註
汪元量	1241～1317	六首	蜀相廟	
			後主廟	
			忠武侯廟	
			錦江蜀先主廟	
			永安宮	
			金陵	

共計 330 首。

附錄九　宋詩中述及劉備之作品

作　者	年　代	首　數	詩　名	備　註
蘇洵	1009～1066	一首	題白帝廟	
曾鞏	1019～1083	一首	隆中	
王安石	1021～1086	一首	讀蜀志	
蘇軾	1037～1101	二首	永安宮	
			和陶答龐參軍六首其一	
范祖禹	1041～1098	一首	游先主祠堂置酒	
黃庭堅	1045～1105	一首	詠史呈徐仲車	
胡寅	1098～1156	一首	岳陽樓雜詠十二絕其七	
鄧仁憲		一首	次廉布書事三首呈郎中機宜韻其二	
陸游	1125～1210	四首	謁漢昭烈惠陵及諸葛公祠宇	
			先主廟次唐貞元中張儼詩韻其一	
			先主廟次唐貞元中張儼詩韻其二	
			先主廟次唐貞元中張儼詩韻其三	
			憶昔	

作　者	年　代	首　數	詩　名	備　註
項安世	1129～1208	二首	夔州永安宮詞	
			讀三國志	
陳造	1133～1203	一首	袁本初二首其二	
楊簡	1141～1226	一首	歷代詩・三國	
孫應時	1154～1206	一首	勝果僧舍與葉養源論武侯出處作數韻	
陳杰	？～？	一首	先主	
徐鈞	？～1274	一首	昭烈帝	
黃庚	？～？	一首	孔明高臥圖	
劉克莊	1187～1269	二首	劉玄德	
			雜詠一百首・劉備	
孫銳	1199～1277	一首	雲長儀贊	
文天祥	1236～1283	一首	保涿州三詩・樓桑	
汪元量	1241～1317	三首	錦江蜀先主廟	
			永安宮	
			蜀相廟	
林景熙	1242～1310	一首	雜詠十首酬汪鎮卿	
陳普	？～？	十一首	詠史下・蜀先主其一	
			詠史下・蜀先主其二	
			詠史下・蜀先主其三	
			詠史下・蜀先主其四	
			詠史下・蜀先主其五	
			詠史下・蜀先主其六	
			詠史下・蜀先主其七	
			詠史下・蜀先主其八	
			詠史下・蜀先主其九	
			詠史下・蜀先主其十	
			詠史下・蜀先主其十一	

共 41 首。

附錄十 宋詩中述及諸葛亮之作品

作　者	年　代	首　數	詩　名	備　註
錢惟演	962～1034	一首	成都	
梅詢	964～1041	一首	虎丘	
劉筠	971～1031	一首	成都	
楊億	974～1020	一首	成都	
宋庠	996～1022	一首	孔明	
蘇洵	1003～1066	一首	題白帝廟	
石介	1005～1045	一首	安道再登製科	
文彥博	1006～1097	一首	題籌筆驛	
邵雍	1011～1077	一首	毛頭吟	
蔡襄	1012～1067	一首	漳州白蓮僧宗要見遺紙扇每扇各書一首	
鮮於侁	1018～1087	一首	大劍山	
曾鞏	1019～1083	二首	孔明	
			隆中	
司馬光	1019～1086	四首	從始平公城西大閱	
			和始平公郡齋偶書二首其一	
			和始平公郡齋偶書二首其二	
			景福東廂詩　讀武士策	

作　者	年　代	首　數	詩　名	備　註
王安石	1021～1086	一首	諸葛武侯	
王令	1032～1059	一首	武侯	
蘇軾	1037～1101	三首	八陣磧	
			隆中	
			是日至下馬磧憩於北山僧舍有閣曰懷賢南直斜	
蘇轍	1039～1112	三首	讀史六首其四	
			題鄢城彼岸寺二首其一文殊院古柏	
			八陣磧	
孔武仲	1041～1097	一首	諸葛武侯	
范祖禹	1041～1098	一首	資中八首其八	
馮山	？～1094	一首	八陣磧	
黃庭堅	1045～1105	一首	詠史呈徐仲車	
李復	1052～？	一首	題武侯廟	
晁說之	1059～1129	一首	和資道巖巖亭二首其二	
陳樞才	？～？	一首	挽薛艮齋	
黃度	？～？	一首	冶城樓	
鄧肅	1091～1132	一首	和鄧成材五絕其五	
戚明瑞	？～？	一首	詩一首	
王之望	1102～1170	一首	和許總卿	
王剛中	1103～1165	一首	彌牟鎮孔明八陣圖	
李廱	？～？	一首	題廟	
魯詧	1100～1176	一首	觀武侯陣圖	
李石	1108～？	一首	武侯祠	
傅察	？～？	一首	槐堂二首其二	

作　者	年　代	首　數	詩　名	備　註
汪應晦	？～？	一首	次韻武侯廟	
王遂	？～？	一首	讀武侯傳	
郭明复	？～？	一首	題三峽堂	
王十朋	1112～1171	一首	夢觀八陣圖	
喻良能	1120～？	一首	送侍御帥夔府	
郭印	？～？	二首	張都統懷古四首其三	
			八陣台	
姜特立	？～1192	一首	諸葛孔明	
盧剛	？～？	一首	靈岩感懷	
宇文紹莊	？～？	一首	踏磧	
陸游	1125～1210	十四首	城東馬上作	
			排悶	
			題舍壁	
			喜譚德稱歸	
			種桑	
			謁漢昭烈惠陵及諸葛公祠宇	
			宏智禪師眞贊	
			謁諸葛丞相廟	
			游諸葛武侯書台	
			思夔州	
			病起書懷	
			感舊	
			感秋	
			書憤	
金朋說	？～？	一首	諸葛武侯	
楊萬里	1127～1206	一首	近故太師左丞相魏國文忠京公輓歌辭三首其一	

作　者	年　代	首　數	詩　名	備　註
項安世	1129〜1208	五首	讀三國志	
			隆中次吳襄陽韻二首其一	
			隆中次吳襄陽韻二首其二	
			次韻顏運使伏龍山諸葛祠堂二首其一	
			次韻顏運使伏龍山諸葛祠堂二首其二	
魏天應	？〜？	一首	和疊山先生韻	
袁說友	1140〜1204	一首	孔明廟柏	
王濟源	？〜？	一首	和疊山先生韻	
孫應時	1154〜1206	五首	定軍山嘆	
			辭武侯廟	
			題籌筆驛武侯祠	
			聞南軒張先生下世感忱有作	
			又謁武侯祠	
汪莘	1155〜？	一首	中原行懷古	
曹彥約	1157〜1228	一首	毛希元提干有廬山癖既卜築居這又作龍樓與玉	
崔與之	1158〜1239	一首	送聶侍郎子述	
王遂	？〜？	一首	舟中誦陶詩及諸葛傳	
度正	1166〜1235	一首	上製置侍郎	
孫信臣	？〜？	一首	襄陽懷古	
李新	？〜？	二首	羌俗	
			題籌筆驛	
洪咨夔	1176〜1236	四首	八陣圖	
			壽崔西清二首其一	
			彌牟觀土八陣寄程嘉定	
			送興元聶帥	

作　者	年　代	首　數	詩　名	備　註
魏了翁	1178〜1237	一首	送李蒲江歸簡池用高榮州韻	
岳珂	1183〜1243	一首	觀八陣圖說	
李訦	?〜?	一首	謁丞相祠觀八陣圖	
嚴嘉賓	?〜?	一首	盤齋	
陽枋	1187〜1267	一首	和王南運八陣磧	
劉克莊	1187〜1269	三首	芳臭	
			凱歌十首呈賈樞使其二	
			和仲弟十絕其七	
李舭	?〜?	一首	忠武侯	
白玉蟾	1194〜?	一首	草廬	
王柏	1197〜1274	二首	題諸葛武侯畫像	
			題長江圖三絕其三	
李曾伯	1198〜1265	二首	題孔明白帝二祠	
			以勸分出伏龍因謁武侯廟	
孫銳	1199〜1277	一首	孔明八陣石	
黃庚	?〜?	一首	孔明高臥圖	
陳文蔚	?〜?	一首	武侯像	
蘇泂	?〜?	三首	孔明廟	
			八陣圖	
			稅馬盤沙	
劉戠	1217〜1276	一首	諸葛武侯	
許月卿	1217〜1286	一首	香潭八首其三	
陳傑	?〜?	一首	孔明	
宋伯仁	?〜?	二首	看邸報	
			梅花喜神譜　爛熳二十八枝	
彭秋宇	?〜?	一首	讀吟嘯集	
程公許	?〜1251	二首	侍飲寶子山游忠武侯祠	
			臥龍亭	

作　者	年　代	首　數	詩　名	備　註
徐鈞	？～1274	二首	孔明	
			文帝	
衛宗武	？～1289	一首	孔明	
劉應鳳	？～？	一首	送文總管朝燕四首其二	
于石	？～？	二首	述懷	
			梁父吟	
方回	1227～1305	一首	游石頭城	
徐崧	？～？	一首	絕命詩	
文天祥	1236～1283	三首	讀史	
			懷孔明	
			有感	
陳普	？～？	八首	詠史下・諸葛孔明八首之一	
			詠史下・諸葛孔明八首之二	
			詠史下・諸葛孔明八首之三	
			詠史下・諸葛孔明八首之四	
			詠史下・諸葛孔明八首之五	
			詠史下・諸葛孔明八首之六	
			詠史下・諸葛孔明八首之七	
			詠史下・諸葛孔明八首之八	
汪元量	1241～1317	二首	蜀相廟	
			忠武侯廟	

共 142 首。

附錄十一　宋詩中述及曹操之作品

作　者	年　代	首　數	詩　名	備　註
宋祁	998～1061	一首	入蜀	
梅堯臣	1006～1060	一首	銅雀硯	
陶弼	1015～1078	一首	銅雀研	
文同	1018～1079	一首	問陳彥升覓古瓦硯	
強至	1022～1076	一首	石亢之出銅雀台硯相示 信筆題其後	
黃庭堅	1045～1105	二首	又借答送蟹韻並戲小何	
			送曹子方福建路運判兼 簡運使張仲謀	
王洋	？～？	一首	和秀實答仲嘉	
李邴	1085～1146	一首	銅雀硯	
陳與義	1090～1138	一首	錢東之教授惠澤州呂道 人硯爲賦長句	
胡寅	1098～1156	二首	和仁仲孱陵有感	
			和彥達至公安	
葛立方	？～1165	一首	送舒殿丞	
王銍	？～？	一首	黃州棲霞樓蘇翰林所賦 小舟橫截春江是也曾竑 父罷郡畫爲圖求詩	

作　者	年　代	首　數	詩　名	備　註
姜特立	？～1192	一首	和樂天爲張建封侍兒盼盼作仍繼五篇其五	
陸游	1125～1210	二首	銅雀妓	
			蕪菁	
范成大	1126～1193	一首	講武城	
楊萬里	1127～1206	二首	銅雀硯	
			讀嚴子陵傳	
釋寶曇	1129～1197	一首	送判院楊道夫	
項安世	1129～1208	一首	黃州赤壁下	
陳造	1133～1203	二首	曹魏二首其一	
			曹魏二首其二	
王炎	1138～1218	一首	弔禰正平	
楊冠卿	1139～？	三首	與鄂州都統張提刑	
			銅雀妓	
			齊安	
馬子嚴	？～？	一首	烏林行	
袁說友	1140～1204	一首	泊荊南二首其一	
金朋說	？～？	二首	司馬昭弒魏主	
			荀彧飲藥	
沈繼祖	？～？	一首	上章帥侍郎	
楊簡	？～？	一首	歷代詩・三國	
武衍	？～？	一首	寓京口四首答湯菊莊兼簡分司鄭科院 甘露寺狠石	
陳郁	？～？	一首	賦翁仲	
高似孫	1158～1231	一首	銅雀硯歌	
釋永頤	？～？	一首	友人銅雀台硯	
黃文雷	？～？	一首	二橋圖	
岳珂	1183～1243	一首	赤壁	

作　者	年　代	首　數	詩　　名	備　註
劉克莊	1187〜1269	八首	雜詠一百首・銅雀妓	
			雜詠一百首・華佗	
			溪庵十首其六	
			贈防江卒六首其六	
			弔錦雞一首呈葉任道	
			冬夜讀幾案間雜書得六言二十首其十三	
			銅雀瓦硯歌一首謝林法曹	
			即事十絕其七	
華岳	？〜1221	一首	悶成	
白玉蟾	1194〜1229	一首	武昌懷古十詠・赤壁	
李廳	？〜？	二首	釣台	
			孔北海堂	
姚勉	1216〜1262	一首	題嚴子陵釣台	
徐鈞	？〜1274	三首	孔融	
			獻帝	
			楊修	
吳泳	？〜1275	一首	出關	
艾性夫	？〜？	二首	金銅仙人辭漢歌	
			諸公賦東園兄銅雀硯甚夸余獨不然然蘇長公	
羅公升	？〜？	一首	曹操疑塚	
李曾伯	？〜？	一首	過黃州和共山高寒韻	
熊禾	？〜？	一首	贈琢硯	
衛宗武	？〜1289	一首	荀彧	
于石	？〜？	三首	曹操	
			禰衡	
			許劭	

作　者	年　代	首　數	詩　　名	備　註
方回	1227～1305	四首	漫興九首其九	
			次韻賓晹齋中獨坐五首其一	
			游石頭城	
			秋晚雜書三十首其二十三	
連文鳳	1240～？	一首	銅雀台	
舒岳祥	？～？	一首	銅雀瓦硯	
陳普	？～？	七首	詠史下‧曹操七首其一	
			詠史下‧曹操七首其二	
			詠史下‧曹操七首其三	
			詠史下‧曹操七首其四	
			詠史下‧曹操七首其五	
			詠史下‧曹操七首其六	
			詠史下‧曹操七首其七	

共 79 首。

附錄十二　宋詩中述及孫權之作品

作　者	年　代	首　數	詩　名	備　註
楊備	？～？	一首	吳大帝廟	
袁陟	？～？	一首	過金陵謁吳大帝廟	
史正志	？～？	一首	新亭二首其一	
李石	1108～？	一首	扇子詩	
史浩	？～1194	一首	次韻馮圓中郎中游甘露寺	
劉克莊	1187～1269	一首	吳大帝廟	
王邃	？～？	一首	吳大帝廟	
曾極	？～？	二首	吳大帝陵	
			吳大帝廟	
白玉蟾	1194～1229	一首	武昌懷古十詠・吳王宮	
樂雷發	1208～1283	一首	櫟閘吳大帝廟	
林景熙	1242～1310	一首	雜詠十首酬汪鎮卿	
陳普	？～？	一首	詠史下・孫權	

共 13 首。

附錄十三　宋詩中述及周瑜之作品

作　者	年　代	首　數	詩　名	備　註
黃庭堅	1045～1105	一首	次韻文潛	
鄧肅	1091～1132	一首	詠史二首其二	
金朋說	？～？	一首	赤壁鏖兵	
李石	1108～？	一首	出舫	
林光朝	1114～1178	一首	挽李製干子誠	
韓元吉	1118～1187	一首	讀周瑜傳	
吳儆	1125～1183	一首	酹月亭	
陸游	1125～1210	一首	曹公	
楊冠卿	1139～？	一首	齊安	
馬之純	？～？	一首	周郎橋	
戴複古	1167～1248	一首	赤壁	
岳珂	1183～1243	一首	赤壁	
劉克莊	1187～1269	一首	即事十絕其七	
宋慶之	？～？	一首	武昌懷古	
白玉蟾	1194～1229	一首	武昌懷古十詠・吳王宮	
陳普	？～？	一首	詠史下・周瑜	

共 16 首。

主要參考書目

一、**古籍**（按四部分類）

甲

1. 〔周〕左丘明撰，〔晉〕杜預注，〔唐〕孔穎達正義：《十三經注疏·左傳》（臺北：藝文印書館，2001 年）。

2. 〔漢〕毛亨傳，鄭玄箋，〔唐〕孔穎達疏：《十三經注疏·詩經》（臺北：藝文印書館，2001 年）。

3. 〔漢〕許慎撰，〔清〕段玉裁注：《說文解字注》（臺北：洪葉文化事業有限公司，1998 年 10 月）。

4. 〔清〕永瑢、紀昀等撰：《武英殿本四庫全書總目提要》（臺北：臺灣商務印書館股份有限公司，2001 年）。

乙

1. 〔漢〕司馬遷撰：《史記》（臺北：鼎文書局，1980 年）。

2. 〔晉〕陳壽撰，裴松之注：《三國志》（臺北：鼎文書局，1980 年 9 月）。

3. 〔晉〕陳壽撰，裴松之注，盧弼集解：《三國志集解》（上海：上海古籍出版社，2009 年 6 月）。

4. 〔晉〕袁宏撰，周天遊校注：《後漢紀校注》，（天津：天津古籍出版社 1987 年）。

5. 〔晉〕常璩著，任乃強校注：《華陽國志校補圖注》（上海：上海古籍出版社，2009 年 7 月）。

6. 〔北魏〕酈道元撰，陳橋驛校注：《水經注校釋》（杭州：杭州大學出版社，1999 年）。

7. 〔北齊〕魏收撰：《魏書》（臺北：鼎文書局，1980 年）。

8. 〔南朝宋〕范曄：《後漢書》（臺北：鼎文書局，1981 年 4 月）。

9. 〔唐〕房玄齡等撰：《晉書》（臺北：鼎文書局，1980 年）。

10. 〔唐〕劉知幾著，〔清〕蒲起龍釋：《史通釋評》（臺北：華世出版社，1981 年 11 月）。

11. 〔清〕趙翼撰，王樹民校證：《廿二史箚記校證》（北京：中華書局，2001 年）。

12. 〔清〕錢大昭：《三國志辨疑》（臺北：新文豐出版股份有限公司，1984 年）。

13. 〔清〕章學誠著，葉瑛校注：《文史通義校注》（北京：中華書局，2008 年 3 月）。

14. 〔清〕王鳴盛：《十七史商榷》（臺北：大化書局，1977 年 5 月）。

丙

1. 〔周〕莊子撰，郭慶藩校訂：《莊子集釋》（臺北：河洛圖書出版社，1980 年 8 月）。

2. 〔漢〕劉安撰，張雙棣編校：《淮南子校釋》：（北京：北京大學出版社，1997 年）。

丁

1. 〔梁〕蕭統編，李善注：《文選》（臺北：五南書局，1991 年）。

2. 〔梁〕蕭繹撰，許逸民校箋：《金樓子校箋》（北京：中華書局，2011 年 1 月）。

3. 〔唐〕李白著，瞿蛻園等校注：《李白集校注》（臺北：里仁書局 1981 年 3 月）。

4. 〔唐〕李白著，詹鍈編：《李白集校注彙釋集評》（天津：百花文藝出版社 1996 年 12 月）。

5. 〔唐〕杜甫著，〔清〕仇兆鰲注：《杜詩詳注》（臺北：里仁書局，1980 年）。

6. 〔唐〕杜甫著，〔清〕楊倫編：《杜詩鏡銓》（臺北：正大印書館，1974 年）。

7. 〔唐〕白居易著，顧學頡校點：《白居易集》（北京：中華書局，1998 年）。

8. 〔唐〕劉禹錫著，高志忠校注：《劉禹錫詩編年校注》（哈爾濱：黑龍江人民出版社，2005 年）。

9. 〔唐〕李商隱著，劉學鍇、余恕誠編：《李商隱詩歌集解》（臺北：洪葉文化出版社，1992年）。

10. 〔唐〕杜牧著，〔清〕馮集梧注，《樊川詩集住》（上海：上海古籍出版社，1998年）。

11. 〔宋〕郭茂倩編：《樂府詩集》（臺北：里仁書局，1981年3月）。

12. 〔宋〕黎靖德編，王星賢點校：《新校標點朱子語類》（臺北：華世出版社，1981年）。

13. 〔清〕嚴可均：《全上古三代秦漢三國六朝文》（北京：中華書局，1987年3月）。

14. 〔清〕曹寅、彭定求等編：《全唐詩》（臺北：明倫出版社，1971年）。

15. 〔清〕董浩編，周紹良修訂：《全唐文新編》（長春：吉林文史出版社，2000年）

16. 傅璇琮等編：《全宋詩》（北京：北京大學出版社，1991年）。

二、專著（按出版先後）

1. 李漢三：《先秦兩漢之陰陽五行學說》（臺北：維新書局，1968年）。

2. 孫陵：《杜甫思想研究》（臺北：智燕出版社，1973年）。

3. 趙令揚：《關於歷代正統問題之爭論》（香港：學津出版社，1976年）。

4. 饒宗頤：《中國史學上之正統論》（臺北：宗青出版公司，1979年）。

5. 林宏作：《李太白研究》（臺北：里仁書局，1985年）。

6. 吳調公：《李商隱研究》（臺北：明文出版社：1988年）。

7. 張步雲：《唐代詩歌》（合肥：安徽教育出版社，1988年）。

8. 雷家驥：《中古史學觀念史》（臺北：臺灣學生書局，1990年）。

9. 陳翔華：《諸葛亮形象史研究》（杭州：浙江古籍出版社，1990）。

10. 李辰冬：《杜甫作品繫年》（臺北：東大出版社：1990年）。

11. 朴美齡：《世說新語中所反映的思想》（臺北：文津出版社，1990年）。

12. 顏昆陽：《李商隱詩箋釋方法論》（臺北：學生書局，1991年）。

13. 李致洙：《陸游詩研究》（臺北：文史哲出版社，1991年）。

14. 龔嘉英：《詩聖杜甫——以杜詩作傳以唐史證詩》（臺北：合裕出版社，1994年）。

15. 李景華：《建安文學述平》（北京：首都師範大學出版社，1994年）。

16. 王建文：《奉天承運——古代中國的「國家」概念及其正當性基礎》（臺北：東大出版社，1995年）。

17. 萬繩南：《魏晉南北朝文化史》（臺北：雲龍出版社，1995 年）。

18. 楊海波：《李白思想研究》（上海：學林出版社，1996 年）。

19. 楊世明：《唐詩史》（重慶：重慶出版社，1996 年）。

20. 薄樹人：《中國天文學史》（臺北：文津出版社，1996 年）。

21. 許鋼：《詠史詩與中國泛歷史主義》（臺北：水牛出版社，1997 年）。

22. 許總：《宋詩史》（重慶：重慶出版社，1997 年）。

23. 李明華：《南宋詠史詩研究》（臺北：文津出版社，1997 年）。

24. 楊耀坤、伍野春：《陳壽、裴松之評傳》（南京：南京大學出版社，1998 年 12 月）。

25. 鄺芷人：《陰陽五行及其體系》（臺北：文津出版社，1998 年），頁 33～57。

26. 劉永良：《三國演義藝術新論》（臺北：商鼎文化：1999 年）。

27. 鄭鐵生：《三國演義敘事藝術》（臺北：里仁書局，2000 年）。

28. 梁啓超：《中國歷史研究法》（臺北：里仁書局，2000 年）。

29. 白俊奎：《劉禹錫貶謫時期的詠史懷古詩述論》（成都：西南民族學院學報第 7 期，2000 年）。

30. 逯耀東：《魏晉史學的思想與社會基礎》（臺北：東大出版社，2000 年）。

31. 廖瓊媛：《三國演義的美學世界》（臺北：里仁書局，2000 年）。

32. 何亞南《三國志和裴注句法專題研究》（南京：南京師範大學出版社 2001 年 12 月）。

33. 張蓓蓓：《魏晉學術人物新研》（臺北：大安出版社，2001 年 12 月）。

34. 張宏生：《宋詩融通與開拓》（上海：上海古籍出版社，2001 年）。

35. 李純蛟：《三國志研究》（成都：巴蜀書社，2002 年 9 月）。

36. 李宜涯：《詠史詩與平話演義之關係》（臺北：文史哲出版社，2002 年）。

37. 杜維運：《中國史學史第二冊》（臺北：三民書局，2002 年）。

38. 葛景春：《李白研究管窺》（保定：河北大學出版社，2002 年）。

39. 邱鳴皋：《陸游評傳》（南京：南京大學出版社，2002 年）。

40. 陳貽焮：《杜甫評傳》（北京：北京大學出版社，2003 年）。

41. 歐陽健：《歷史小說史》（杭州，浙江古籍出版社，2003 年）。

42. 鄭鐵生：《三國演義詩詞鑑賞》（天津，天津古籍出版社，2003 年）。

43. 朱一玄、劉毓忱:《三國演義資料彙編》(天津:南開大學出版社,2003 年)。

44. 龐天佑:《中國史學思想通史‧魏晉南北朝卷》(合肥:黃山書舍出版社,2003 年)。

45. 高步瀛:《唐宋詩舉要》(臺北:里仁書局,2004 年)。

46. 王玫:《建安文學接受史論》(上海:上海古籍出版社,2005 年)。

47. 燕永成:《南宋史學研究》(蘭州:甘肅人民出版社:2005 年)。

48. 高敏:《魏晉南北朝史發微》(北京:中華書局,2005 年)。

49. 劉乃昌:《兩宋文化與詩詞發展論略》(濟南:山東大學出版社,2005 年)。

50. 陳翔華:《三國志演義縱論》(臺北:文津出版社,2006 年)。

51. 趙海菱:《杜甫與儒家文化傳統研究》(濟南:齊魯書社,2007 年)。

52. 余志挺:《裴松之《三國志注》研究》(臺北:花木蘭文化出版社,2008)。

53. 王曉雯:《陸游蜀中詩歌研究》(臺北:花木蘭文化出版社,2008 年)。

54. 王洪:《古詩十九首與建安詩歌研究》(北京:人民出版社,2009 年)。

55. 卓季志:《《後漢紀》與袁宏之史學及思想》(臺北:花木蘭文化出版社,2009 年)。

56. 倉修良:《中國古代史學史》(北京:人民出版社,2009 年 9 月)。

57. 張潤靜:《唐代詠史懷古詩研究》(上海:三聯出店:2009 年)。

58. 陳敬介:《李白詩研究》(臺北:花木蘭文化出版社,2009 年)。

59. 陳靜芬:《中晚唐三家詩探微》(臺北:花木蘭出版社,2010 年)。

60. 林佩誼:《杜牧李商隱詠史七絕之比較研究》(臺北:花木蘭出版社,2011 年)。

61. 劉聖杰:《劉禹錫詠史詩中蘊含的哲學範疇》(山西:山西師大學報第 39 期,2012 年)。

三、學位論文 (按出版先後)

1. 高桂惠:《左思生平及其三都賦之研究》(國立政治大學中國文學研究所碩士論文,1981 年 6 月)。

2. 曹金貴:《唐代宮怨詩詩歌藝術研究》(南京師範大學碩士論文,2004 年)。

3. 張谷良:《諸葛亮民間造型之研究》(國立東華大學博士論文,2006 年)。

4. 何文：《從三國志到三國演義曹操人物形象流變研究》（西北大學碩士論文，2007 年）。

5. 方志豪：《三國演義中的曹操形象極其演變》（國立屏東教育大學碩士論文，2007 年）。

6. 孫繪茹：《唐詩中三國題材之研究》（國立台南大學碩士論文，2012 年）。

7. 陳俊偉：《兩晉史家之敘述觀點與三國前期歷史建構》（國立東華大學碩士論文，2013 年）。

四、論文集論文（按出版先後）

1. 孫遜：〈淺談《三國演義》正統觀念的歷史進步性〉《三國演義論文集》（河南：中州古籍出版社，1985 年）。

2. 齊裕焜：〈亂世英雄的頌歌──《三國志通俗演義》主題初探〉收錄於《三國演義論文集》（河南：中州古籍出版社，1985 年）。

3. 吳豔紅：〈羅貫中筆下的東吳〉收錄於《三國演義叢考》（北京：北京大學出版社，1995 年 7 月）。

4. 馬寶記：〈論兩晉時期的曹操評價〉收錄於《曹魏文化與三國演義論文集》（河南：河南人民出版社，2009 年 10 月）。

5. 周曉琳：〈二元思維與三國敘事──試析《三國演義》對東吳集團的塑造〉收錄於《東吳文化暨第二十屆三國演義學術研討會論文集》（合肥：安徽大學出版社，2010 年 8 月）。

6. 王文進：〈論王沈《魏書》對三國史的詮釋立場〉，收錄於《淡江大學第 14 屆『社會與文化』國際學術研討會論文集》（臺北：淡江大學中文系編印，2012 年）。

五、期刊論文（按出版先後）

1. 劉尊明〈歷史與詩人心靈的碰撞──唐詩詠三國論析〉《文學遺產》1992 年第 5 期。

2. 曹書傑：〈陳壽入晉任官及其年代考証〉《華南師大學報》1999 年第 4 期。

3. 呂美泉：〈《三國志》研究編年史略（上）〉，《通化師範學院學報》1999 年第 3 期。

4. 呂美泉：〈《三國志》研究編年史略（中）〉，《通化師範學院學報》1999 年第 6 期。

5. 呂美泉：〈《三國志》研究編年史略（下）〉，《通化師範學院學報》2000 年第 1 期。

6. 關四平：〈史筆寓褒貶抑曹尊蜀漢——論《三國志演義》擁劉反曹思想的史傳淵源〉，《明清小說研究》2001 年第 2 期。

7. 王培華：〈正統論與中國文明連續性〉《社會科學輯刊》2002 年第 1 期。

8. 杜國景：〈「正統論」與中國古代政治文化的理性光芒〉，《貴州文史叢刊》2003 年第 3 期。

9. 李文瀾：〈諸葛亮祭祀所見魏晉隋唐制祀的變化〉收錄於《魏晉南北朝隋唐史資料第 20 輯》（2003 年）。

10. 龐天佑：〈論陳壽的歷史哲學思想〉《史學理論研究》2003 年第 4 期。

11. 王文進：〈論裴松之的統一觀〉《六朝學刊第 1 期》（2004 年 12 月）。

12. 江媚：〈正統論的興起與歷史觀的變化〉，《史學月刊》2004 年第 5 期。

13. 董恩林：〈試論歷史正統觀的起源與內涵〉，《史學理論研究》2005 年第 2 期。

14. 王文進《三分歸晉前後的文化宣言——從左思〈三都賦〉談南北文化之爭》《漢學研究集刊》（2005 年 12 月）。

15. 姜朝暉：〈杜甫與諸葛亮：歷史歌詠中的現實意蘊〉《社科縱橫》2006 年第 10 期。

16. 吳雪伶：〈唐代銅雀臺詩的雙重回憶模式與宮怨主題〉《湖北社會科學》2006 年第 8 期。

17. 施建雄：〈中國封建社會正統論的思想體系與時代特點〉，《史學理論研究》2009 年。

18. 侯德仁：〈近三十年來的中國史學正統論研究綜述〉，《蘭州學刊》2009 年第 7 期。

19. 張宗福：〈論杜甫詩歌中的諸葛亮情結〉《杜甫研究學刊》2009 年第一期。

20. 鄧小軍、馬吉兆〈銅雀臺詩『宮怨』主題的確立及其中晚唐新變〉《北方論叢》2009 年第 4 期。

21. 熊梅：〈論諸葛亮形象的智化與定型〉《重慶交通大學學報》2011 年第 11 期。

22. 王文進：〈習鑿齒與諸葛亮神話之建構〉，《臺大中文學報 38 期》（2012 年）。